12. Juli 1998, Tag des Endspiels der Fußballweltmeisterschaft in Frankreich. Auf der Intensivstation des Krankenhauses Louis Pasteur in Nîmes hat das Pflegepersonal die neue Schicht angetreten. Die sechs schwer kranken Patienten sind bald versorgt, und es scheint eine ruhige Nacht zu werden.

Niemand hat bemerkt, dass ein Fremder sich am Abend Zugang zur Intensivstation verschafft hat. Schwer bewaffnet und zu allem entschlossen, bringt er binnen Minuten die gesamte Station in seine Gewalt. Er bedroht die Ärzte, Schwestern, Patienten und verlangt fünf Millionen Francs Lösegeld. Andernfalls werde er die Kranken einen nach dem anderen liquidieren. Doch der Mann stellt noch eine weitere Forderung, die dem Geschehen eine ungeahnte Dramatik verleiht.

Während in Paris das Fußballendspiel in seine entscheidende Phase geht, beginnt auf der Krankenstation ein tödlicher Countdown. Kommissarin Florence Labelle hat nur einen begrenzten Handlungsspielraum. Die Polizei kann unter dem Zeitdruck lediglich einen Teil des Lösegeldes bereitstellen. Der Fremde macht seine Drohung wahr und ermordet die ersten Geiseln. Durch einen Trick gelingt es Florence, sich auf die Station einschleusen zu lassen. Dort steht sie dem gefährlichen und unberechenbaren Killer Auge in Auge gegenüber. Es beginnt ein Kampf auf Leben und Tod.

Alexandra von Grote ging in Paris zur Schule, studierte in München und Wien Theaterwissenschaften und promovierte zum Dr. phil. Als Regisseurin drehte sie die Kinofilme »Weggehen um anzukommen«, »Novembermond« und »Reise ohne Wiederkehr«. Sie schrieb zahlreiche Drehbücher, Gedichte und Erzählungen. Im Fischer Taschenbuch Verlag erschienen ›Die unbekannte Dritte‹ (Bd. 13958), ›Die Kälte des Herzens‹ (Bd. 14729) und ›Das Fest der Taube‹ (Bd. 15488), die ersten drei Romane der Serie mit Kommissarin Labelle. Alexandra von Grote lebt in Berlin und Frankreich.

Unsere Adresse im Internet: www.fischer-tb.de

Alexandra von Grote

Die Stille im 6. Stock

Roman

Fischer Taschenbuch Verlag

Die Frau in der Gesellschaft
Herausgegeben von Ingeborg Mues

Originalausgabe
Veröffentlicht im Fischer Taschenbuch Verlag,
einem Unternehmen der S. Fischer Verlag GmbH,
Frankfurt am Main, Dezember 2002

Satz: Pinkuin Satz und Datentechnik, Berlin
Druck und Bindung: Clausen & Bosse, Leck
Printed in Germany
ISBN 3-596-15705-X

Da sprach der Herr zu Kain:
Wo ist dein Bruder Abel?
Er sprach: Ich weiß nicht;
soll ich meines Bruders
Hüter sein?

1. Mose 4, Vers 9

1

»Letzte Nacht hab ich wieder von ihm geträumt.«

Freddy hob langsam den Kopf. Das gleichmäßige Mahlen seiner mächtigen Kiefer verlangsamte sich zeitlupenartig. Er legte das Sandwich auf den Teller, sah Fabienne an und wartete auf die Fortsetzung.

»Ich befand mich mutterseelenallein mit ihm in einem Hochhaus. Es war weder Tag noch Nacht. Alles war in ein diffuses Licht getaucht. Mit einem altertümlichen Fahrstuhl, der immer wieder stockte und abzustürzen drohte, fuhr ich nach oben. Dann ging ich einen langen Korridor entlang. Plötzlich hörte ich hinter mir Schritte. Noch bevor ich mich umdrehte, wusste ich, dass er es war. Ich fing an zu rennen, sah eine Tür am Ende des Korridors und hörte seine klackenden Schritte, die immer näher kamen. Doch auf einmal fing das ganze Gebäude an zu wackeln. Ich strauchelte, fiel vornüber, rappelte mich wieder auf. Ich begriff sofort, dass es ein Erdbeben sein musste. Überall splitterte Glas, Mauern brachen ein. Vor mir tat sich ein riesiges Loch auf, der lange Korridor stürzte in die Tiefe. Ich saß in der Falle. Als ich mich umdrehte, stand Antoine direkt hinter mir. Er grinste, und seine Hände griffen nach meinem Hals. Da ließ ich mich ganz einfach nach unten fallen, in den Abgrund, ins gähnende Loch. Im Fallen bin ich dann aufgewacht.«

Freddy schniefte, trank einen Schluck Bier und griff

mit seiner breiten, fleischigen Hand nach Fabiennes Arm.

»Warum hast du mich nicht geweckt? Komm mal her.«

Er rückte seinen Stuhl ein Stück vom Küchentisch weg und zog Fabienne auf seine Knie. Ihre grauen Augen blickten ihn nachdenklich an. Kopfschüttelnd sagte sie:

»Warum hätte ich dich wecken sollen? Der Traum war ja schon vorbei, und du hättest mir sowieso nicht helfen können. Niemand kann mir helfen. Damit muss ich allein fertig werden.«

Entschlossen strich sie sich die blonden, glatten Haare aus der Stirn und wollte aufstehen. Mit sanftem Druck hielt Freddy sie fest.

»Er kann dir nichts tun. Erstens weiß er gar nicht, wo du bist, und zweitens hast du ja mich. Was meinst du, was ich mit dem Kerl mache, wenn der sich hier blicken lässt!«

Fabienne lächelte. Ja, Freddy würde sie vor Antoine beschützen. Er war groß und stark und hatte die Figur eines Bodybuilders. Ein gutmütiger, geduldiger, toleranter Mann, der noch dazu hervorragend kochen konnte. Trotz seines massigen Körperbaus war er ein rücksichtsvoller Liebhaber. Vor allem kannte er keine Eifersucht. Nie stellte er ihr unsinnige Fragen über ihre Kollegen, spionierte ihr nach oder kontrollierte ihre Post. Freddy war das Beste, was ihr nach der albtraumhaften Ehe mit Antoine passieren konnte.

Sie schlang ihre Arme um seinen Hals und legte ihre Wange an seinen Kopf. Seine Haut roch nach dem Aftershave, das sie ihm zum Geburtstag geschenkt hatte. Ein kräftiger, beruhigender Duft. So kraftvoll und Ruhe ausstrahlend wie Freddy selbst.

Durch die offene Tür des Wohnzimmers hörte sie die Wanduhr schlagen. Sie gab Freddy einen Kuss auf die Wange und löste sich aus seinen Armen.

»Schon sieben Uhr! Ich mache mich langsam fertig.«

»Wieso? Du fängst doch erst um acht an.«

»Ja, aber heute will ich ein bisschen früher da sein. Eric hat die Schicht vor mir. Und ich weiß, dass er sich das Spiel ansehen will.«

»Das Spiel beginnt erst um neun.«

»Eric wohnt in Avignon. Bis er zu Hause ist, dauert es.« Freddy griff erneut nach der Bierflasche, nahm einen großen Schluck und biss dann mit einem kräftigen Krachen in sein Sandwich.

»Na schön«, sagte er mit vollem Mund. »Sag mir Bescheid wenn du fertig bist.«

»Ach, Freddy, heute brauchst du mich nicht hinzubringen. Deine Freunde kommen sicher schon früher. Ich kann wirklich allein fahren.«

Langsam nickte Freddy. Seine braunen Augen, die sie immer an die Augen ihres Teddybären erinnerten, den sie als Kind gehabt hatte, blickten sie liebevoll an.

»Okay, Fabienne, wie du willst. Ich finde auch, wir sollten uns nicht verrückt machen. Dieser Dreckskerl wird hier nicht auftauchen. So langsam musst du zur Normalität des Lebens zurückkehren. Dann hören auch diese Träume auf.«

Die hören nie auf, dachte Fabienne und lächelte bitter, als sie ins Bad ging, um sich frisch zu machen. Sie hatte einen anstrengenden, vierundzwanzigstündigen Dienst vor sich und musste fit sein. Sie liebte ihre Arbeit. Die Kollegen waren nett, das Betriebsklima ausgesprochen gut. Nicht einen Moment hatte sie die Entscheidung bereut, sich weit weg vom Ort der Geschehnisse in Belfort hier in Nîmes eine neue Stelle zu suchen. Sie war den Bedrohungen, Misshandlungen und Demütigungen entflohen und hatte sich in einer fremden Stadt mit einem neuen Freund einen Schutzraum gesucht. Sie wollte ein neues Leben beginnen.

Doch schon bald musste sie feststellen, dass das alte sich unauslöschlich in ihre Seele gebrannt hatte. Die Panik, die sie zeitweilig wegdrängen konnte, brach hin und wieder unkontrolliert durch. Die Erinnerungen verfolgten sie bis in ihre Träume. Sie schlichen sich neben sie, wenn sie an der Kasse des Supermarktes stand. Sie ließen Fabienne aufschrecken, wenn Freddy nach Hause kam und die Haustür aufschloss. Immer war sie gewärtig, dass es Antoine sein könnte, der plötzlich ins Zimmer trat. Die Angst begleitete sie wie ein zweiter Schatten.

Als sie sich von Freddy verabschiedete, saß dieser bereits im Wohnzimmer und hatte den Fernseher eingeschaltet. Es kamen die Vorberichte zum heutigen Endspiel. Interviews, Zusammenfassungen der Halbfinalspiele, Prognosen. Die ersten Bilder aus dem ausverkauften Stade de France in Paris. Freddy hatte es sich auf dem Sofa bequem gemacht und rauchte seine Pfeife.

»Ich rufe dich nach dem Spiel an«, sagte Fabienne. »So gegen 23 Uhr?«

»Ruf ruhig ein bisschen später an. Vielleicht gehen sie in die Verlängerung. Wenn noch Elfmeterschießen dazukommt, ist die ganze Veranstaltung inklusive Pokalverleihung, Defilee vor dem Präsidenten und so weiter nicht vor Mitternacht zu Ende. Also, mach's gut, Chérie. Und nicht so viel Stress, das ist die Hauptsache.«

»Da steckt man leider nicht drin. Das letzte Mal haben sie bis in die Nacht operiert. Außerdem gibt's bei dieser Hitze manchen zusätzlichen Herzinfarkt. Viel Spaß beim Spiel, Freddy.«

Freddy stand auf und brachte sie zur Tür.

Als sie in den stickigen Wagen stieg, der den ganzen Tag über in der prallen Sonne gestanden hatte, sah Fabienne, dass Freddy ihr aus dem Küchenfenster zuwinkte.

Sie lächelte, winkte zurück und fuhr los. Nach ein paar Metern hupte sie noch einmal und bog dann um die Ecke.

2

Aus dem Fenster ihres grünen Salons auf *Les Oliviers* erblickte Florence Labelle in der Ferne das Wohnmobil, das gerade von der Départementstraße abbog. Obwohl die Pinienallee, die zu Cathérine Volets Anwesen führte, geteert war, schaukelte der Camper hin und her wie ein Kamel in der Wüste. Langsam, als sei er schwer beladen, kam der Wagen näher.

Typisch, dass er ein Wohnmobil fährt, dachte Florence und musste unwillkürlich schmunzeln. Sie hatte sich ihren ehemaligen Berliner Kollegen Blaschke im Urlaub immer auf einem Campingplatz vorgestellt. Menschen wie er liebten Lagerfeuerromantik, Grillabende im Süden und die überschaubare Welt eines Hauszeltes oder eines Wohnwagens. Im Urlaub wurden die Wohn- und Lebensbedürfnisse noch einmal zurückgeschraubt. Die kleine Wohnung in einer Plattenbausiedlung an der ehemaligen Stalinallee, ehemaliges Ostberlin, wurde zeitweilig eingetauscht gegen eine mobile Miniaturausgabe von drei Quadratmetern Wohnfläche. Blaschke war die Sorte Auslandstourist, die aus Spanien ein Paar Kastagnetten mitbrachte, aus Frankreich einen großen Knoblauchzopf und aus Holland eine Delfter Kachel mit einem Windmühlenmotiv.

Florence verließ den grünen Salon und ging nach unten. Vor drei Tagen hatte Blaschke sie angerufen und gesagt, dass er ganz in der Nähe sei. Nach zwei Urlaubswochen an der Costa Brava hatte er sich mit seiner Frau Roswitha in Montpellier die WM-Spiele der deutschen Mannschaft angesehen und war anschließend noch nach Cap d'Agde gefahren. Nun wollten sie auf einen Sprung vorbeischauen. Sie würden keinerlei Umstände machen, hatte er versichert. Seine Frau und er würden im Wohnmobil schlafen, wenn sie nur ab und zu frisches Wasser haben konnten und eine Toilette benutzen durften. »Ab und zu« – das klang, als wollten sie nicht nur einen kurzen Besuch abstatten, sondern den Rest ihrer Urlaubstage auf *Les Oliviers* verbringen, dem Anwesen von Florences Freundin Cathérine Volet.

Florence seufzte. Auf kollegialer Ebene war sie mit Blaschke immer gut ausgekommen. Privat ging er ihr mit seinen reaktionären und hinterwäldlerischen Ansichten auf die Nerven. Mit Vorliebe verbiss er sich ins Thema »Emanzipation«. Florence hatte es damals bald aufgegeben, sich auf irgendwelche Diskussionen einzulassen. In Berlin war sie seine Vorgesetzte gewesen, dadurch hatte sich vieles vereinfacht.

Es waren also gemischte Gefühle, mit denen Florence jetzt durch die große Halle zum Eingang schlenderte, um die Gäste zu begrüßen, die sich so unerwarteterweise angekündigt hatten.

Cathérine sah solche Dinge viel gelassener.

»Na und?«, hatte sie gesagt, als Florence ihr von dem bevorstehenden Besuch erzählt hatte. »Solange sie nicht im Haus wohnen wollen, ist alles okay. Sie können sich mit dem Camper auf den kleinen Weg hinter den Pool stellen. Da ist es schattig. Abgesehen davon sitzen sie wahrscheinlich sowieso den ganzen Tag im Liegestuhl in der Sonne. Leute aus dem Norden, die in den Süden fahren, wollen braun werden, baden gehen und gut essen. All das kann *Les Oliviers* spielend bieten.«

Aus dem venezianischen Salon, der direkt an die Halle angrenzte, hörte Florence die Stimme der Callas. Lauschte Cathérine allein der Musik, oder war Annabelle, ihre ehemalige Managerin, immer noch bei ihr? Annabelle war vor einer Woche Hals über Kopf völlig aufgelöst aus Paris angereist gekommen. Ihr Mann hatte sie verlassen und war mit einer Dreiundzwanzigjährigen auf die Malediven geflogen. Eine banale Geschichte, wie sie sich täglich in hundert Ländern tausendfach abspielt. Doch Annabelle hatte es mit voller Wucht getroffen. Sie, die abgebrühte Show-Biz-Frau, die knallharte Verträge aushandeln konnte, eine Größe in ihrer Branche, sah sich plötzlich auf brutale Weise damit konfrontiert, dass sie von einer Sekunde zur anderen abserviert wurde. Die Tatsache, dass sie Anfang der achtziger Jahre ihrem zehn Jahre jüngeren Carlos seinen ersten Plattenvertrag besorgt und damit seine Karriere in die Wege geleitet hatte, gab der Sache eine zusätzlich bittere Note. Annabelle fühlte sich ausgenutzt, benutzt und wie ein ausrangiertes Kleidungsstück auf den Müll geworfen. Zum ersten Mal war ihr bewusst geworden, dass sie keinen Tag jünger war als sechsundfünfzig Jahre.

In vielen, langen Gesprächen mit Annabelle war es Cathérine gelungen, deren Selbstwertgefühl wieder aufzubauen und ihr den Rücken zu stärken für die Scheidungsauseinandersetzungen, bei denen Carlos nicht zimperlich sein würde. Tatsächlich hatte sich Annabelle so weit gefangen, dass sie am Abendbrottisch Anekdoten aus der Musikwelt der siebziger Jahre zum Besten gab und mit ihrem glucksenden Lachen den Raum füllte. In der nächsten Woche wollte Annabelle dann ihren Bruder und ihre Schwägerin auf Schloss Muguet besuchen, das ganz in der Nähe lag.

Auf der Freitreppe vor dem Portal schlug Florence die gestaute Hitze des Tages entgegen. Blaschke parkte sein Wohnmobil und stieg vom Fahrersitz.

»Puh …«, sagte er und wischte sich mit der Hand über die Stirn. »Diese Schwüle ist ja kaum auszuhalten! Wenn es in Paris auch so drückend ist, kommt das heute Abend den Brasilianern zugute. Aber wir halten natürlich zu Frankreich – Ehrensache!«

Er lachte verschmitzt und ging mit ausgestreckter Hand auf Florence zu.

»Florence! Mein Gott, wie lange ist das her? Zwei Jahre oder schon drei?«

»Zweieinhalb.«

Sein Händedruck war lasch und feucht. Florence bemerkte, dass er sich aufrichtig freute, sie zu sehen. Dann glitt sein Blick über das mächtige, aus Naturquadersteinen gebaute Haus, dessen Nebengebäude und die angrenzenden Ländereien.

»Wahnsinn, dieses Anwesen«, sagte er ehrfürchtig. »Gehört das alles … ich meine, ist das …?« Er verstummte, wischte sich erneut übers Gesicht und sah Florence Hilfe suchend an.

»Ja, Blaschke, das alles gehört Madame Volet. Im Moment ist sie beschäftigt, aber ich soll euch auch von ihr herzlich willkommen heißen. Sie bittet euch, mit uns eine Kleinigkeit zu Abend zu essen.«

»Danke.« Er musterte seine ehemalige Vorgesetzte, und in seinem Blick lag all das, was er nie offen aussprechen würde. War es möglich, dass eine Kommissarin der Kriminalpolizei … Konnte es sein, dass Florence und Madame Volet … dass die beiden … Wieso zieht jemand in die französische Provinz, wenn er in Berlin eine glänzende Karriere gemacht hat?

Florence ahnte seine Gedanken und schlug ihm lachend auf die Schulter.

»Also, Blaschke, herzlich willkommen! Willst du mich nicht endlich deiner Frau vorstellen?«

Roswitha Blaschke war ebenfalls aus dem Wagen gestiegen. Sie stand ein paar Meter entfernt und lächelte erwartungsvoll. Florence hatte sie sich anders vorgestellt. Nicht so hübsch und nicht so selbstsicher. Sie schien weder das eingeschüchterte Mäuschen zu sein, das unter Blaschkes Pantoffel stand, noch der spießige Hausdrachen. Wie sehr man doch seinen Klischeevorstellungen aufsitzen kann! Roswitha Blaschke mochte Mitte vierzig sein und sah ausgesprochen attraktiv aus. Dunkelblonde, flott geschnittene kurze Haare, ein sympathisches Gesicht, rote Lippen. Schlanke, braun gebrannte Beine in bequemen blauen Shorts. Ein gestreiftes T-Shirt, das ihre Figur betonte, die tadellos war. Auf den ersten Blick passte sie überhaupt nicht zu Blaschke. Wie kommt es, dass hübsche, gepflegte Frauen häufig hässliche Männer heiraten, die sich gehen lassen und nach Schweiß riechen? Blaschke trug Shorts, die am Bauch spannten, sowie ein geschmackloses Hawaiihemd in der Sondergröße XXL. Seine nackten Beine waren von oben bis unten mit rotblonden Haaren bedeckt. Die Sandalen hatten schon mindestens zehn Sommer durchgehalten. Wie eh und je stoppelten Blaschkes Haare fettig und strähnig über den Hemdkragen. Sie hätten dringend geschnitten werden müssen. Seine Haut, sonst immer grau und teigig, glühte von der starken Sonneneinstrahlung krebsrot. Irgendwie sah er aus wie die korpulente Version von Alain Roche, Florences Assistenten. Vorausgesetzt, der hätte einen Sonnenbrand. Doch Alain war kein Mensch, der sich in die Sonne legte. Im Urlaub fuhr er meistens in kühle Gegenden. Öfter schon hatte Florence aber Ähnlichkeiten zwischen diesen beiden Männern festgestellt.

Sie reichte Roswitha die Hand. Diese lächelte und entblößte eine Reihe perlweißer, makelloser Zähne.

»Guten Tag, ich bin Roswitha«, sagte sie. »Schön, dass wir uns endlich einmal kennen lernen. Heinz hat mir so viel von Ihnen erzählt!«

»Hallo«, sagte Florence, »herzlich willkommen!« Sie musste sich Mühe geben, ernst zu bleiben, denn Roswitha Blaschke sprach das breiteste Sächsisch, dass Florence je gehört hatte.

Blaschke rieb sich die Hände und warf einen Blick auf die große Taucheruhr, die er am Handgelenk trug.

»Gleich halb acht! In eineinhalb Stunden beginnt das Spiel. Hast du ein Plätzchen, wo wir uns mit dem Wagen hinstellen können, Florence?«

»Hinten im Park. In der Nähe des Swimmingpools. Ein Fernseher steht im Haus, wenn ihr das Spiel sehen wollt.«

»Nicht nötig.« Wiederum zeigte Roswitha ihre schönen Zähne. »Wir haben Tiewie im Camper. Satellitenschüssel, alles.«

Blaschke grinste stolz.

»Wenn du willst, kannst du dir das Spiel bei uns ansehen, Florence. Einen guten Rosé können wir dir auch anbieten.«

Florence, die sich nichts aus Rosé machte und einem Fußballspiel partout nichts abgewinnen konnte, winkte ab.

»Danke, Blaschke. Wie du weißt, interessiere ich mich nicht für Fußball. Auch wenn es ein Weltmeisterschaftsfinale ist. Und auch wenn das ganze Land hier seit Tagen verrückt spielt.«

3

Alice Cotisson erhob sich aus dem Korbsessel und stellte den CD-Player ab. Der zweite Satz von Schuberts »Unvollendeter« war soeben verklungen. Es war lange her, seit sie diese Symphonie zum letzten Mal gehört hatte. Genauer gesagt: 1980. Alice studierte damals im fünften Semester Medizin. Es war Anfang November. Der erste Schnee war gefallen, ungewöhnlich für Paris. Seit Menschengedenken hatte es in Paris Anfang November keinen Schnee mehr gegeben. Im dahinfliehenden Licht des trüben Nachmittags glitzerten die Straßen in einem unschuldigen Weiß. Durch die beschlagenen Fenster klangen die gedämpften Geräusche des fernen Hauptstraßenverkehrs.

Sie hatte in einem winzigen Zimmer in der Rue du Cheval Blanc gewohnt, gleich hinter der Bastille. Wenigstens war es warm. Ein Kohleöfchen heizte den Raum. Alice hatte ihre Augen geschlossen und lauschte der Musik. Sie kannte jede Note auswendig. Ihr Innerstes brach auf, eine nie verheilte Wunde.

Der erste Satz neigte sich dem Ende zu. Sie trank den letzten Schluck Rotwein, einen billigen Verschnitt aus dem Languedoc, und ging ins Bad. Die nächsten Handgriffe gingen rasch vonstatten. Keine Zeit verlieren, es schnell zu Ende bringen. Als das Blut aus ihren Handgelenken ins Waschbecken schoss, spürte sie keinen Schmerz. So also würde ihr Leben enden!

Alice ließ die Rasierklinge auf den Rand des Waschbeckens gleiten und betrachtete ihr Gesicht im Spiegel. Sie hatte die hohen slawischen Wangenknochen ihrer Mutter und die vollen Lippen ihres Vaters. Sie mochte ihr Gesicht nicht. Es gehörte einem Menschen, den sie nicht liebte und dem sie seit Jahren zu entfliehen suchte. Es blieb nur eine Lösung: dieses ungeliebte, beladene Ich zu zerstören. Der Tod war die einzige Lösung. Der Tod sollte Erlösung sein.

Es begann der zweite Satz der Symphonie. Noch einmal nahm sie die Rasierklinge und schnitt heftig, beinahe verzweifelt in ihr linkes Handgelenk. Das war das Letzte, was Alice wahrnahm, bevor sie das Bewusstsein verlor.

Nur durch Zufall wurde sie damals gerettet.

Als sie auf der Intensivstation des Hôpital St. Louis zu sich kam, starb im Bett neben ihr eine alte Frau. Mit dem wiederbeginnenden Leben, das Alice wie ein mächtiger Stromschlag durchzuckte, verlöschte gleichzeitig eine andere, fremde Existenz.

Da beschloss Alice, dem Leben nicht nur zu trotzen, sondern es endlich in die Hand zu nehmen. Und das hatte sie bis zum heutigen Tag nie bereut.

Gedankenverloren lächelte Alice und öffnete das Fenster. Der Kontrast zwischen dem, was in ihr vorging, und dem Leben draußen hätte nicht stärker sein können. Auf der Straße zogen ein paar Jugendliche vorbei. Sie grölten Schlachtengesänge und schwenkten eine Trikolore. Die meisten trugen Shorts und das Trikot der französischen Nationalmannschaft. Als sie um die Ecke bogen, verlor sich ihr Lärmen.

Ansonsten lag die Stadt wie ausgestorben in der staubgetränkten, stumpfen Sommerhitze des frühen Abends. In den Bäumen des Jardin de la Fontaine zirpten die Zikaden.

Über die Berge im Nordwesten der Stadt donnerte ein Düsenjäger und durchbrach die Schallmauer.

Alice schloss das Fenster und ging ins Bad. Sie machte sich frisch und betrachtete ihr Spiegelbild. Ein Lächeln flog über ihr Gesicht, mit dem sie sich schon seit vielen Jahren ausgesöhnt hatte. Ein jubelndes Gefühl ergriff sie. Ja, sie hatte es gewagt! Ein paar Wochen lang hatte die CD mit der Schubert-Symphonie originalverpackt neben der Stereoanlage gelegen. Heute endlich hatte sie die Musik aufgelegt, um zu sehen, was mit ihr geschehen würde. Nichts war geschehen. Ihre Befürchtungen hatten sich nicht bestätigt. Wie ein Raucher, der nach langen Jahren der Enthaltsamkeit noch einmal wissen will, ob die Sucht tatsächlich überwunden ist, wollte sie sich prüfen. Sie hatte den Test bestanden. Die Wunden, die die Ereignisse hinterlassen hatten, waren abgeheilt. Sie lebte im Hier und Jetzt. Schon lange erschien ihr das Leben, das ihr damals so unerwarteterweise und ganz gegen ihren Willen wiedergeschenkt worden war, als etwas Kostbares. Um keinen Preis wollte sie es jemals wieder riskieren. Vielleicht lag das daran, dass sie im Lauf der Jahre viele Menschen hatte sterben sehen? Manche von ihnen hätten alles gegeben, um ein paar Wochen oder Tage, ja Stunden zu gewinnen.

Dr. Alice Cotisson, leitende Ärztin der Intensivstation des Louis-Pasteur-Krankenhauses in Nîmes, packte ihre Tasche, um für die nächsten vierundzwanzig Stunden ihren Dienst anzutreten. In dem Moment klingelte das Telefon. Es war Jérôme, der aus Mailand anrief.

»Du hast Glück, dass du mich noch zu Hause erwischst«, sagte Alice. »Wie geht's dir?«

»Wie soll's mir gehen? Du kennst ja solche Kongresse. Viele Redner, eine Menge Kollegen, die man lange nicht gesehen hat, der ganze offizielle Kram. Ich würde mir heute Abend lieber das Spiel ansehen.« Jérômes kühle, sachliche Stimme klang, als wäre er nebenan.

»Das wird doch bestimmt in Italien übertragen, oder nicht?«

»Natürlich, aber die Tagesordnung geht bis in die Nacht. Gleich um acht referiert Bill Waters vom Houston Medical Center. Na ja, die Amis interessieren sich eben nicht für europäischen Fußball. Vielleicht kann ich mir wenigstens die zweite Halbzeit ansehen.«

»Das wünsche ich dir. Wann kommst du zurück?«

»Am Dienstag. Kollege Fieri will mir morgen seine spezielle Variante der Mikro-Lasertechnik demonstrieren.«

»Ich liebe dich, Chérie.«

»Ich dich auch, Alice.«

Als Alice wenig später ihren Renault Cabrio durch die Innenstadt lenkte, war kaum Verkehr auf den Straßen. Die Menschen saßen zu Hause oder in den Cafés. Die meisten Bistros und Restaurants der Stadt hatten große Fernsehapparate aufgestellt. In der Fußgängerzone befand sich eine Großbildleinwand. Schon strömten die Menschen zusammen. Spannung lag in der Luft, wie immer, wenn außergewöhnliche Ereignisse ein ganzes Land in Erregung versetzen, insbesondere wichtige Sportereignisse.

Um 19 Uhr 45 stellte Alice ihren Wagen auf dem Parkplatz vor der Klinik ab. Mit zügigen Schritten ging sie zum Eingang. Der heiße Sommerwind streichelte ihre nackten Arme. Aus einem der Gärten auf der anderen Straßenseite ertönte das sanfte Plätschern eines Rasensprengers. Lärmend drängte sich ein anderes, ebenso hässliches wie vertrautes Geräusch dazwischen: die Sirene eines Krankenwagens. Der Wagen bremste vorm Eingang, und im Eiltempo hoben zwei Pfleger die Trage auf einen bereitstehenden Rollwagen. Der Notarzt, ein junges, blasses Bürschchen, hielt die Infusionsflaschen hoch. Im Laufschritt entschwanden sie mit dem Kranken Richtung Unfallstation.

Alice grüßte den Pförtner, der kurz und lässig die Hand hob und sich sofort wieder dem Geschehen im Fernsehen zuwandte, das Vorberichte zum Endspiel brachte. Der kleine Farbempfänger stand direkt neben den beiden Überwachungsmonitoren in der Pförtnerloge.

Mit dem Fahrstuhl fuhr Alice in den 6. Stock. Auf dem Korridor, der zur Station führte, begegneten ihr der Krankenpfleger Eric, dessen Dienst gerade zu Ende war, und der fünfzehnjährige Joël, der seine Urgroßmutter besucht hatte. In den meisten Krankenhäusern wurden Besuche auf der Intensivstation nicht gestattet, insbesondere nicht außerhalb der üblichen Besuchszeiten. Doch Alice und auch ihr Stellvertreter Carpentier vertraten die Ansicht, dass Besuche von Angehörigen für die Patienten die beste Medizin waren. Joëls Urgroßmutter ging es nach ihrer Darmkrebsoperation vor vier Tagen sehr schlecht. Doch seit der Junge sie täglich besuchte, erholte sie sich zunehmend.

Die beiden jungen Männer grüßten freundlich. Bevor die Fahrstuhltür sich hinter ihnen schloss, hörte Alice einige Fetzen ihres Gesprächs, das sich natürlich um das bevorstehende Spiel drehte.

Kurz bevor Alice Cotisson ihr Dienstzimmer betrat, sah sie Schwester Fabienne mit einer Natriuminfusion über den Korridor rennen. Sie war früh dran, wie immer. Alice lächelte. Sie mochte Fabienne Bartholémy. Eine solche Krankenschwester war für jede Station ein Glücksfall. Stéphane Crespin, der Krankenpfleger, der am Überwachungsplatz 1 saß und hin und wieder einen Blick auf den Kontrollmonitor warf, passte ebenfalls gut ins Team. Genau wie Francis Picard, der Assistenzarzt, der sich seinen Dienst zwischen Intensivstation und Innerer Station aufteilen musste. Beim Erstellen des Dienstplanes achtete Alice darauf, dass sie nach Möglichkeit immer mit derselben Crew arbeiten konnte.

In wenigen Minuten würde Kollege Carpentier ihr Bericht erstatten und ihr die Station übergeben. Die Kranken waren für die Nacht versorgt. Vor zwei Tagen, bei ihrer letzten Schicht, lagen sechs Patienten auf der Intensivstation. Mal sehen, wie es heute Abend aussah.

4

Sie hatten stundenlang gebraucht, um ins Stade de France nach St. Denis zu kommen. In Paris war die Hölle los. Große Gruppen von Fans aus aller Welt bevölkerten die Métro, die Parks, die Straßen. Ein Meer von Trikoloren schmückte die Stadt. Die Bistros und Cafés hatten Fernsehgeräte aufgestellt. Die Champs-Élysées waren seit dem Nachmittag für den Verkehr gesperrt.

Jetzt saßen sie auf ihren Plätzen direkt in der Kurve, schräg hinter dem Tor von Fabien Barthèz, und es war ein erhebendes Gefühl. Nie zuvor in seinem Leben hatte Inspektor Alain Roche mit so vielen Menschen in einem Stadion gesessen.

Er griff in die Kühlbox, die er mitgebracht hatte, und reichte seinem Freund Jean-Michel vom Marseiller Sittendezernat zwei Flaschen Bier und eine Tüte Chips. Über ihrer Freizeitkleidung trugen die beiden Männer die Trikots der französischen Mannschaft, die es überall in der Stadt zu kaufen gab. Sie fühlten sich in jeder Hinsicht bestens für das Spiel gerüstet.

Bereits vor drei Jahren hatte Jean-Michel die Endspieltickets besorgt. Seine Schwester, die als Sekretärin des Pariser Polizeipräfekten arbeitete, konnte die Karten rechtzeitig aus dem Freikartenkontingent ihres Chefs abzweigen.

Die Gesänge im Stadion vermischten sich mit tausendfachen »Allez-les-Bleus!«-Rufen und dem Schlagen von

Trommeln und Pauken. Man konnte sein eigenes Wort nicht mehr verstehen. Doch das gehörte dazu. Das war die Atmosphäre eines Liveereignisses. Eine Fußballweltmeisterschaft im eigenen Land, und die eigene Mannschaft stand im Finale, und zwar gegen keinen geringeren Gegner als den viermaligen Weltmeister Brasilien! Alain Roche war sich der Einmaligkeit dieses Augenblicks bewusst. Bis zum 16. Juli hatte er sich Urlaub genommen, denn auch den Nationalfeiertag übermorgen wollten er und Jean-Michel in Paris verbringen.

Er schraubte die Bierflasche auf und prostete seinem alten Freund und Jahrgangskameraden zu. Jean-Michel klopfte ihm kräftig auf die Schulter und schrie ihm ins Ohr.

»Mann, was sagst du? Ist das ein irres Gefühl? Wie heißt es doch so schön: Davon werden wir noch unseren Enkelkindern erzählen!«

Alain nickte lachend und drückte Jean-Michel seine Bierflasche in die Hand.

»Hier, halt mal kurz.«

Er fingerte an seinem brandneuen Handy herum, das am Gürtel seiner beigefarbenen Jeans befestigt war, und stellte es ab.

In dem Moment liefen die Mannschaften auf den Rasen. Das Stadion tobte. Als die Marseillaise erklang, erhoben sich fast achtzigtausend Menschen und sangen mit.

Alain hatte Tränen in den Augen, und er spürte, dass Jean-Michel ebenso ergriffen war wie er.

Wenig später pfiff der marokkanische Schiedsrichter das Spiel an.

Dr. Francis Picard, Assistenzarzt im ersten Jahr, blickte auf die Uhr. 21 Uhr 05. Das Spiel musste gerade angefangen haben. Er nahm eine Ampulle Morphium aus dem Medikamentenschrank im Schwesternzimmer und überprüfte kurz das Etikett. Dann trug er den Namen des Patienten, für den die Injektion bestimmt war, Datum und Uhrzeit sowie die Bezeichnung des Opiates ins Betäubungsmittelbuch ein.

Schwester Fabienne stand an der Kaffeemaschine, füllte Wasser ein und gab Kaffeepulver in den Filter. Sie summte eine leise Melodie. Es klang wie ein altes Kinderlied, aber Francis war sich nicht sicher.

Am Überwachungsplatz 1 saß Stéphane Crespin, der Krankenpfleger. Er war Anfang zwanzig, hatte lange blonde Haare, die zu einem Pferdeschwanz gebunden waren, und am Kinn ein kleines rotblondes Ziegenbärtchen. Er las einen dicken Kriminalroman. Hin und wieder fiel sein routinierter Blick auf den großen Kontrollmonitor.

»Gott sei Dank ist nicht so viel los heute Abend«, sagte er, als Francis an ihm vorbeiging, und vertiefte sich wieder in sein Buch.

»Willst du nicht mit runter auf die Innere, dir das Spiel ansehen?«

»Nö. Das hier ist spannender.« Ohne aufzusehen, tippte er mit der flachen Hand auf seine Lektüre. »Du kannst mir ja nachher erzählen, wer gewonnen hat.«

»Wer gewonnen hat ...« Francis schüttelte den Kopf und lachte. »Es kommt doch nicht darauf an, wer gewinnt, sondern wie das Spiel ist. Außerdem gewinnen doch sowieso die Brasilianer.«

»Glaub ich nicht.«

»Woher willst du das denn wissen? Ich denke, du verstehst nichts von Fußball?«

»Das hab ich nicht gesagt. Ich hab gesagt, mein Buch hier ist spannender.«

Fabienne, die das Gespräch verfolgt hatte, holte die Zuckerdose und vier Tassen aus einem Schränkchen und steckte ihren Kopf durch die offene Tür.

»Was, du willst dir das Spiel nicht ansehen?«, fragte sie, und es klang skeptisch. »Ich kann mir gar nicht vorstellen, dass irgendein Mann in Frankreich heute Abend *nicht* vorm Fernseher hockt.« Sie dachte an Freddy und hatte plötzlich Sehnsucht nach ihm.

»Das ist, weil du Klischeevorstellungen im Kopf hast. Soll ich dir mal was sagen? Meine Freundin sieht sich heute Abend zusammen mit ein paar Kolleginnen das Spiel an. Lauter Frauen! Seit Nadine weiß, dass Frankreich im Endspiel steht, ist sie total aus dem Häuschen.«

Fabienne sah ihn verblüfft an.

»Nadine? Das hätte ich wirklich nicht gedacht. Sie sieht überhaupt nicht so aus, als würde sie sich für Sport interessieren.«

»Eben. So kann man sich täuschen, Fabienne.«

Er blätterte die Seite um und lehnte sich bequem zurück. Der köstliche Duft von frischem Kaffee durchzog die Station.

Am Überwachungsplatz 2 traf Francis auf Alice Cotisson, die Stationsärztin, die vor einem geöffneten Geräte- und Instrumentenschrank stand, in dem die Tubusse, Einwegspritzen, Zugänge, Katheter und so weiter gelagert waren.

»Sie sind ja immer noch hier, Francis! Ich dachte, Sie wollten sich unten das Spiel ansehen?«

»Will ich auch, Kollegin. Aber erst gebe ich Nummer 6 noch fünfundzwanzig Milligramm Dolantin.«

»Das kann ich doch für Sie erledigen.«

»Nein, ich mach das schon. Auf die paar Augenblicke

kommt's wirklich nicht an. In den ersten Minuten fällt sowieso noch kein Tor.«

»Der OP hat uns noch einen Kopf angekündigt. Meningeom.«

»Da gibt's ja wenigstens mal eine Überlebenschance.«

»An uns soll's nicht liegen. Übrigens, Madame Chabrol hat anscheinend immer noch starke Schmerzen. Ich habe ihr was injiziert.«

Madame Chabrol war Nummer 3, der Darmkrebs. Francis hatte zugesehen, als sie operiert wurde. Eine faustgroße Geschwulst, eine Bilderbuchkrebsgeschwulst sozusagen. Metastasen bereits in Leber, Magen und an der Bauchspeicheldrüse. Niemand wusste, wie lange sie die Operation überleben würde. Immerhin war heute bereits der vierte postoperative Tag. Ein Wahnsinn, eine Frau von neunzig Jahren mit Krebs im Endstadium noch aufzuschneiden. Francis hatte seine eigene Meinung bezüglich derartiger Eingriffe, würde sich aber hüten, sie je zu äußern. Er war froh und dankbar, dass der Leiter der Chirurgischen Station ihn manchmal bei einer OP zusehen ließ. Professor Jérôme Cotisson war zwar als Chefarzt das genaue Gegenteil seiner Frau: autoritär, arrogant und unfreundlich. Doch er galt als ausgezeichneter Arzt, und die jungen Assistenten, Oberärzte und Schwestern rissen sich darum, mit ihm im OP arbeiten zu dürfen.

Auch bezüglich der »Köpfe« hatte Francis seine eigene Meinung. Professor Dalton, Chefarzt der Neurochirurgischen, operierte selbst aussichtslose Fälle von Gehirntumoren. Er war stolz darauf, so eine Art neurochirurgische Endstation zu sein. Aus dem ganzen Land kamen Patienten zu ihm, die in anderen Kliniken aufgegeben worden waren. Dalton gab ihnen und ihren Angehörigen neue Hoffnung. Doch diese Hoffnung erwies sich in den meisten Fällen als trügerisch. Fünfundneunzig Prozent dieser Tumorpatienten starben in den Tagen nach der Operation. Die Tumoren hatten entweder bereits zu weit gestreut, oder sie konnten aufgrund ihrer schwer zugänglichen Lage selbst mittels mikroskopischer OP nur unvollständig entfernt werden. Für Francis und einige seiner Kollegen war klar, dass Professor Dalton genau wusste, dass er den meisten Patienten nicht helfen konnte. Doch er war mit Leib und Seele Chirurg, und so lag die Vermutung nahe, dass Dalton in erster Linie seine wissenschaftliche Neugier zu befriedigen suchte. Die Operation eines voll entwickelten Glioblastoms oder eines Meningeoms, das gestreut hatte und außer Kontrolle geraten war, bedeutete eine Tortur für die Patienten. Wegen möglicher Komplikationen wurden fast alle kurzzeitig in ein künstliches Koma versetzt, aus dem die wenigsten je wieder erwachten. Francis hielt es für humaner, sie nicht zu operieren, sondern sie auf den Tag X warten zu lassen, wenn der Tumor einen lebenswichtigen Nerv trifft, der Patient zusammenbricht und der Tod rasch eintritt. Doch solange es Leben gibt, gibt es Hoffnung. Wer konnte es den Patienten und deren Angehörigen verübeln, wenn sie nach jedem Strohhalm griffen und einer hochkomplizierten, gefährlichen und kostenintensiven Operation als letztem Ausweg zustimmten?

Francis blickte seiner Chefin nach, die mit ruhigen Schritten auf das Ärztezimmer zusteuerte. Wie sie über derartige ethische und moralische Fragen dachte, wusste er nicht. Ob sie je mit ihrem Mann, dem Leiter der internistischen Chirurgie, über solche Themen sprach? Francis konnte es sich nicht vorstellen. Er schätzte Alice Cotisson als Mensch und Kollegin und arbeitete gern mit ihr. Es war ihm ein Rätsel, was diese charmante, liebenswürdige Person mit einem ewig schlecht gelaunten und egozentrischen

Mann wie Jérôme Cotisson verband. Aber die Liebe schlägt oftmals seltsame Wege ein, die sich nur dem offenbaren, der den Weg beschreitet. Er selbst lebte seit ein paar Monaten wieder allein. Sein letzter Freund, ein Jurastudent aus Montpellier, war einem attraktiven New Yorker Börsenmakler nach Amerika gefolgt. Das kurze Ende einer ebenso kurzen, zufälligen vierwöchigen Liaison.

Die Patientin in Bett Nummer 6, eine zweiunddreißigjährige Frau mit schwerer Schädelverletzung nach einem Autounfall, lag seit sieben Tagen im Koma. Im Moment war sie neben Nummer 4, dem Glioblastom, der kritischste Fall auf der Station. Niemand konnte sagen, ob und wann Nummer 6 je wieder aufwachen würde. Dennoch hatte sie eine Chance. Es kam vor allem darauf an, wie stark ihr Körper sein würde. Und wenn ein Überlebenswille vorhanden war, konnte sie es schaffen. Francis blickte in ihr bleiches, schmales Gesicht, das unter dem Kopfverband kindlich und verloren aussah. Er überprüfte den Infusionsfluss und den zentralen Venenkatheter, der bis vor den rechten Vorhof ihres Herzens gelegt worden war. Ein kurzer Blick auf den Monitor zeigte ihm, dass der Blutdruck zwar schwach, aber regelmäßig war. Dann injizierte er das Schmerzmittel direkt in den Zugang.

Als er hinausging, warf er einen flüchtigen Blick auf den zentralen Monitor am Überwachungsplatz 2, der im Augenblick unbesetzt war. Die EKG-Kurve bei Nummer 3 zeigte einen regelmäßigen Verlauf. Madame Chabrol schlief. Träumte sie? Was träumt ein Mensch, der weiß, dass der Tod bereits seine Hand nach ihm ausgestreckt hat und dass es eine Frage von Stunden sein kann, wann sie zugreift? Wie abgemagert diese alte Frau war, als man sie vor vier Tagen auf den OP-Tisch legte! Die Haut umhüllte die Knochen wie ein zu groß gewordener Mantel. Eine vollkommen weiße, runzelige, schlaff-lederne Haut. Als Cotisson das Skalpell ansetzte, war es, als schneide er in ein Stück altes Pergament.

5

Der Assistenzarzt beschleunigte seine Schritte und ging über den Korridor Richtung Ausgang.

Erneut blickte er auf die Uhr. Seit einer knappen Viertelstunde lief das Spiel. Hoffentlich war wirklich noch kein Tor gefallen!

Er drückte auf den Wandschalter der automatischen Tür, die zum Treppenhaus und zum Fahrstuhl führte. Doch die Tür öffnete sich nicht. Francis stutzte, runzelte die Stirn und murmelte ein paar erstaunte Worte. Wiederum betätigte er den Schalter.

»Bemüh' dich nicht«, sagte plötzlich eine Stimme hinter ihm. Erschrocken fuhr Francis herum. In der Tür zur Herrentoilette stand ein fremder Mann. Er trug Jeans, ein weißes T-Shirt, Turnschuhe und eine schwarze wollene Skimaske, die Kopf und Gesicht bedeckte und lediglich die Augen des Mannes frei ließ. Über der Schulter hing ein roter Rucksack. In der linken Hand hielt er einen Aktenkoffer, in der rechten einen Revolver.

Francis starrte den Fremden an.

»Wer sind Sie? Darf ich fragen, was Sie hier zu suchen haben?«

»Nein, das darfst du nicht!« Die Stimme des Fremden war leise und schneidend und duldete keinen Widerspruch. »Los, Beeilung. Ins Schwesternzimmer. Tempo!«

Jetzt stand er direkt vor Francis und hielt ihm mit ausgestreckter Hand die Waffe gegen die Brust.

Fieberhaft überlegte Francis, was er tun sollte. Wer war der Mann? Wo waren die anderen? O mein Gott ... Seine Gedanken brachen ab. Sein Herz klopfte so heftig, dass er die Schläge hart in seiner Brust spürte. Der Lauf der Waffe, schwarz und riesig, stand in scharfem Kontrast zum hellen Grün seines sterilen Arztkittels. Francis war unfähig, sich vom Fleck zu rühren. Die Gedanken, die wieder in sein Gehirn zurückströmten, überschlugen sich. Er versuchte, sie zu ordnen. Er musste alles daransetzen, Zeit zu gewinnen. Er musste reden. Den Fremden in ein Gespräch verwickeln, ihn jedoch nicht unnötig provozieren ...

»Ich bitte Sie dringend, die Station sofort zu verlassen! Das ist eine keimfreie Zone, Zutritt für Unbefugte ist strengstens verboten. Hier liegen Schwerstkranke!«

»Ja eben.« Der Mann bohrte die Mündung des Revolvers noch stärker in Francis' Brust und grinste. Mit langsamen, schaukelnden Bewegungen schwenkte er den schwarzen Aktenkoffer hin und her. »Und weißt du, was da drin liegt? Genug Sprengstoff, um den ganzen Kasten hier in die Luft fliegen zu lassen. Das würde zusätzlich sogar noch für zwei Jumbos reichen!«

Francis spürte, wie ihm der Schweiß unter den Achseln ausbrach. Ein kalter Schauer lief ihm über den Rücken. Ein Wahnsinniger. Das ist ein Verrückter, der meint es ernst. Was mache ich nur? Der schießt, der erschießt mich gleich ...

In dem Moment wurde die Tür des Arztzimmers geöffnet, und Alice Cotisson ging mit den Aufnahmen einer Computertomographie in der Hand zum Ausgang der Station. Als sie um die Ecke bog und Francis und den maskierten Mann mit der Waffe sah, erfasste sie in Sekundenschnelle die Situation. Mit raschen Schritten ging sie auf die beiden zu und herrschte den Fremden an.

»Sind Sie vollkommen verrückt geworden? Wer sind Sie? Nehmen Sie sofort die Waffe weg, und verlassen Sie die Station! Oder ich rufe die Polizei!«

O Gott, dachte Francis, was redet sie denn da? Die Polizei? Sah sie nicht, dass dieser Kerl alle Trümpfe in der Hand hielt? Er besaß eine Waffe, eine Ladung Sprengstoff, trug eine Skimaske und wusste offenbar genau, was er wollte. Was wollte er?

In dem Moment eilten Stéphane Crespin und Fabienne Bartholémy, alarmiert durch Alice Cotissons laute Stimme und das Wort »Polizei«, um die Korridorkurve. Wie angewurzelt blieben sie stehen. Fabienne reagierte als Erste. Sie hatte den Fremden nur wenige Sekunden gesehen, und die Maske verdeckte sein Gesicht völlig. Dennoch war sie hundertprozentig sicher, dass es ihr Exehemann Antoine war. Er hatte sie aufgespürt und war hier eingedrungen. Mit seinem ganzen Hass, den er seit Jahren in sich trug, würde er sich an ihr rächen ... Voller Panik drehte Fabienne sich um und rannte zurück ins Schwesternzimmer, wo ein Telefon stand.

Der Fremde versetzte Francis einen heftigen Stoß, sodass dieser zurücktaumelte, und lief Fabienne in Riesensätzen hinterher.

Sekunden später ertönte ein Schuss.

Erneut versuchte Francis Picard die Tür zum Treppenhaus zu öffnen. Er trat mit dem Fuß dagegen und hämmerte mit den Fäusten auf sie ein. Dann verlor er die Beherrschung.

»Scheiße, die Tür geht nicht auf!«, schrie er. »Verdammte Scheiße!!! – Hilfe! Hilfe, ruft die Polizei! Hier ist ein Bewaffneter. Hilfe!«

Alice Cotisson und Stéphane Crespin waren den Korridor zurückgelaufen, um nach Fabienne zu sehen. Diese lag auf dem Steinfußboden vor dem Schwesternzimmer. Sie hatte die Augen weit aufgerissen, stöhnte und hielt ihre Hand auf den Unterleib gepresst.

»Um Gottes willen, sind Sie wahnsinnig?!« Alices Stimme war in Flüstern übergegangen. Sie hockte sich neben die Verletzte, um nach der Wunde zu sehen. Das Blut schoss hervor, färbte Fabiennes Hand und ihren Schwesternkittel hellrot.

»Sie ist schwer verletzt«, sagte Alice, und ihre Stimme zitterte. »Wir müssen sofort Notfallmaßnahmen einleiten!«

Sie stand auf und wollte zum Telefon am Überwachungsplatz 1 gehen, doch der fremde Eindringling verhinderte das. Blitzschnell stellte er den Aktenkoffer ab und stieß die Ärztin brutal zur Seite. Alice verlor das Gleichgewicht und fiel auf Gesäß und Rücken. Sie schrie den Maskierten an.

»Sehen Sie nicht, dass sie hohe Blutverluste hat?! Wenn nicht sofort etwas geschieht, verblutet sie hier!«

»Ach was! So schnell wird sie schon nicht sterben.«

Die Stimme des Mannes klang so, als hätte sich sein Mund hinter der Maskierung zu einem verächtlichen Grinsen verzogen. Dann fuchtelte er mit seinem Revolver herum und zeigte auf das Schwesternzimmer.

»Erst mal geht ihr alle da rein. Los, Bewegung!«

Mit wenigen Schritten war er hinter dem Counter des Überwachungsplatzes und riss die Telefonkabel aus der Wand.

Alice spürte, wie ihr die Hände zitterten und Panik ihren ganzen Körper überfiel. Gleich würde ihr schwarz vor Augen werden. Doch sie riss sich zusammen.

»Los, los!« Der Maskierte stieß mit dem Fuß nach ihr.

Alice stand auf und strich sich hektisch den Rock und den Kittel glatt. Ihr Mund war vollkommen trocken, und in ihrem Kopf hämmerte es wie wahnsinnig. Sie sah dem Mann ins Gesicht. Seine Augen wirkten völlig ausdruckslos in den Löchern der Skimaske. Ein eisblaues Wasser, in dem sich jedes menschliche Gefühl verlor. Alice hatte schon einmal solche Augen gesehen, und sie wusste, dass dieser Mann kein Erbarmen kannte. Er würde Fabienne hier auf dem Korridor verbluten lassen, und keiner der Ärzte würde ihr helfen können. In was für einen Albtraum waren sie geraten! Die einzige Hoffnung, die es geben würde, war Hilfe von außen. Aber wann und wie? Diese Station war wie eine Falle, in der sie jetzt gefangen saßen. Und wenige Meter weiter lagen sechs Schwerkranke …

Alice taumelte ins Schwesternzimmer. Der Fremde folgte ihr und riss auch hier das Telefonkabel aus der Wand.

»Los, du da, komm rein!« Die Revolvermündung zeigte auf Stéphane, der immer noch sein Buch in der Hand hielt und den Fremden mit aufgerissenen Augen anstarrte.

»Und du auch da hinten!«, rief der Maskierte über den Korridor. »Oder brauchst du 'ne Extraeinladung?«

Vergeblich hatte Francis versucht, die automatische Tür zu öffnen. Resigniert und apathisch bog er um die Ecke des Korridors. Alles in ihm sträubte sich, das Schwesternzimmer zu betreten. Er wusste genau, dass das ein Fehler war. Doch was war richtig, was war falsch in diesem Augenblick? Er hatte Angst, Todesangst. Wie ein Automat folgte er den Anweisungen des Fremden und vermied es, einen Blick auf die am Boden liegende Schwester Fabienne zu werfen. Dann fiel es ihm wie Schuppen von den Augen. Das Arztzimmer! Es war von innen zu verriegeln. Er hätte sich dorthin flüchten und die Tür versperren können, um über das Telefon Alarm zu schlagen … Zu spät. Der Zeitpunkt war verpasst. In seiner Panik hatte er kläglich versagt.

Niemand sagte etwas. Nur Fabiennes Röcheln, das sich mit den deutlich zu vernehmenden, sporadischen Schmerzlauten von Madame Chabrol mischte, durchbrach die Stille.

Ein Stockwerk tiefer, im Ärztezimmer der Inneren Station, lief der Fernseher mit voller Lautstärke.

Der Schuss, der soeben auf der Intensivstation gefallen war, verlor sich ebenso wie Dr. Picards verzweifeltes Hämmern gegen die automatische Eingangstür im Jubelgeschrei um Zinédine Zidanes Tor. Frankreich führte im Endspiel gegen Brasilien mit 1:0. Ärzte, Schwestern und Pfleger der Inneren Station sowie Patienten, die aufstehen durften, fielen sich lachend und kreischend in die Arme.

6

»Tor, Tor, Tooor!!!«

Annabelle de Pousset drehte ihren Kopf in die Richtung, aus der diese Worte auf Deutsch gerufen wurden, und verzog kaum merklich das Gesicht. Deutsch war eine Sprache, die sie nicht mochte. Sie klang in ihren Ohren hart, kantig und irgendwie unkultiviert. Es war die Sprache eines Volkes, das Frankreich binnen einhundertzwanzig Jahren dreimal überfallen hatte. Soldaten dieses Landes hatten ihren Vater, den Grafen Laurent de Pousset, noch in den letzten Kriegstagen im August 1944 wie einen räudigen Hund erschossen. Annabelle liebte andere Sprachen. Sie beherrschte perfekt Englisch, Spanisch und leidlich Italienisch. Rein intellektuell gesehen wusste sie, dass im heutigen, modernen Europa deutschfeindliche Ressentiments unangebracht waren. Ihre Abneigung war ganz persönlicher Natur, und darauf hatte schließlich jeder Mensch ein Anrecht. Sie war nie nach Deutschland gereist und würde auch nie einen Fuß in dieses Land setzen. Basta.

Natürlich kannte und schätzte sie deutsche Kultur. Weniger die Dichter (mit Ausnahme von Rilke und Heine, die beide eine starke Affinität zur französischen Sprache und Lebensart hatten) als die Komponisten. Sie liebte Beethoven, Mozart und Schubert. Irgendjemand hatte ihr einmal gesagt, dass Schubert und Mozart Österreicher gewesen waren. Das kümmerte sie nicht weiter. Klassische deutsche

Musik schloss sie alle ein. Bach kam hinzu, Händel, obwohl der sein halbes Leben in England verbracht hatte. Und Brahms.

»Ihre deutschen Freunde sind ja völlig aus dem Häuschen«, sagte sie mit leicht ironischem Unterton und wandte sich zu Florence. »Obwohl Deutschland doch gar nicht mitspielt!«

Florence, die Annabelle gegenübersaß, blickte gedankenverloren ins schimmernde Wasser des Swimmingpools. Sie schwenkte ihr Rotweinglas, trank einen Schluck und zuckte mit den Schultern. Neben ihr im Liegestuhl lag Cathérine.

Es war ein lauer Abend. Ein Himmel wie tiefblauer Samt. Noch war die Dunkelheit nicht hereingebrochen. In den Pinien im Park schrien die Zikaden. Die Bodenbeleuchtung im Schwimmbecken ließ das Wasser in tausend Bewegungen hin und her tanzen.

»Monsieur Blaschke war früher Florences Assistent in Berlin.« Cathérine zündete sich eine Zigarette an.

»Ja und?« Annabelle verstand nicht, was Cathérine damit sagen wollte.

»Na ja, du hast doch eben gemeint, das wären ihre Freunde. Ich wollte dir nur sagen, dass es *nicht* ihre Freunde sind, sondern dass Monsieur Blaschke ein früherer Untergebener von Florence ist.«

»Du bist doch sonst nicht so spitzfindig, Cathy.«

Florence lachte, weil Cathérine Blaschkes Namen französisch ausgesprochen hatte, und in das »a« hatte sie sogar noch einen leichten Nasal hineingeschummelt. Mit einem Zug leerte Florence ihr Glas.

»Ach was, Untergebener! So eng sehe ich das nicht. Blaschke war mein Mitarbeiter.«

»Sag ich doch! Du warst seine Chefin.« Erneut zog Cathérine an ihrer Zigarette. Mit einer schnellen, für sie typischen Bewegung stieß sie den Rauch in die Luft.

Wiederum ertönten vom Campingwagen des deutschen Ehepaares Stimmen. Anfeuerungsrufe, enttäuschte Stöhnlaute, ein spitzes »Jaaa!« aus dem Mund von Roswitha Blaschke.

Annabelle betrachtete Florence. Sie war eine gut aussehende Frau, das hatte Annabelle auf den ersten Blick feststellen können, als sie ihr vor einer Woche zum ersten Mal gegenüberstand. Sie wusste zwar, dass ihre alte Freundin Cathérine seit zwei Jahren mit der deutschen Kommissarin liiert war, aber kennen gelernt hatte sie sie erst in diesem Sommer. Sie musste zugeben, dass Cathérine wie immer einen guten Geschmack an den Tag gelegt hatte. Florence entsprach mit ihrem schmalen, intelligenten Gesicht und den dunklen, naturgewellten Haaren weder dem Bild, das Annabelle sich bisher von Polizeikommissarinnen gemacht hatte, noch dem Klischee einer Teutonin. Ihr Lächeln, charmant und gewinnend, nahm ihr Gegenüber sofort für sich ein. Ihre Bewegungen waren weiblich und entschlossen zugleich, falls darin überhaupt ein Gegensatz liegen sollte. Annabelle schätzte sie auf Anfang vierzig, doch möglicherweise war sie eher ein, zwei Jahre älter. Heutzutage halten sich Frauen besser als zu Zeiten unserer Mütter, dachte Annabelle. Jedenfalls dann, wenn sie nicht gerade eine Trennung hinter sich hatten, wie sie selbst. Florence, die einen Beruf ausübte, den Annabelle ebenso faszinierend wie unheimlich fand, strahlte Souveränität und Kompetenz aus. Annabelle mochte Frauen, die auf ihrem Gebiet erfolgreich waren. Florence Labelle, die Deutsche mit den zwei Staatsangehörigkeiten und einem hundertprozentig französischen Flair, war in jeder Hinsicht eine beeindruckende Persönlichkeit. Annabelle konnte durchaus verstehen, dass Cathérine sich in sie verliebt hatte.

Sie selbst war ihr Leben lang hoffnungslos heterosexuell gewesen. Nicht eine einzige Erfahrung in anderer Richtung hatte sie gemacht. Obwohl sich genug Gelegenheiten geboten hätten. Doch Annabelle stand auf Männer. Sie hatte viele Beziehungen gehabt, die meisten waren turbulent verlaufen, mit Eifersuchtsszenen, Trennungen und Wiederversöhnungen und dramatischem Ende. Keine hatte im Grunde tiefere Spuren hinterlassen. Doch Annabelle war ein Mensch, der immer nach vorn blickte, nie zurück. Das würde am Ende auch bei Carlos so sein. In ein, zwei Monaten sah die Welt schon wieder anders aus. Annabelle hatte noch große berufliche Pläne. Ihr eigenes Plattenlabel, endlich! Damit sie ihre Schützlinge selbst vermarkten konnte und sie nicht den gierigen Haifischen in den Chefetagen der Musikmultis zum Fraß vorwerfen musste.

Jetzt saß sie hier am Pool ihrer Freundin Cathérine und konnte diesen wunderschönen Abend sogar richtig genießen. Der schlimmste Schock war überwunden. Carlos würde sie vorläufig nicht wieder sehen, sondern sie würde alles über ihren Anwalt abwickeln lassen.

Vielleicht war ihre augenblickliche Stimmung auch nur ein kurzes Aufflackern? Das würde man sehen. Die Reise in den Süden, nach *Les Oliviers,* sozusagen ein Tapetenwechsel, rückte die Ereignisse in Paris wenigstens kurzzeitig in weite Ferne.

Florence, die Annabelles neugierige und forschende Blicke gespürt hatte, musste plötzlich daran denken, wie Blaschke und seine Frau kurz nach ihrer Ankunft als Erstes in den Pool gesprungen waren. Den Camper hatten sie etwa fünfzig Meter vom Pool entfernt geparkt. Gegen 20 Uhr gab es im Innenhof von *Les Oliviers* ein kaltes Abendessen, das Emmanuelle, Cathérines spanische Haushälterin, aufgetragen hatte. Mit Roswitha Blaschke, die vor ihrer diesjährigen Sommerreise einen Volkshochschulkurs in Spanisch belegt hatte, verstand Emmanuelle sich auf Anhieb. Trotz Roswithas zweifellos sehr sächsisch gefärbter Aussprache und ihrem minimalen Wortschatz strahlte Emmanuelle, als sie einige Brocken ihrer Muttersprache hörte. Freudig hatte sie die Einladung angenommen, sich die zweite Halbzeit des Fußballendspiels zusammen mit den Blaschkes im Wohnmobil anzusehen. Erst wollte sie noch die Küche aufräumen und die Marinade für die Forellenfilets ansetzen, die es am 14. Juli als Vorspeise geben würde.

Ansonsten war das kurze Abendessen eher ein bisschen verkrampft gewesen. Florence dolmetschte, und Cathérine und Annabelle stellten ein paar höfliche Fragen. Blaschke versuchte, seine Unsicherheit mit lockeren Sprüchen zu überspielen, die außer Florence und Roswitha niemand verstand. Alle atmeten auf, als das Essen vorüber war.

Seit Anpfiff des Spiels saßen Heinz und Roswitha Blaschke im Wohnwagen, die Türen weit geöffnet. Die grelle Geräuschkulisse im Stade de France – tausende Stimmen, Schlachtenrufe und Trommelschlagen – durchschnitt die Lauschigkeit dieses Sommerabends.

Florence bekam plötzlich Lust, schwimmen zu gehen. Sie stand auf, ging ins Badehäuschen und zog ihren Schwimmanzug an. Mit einem Kopfsprung hechtete sie ins Wasser und kraulte zwei Bahnen. Das Wasser war warm und schmeckte nach Hitze und Sommer.

»He!« Cathérine war aus ihrem Liegestuhl aufgesprungen und wischte sich lachend die Wasserspritzer ab. Sie ging zum Beckenrand. »Kannst du nicht ein bisschen aufpassen?«

Florence schnellte mit dem Oberkörper aus dem Wasser und umfasste mit der rechten Hand Cathérines nackten linken Knöchel.

»Wenn du noch was sagst, zieh ich dich rein!«

Annabelle hatte eine Idee. Rasch erhob sie sich aus ihrem Liegestuhl und trat hinter Cathérine.

»Ja, warum nicht?«, sagte sie glucksend und stieß Cathérine mit einem heftigen Schubs ins Becken. Kaum war Cathérine untergetaucht, sprang Annabelle mit ausgebreiteten Armen und einem lang gezogenen Schrei in voller Kleidung hinterher. Die drei Frauen sahen sich an, bespritzten sich mit Wasser und fingen aus vollem Hals an zu lachen. Cathérine schluckte versehentlich eine Ladung Wasser, hustete und begann erneut zu lachen.

Annabelle tauchte und kam nach ein paar Zügen unter Wasser prustend an die Oberfläche. Ihre Augen leuchteten, als sie zu Cathérine sagte:

»Hey, Cathy, was hältst du davon, wenn wir dein Comeback planen und du im Frühjahr eine neue Platte aufnimmst?«

Cathérine sah ihre ehemalige Managerin entgeistert an.

»Hast du den Verstand verloren, Annabelle? Ich trete doch nicht vor Jahren mit einer großen Abschiedsgala von der Bühne ab, um heute, im Alter von – na ja, lassen wir das – mein Comeback anzuvisieren!« Sie lachte laut los und schlug sich an die Stirn.

»Wieso nicht? Denk doch bloß mal an Tina Turner! Oder an Marianne Faithful. Françoise Hardy will auch ein neues Album rausbringen. Und Françoise ist schon Mitte fünfzig.«

»Ich weiß, wie alt Françoise ist.« Cathérine klang jetzt ärgerlich. »Schlag dir diesen Gedanken aus dem Kopf, Annabelle.«

Florence mischte sich ins Gespräch ein. Nach einem kurzen Blickwechsel mit Annabelle sagte sie:

»Ja, warum eigentlich nicht, Cathérine? Eine neue Show in Paris oder in Las Vegas!«

»Genau!« Annabelle schlug mit der flachen Hand aufs Wasser. »Las Vegas! Das wäre doch Wahnsinn! Weißt du noch, Cathy, 1974 in Las Vegas? Das erste Konzert in den USA! Wir waren jung, alles lag noch vor uns …«

Cathérine schnitt ihr das Wort ab.

»Hör auf mit diesem sentimentalen Quatsch, Annabelle!« Dann wandte sie sich an Florence. »Was redest du denn da für einen Unsinn? Habt ihr zwei euch etwa abgesprochen? Also eines sage ich euch – ohne mich.«

Sie schwamm an den Beckenrand und zog sich aus dem Wasser. In dem Moment hörte sie, dass Florences Handy klingelte, das auf dem Tischchen neben dem Liegestuhl lag.

7

In rasendem Tempo lenkte Cathérine ihren Landrover über die menschenleere Landstraße.

Florence, deren Haare noch nass vom Schwimmen waren, hatte sich in der Eile des Aufbruchs das erstbeste Paar Jeans angezogen, eine rote Bluse und Wildlederslipper. Ihr beigefarbener Leinenblazer lag auf der Rückbank des Wagens. Im Gürtelhalfter steckte griffbereit ihre Dienstwaffe, ein ungewohnter Anblick für Cathérine.

Hin und wieder warf Cathérine ihr einen besorgten Blick zu. Sie spürte genau, wann man reden musste und wann nicht. Florence war dankbar, dass sie sie auf der Fahrt nach Nîmes nicht mit Fragen bombardierte. Cathérine kannte die wichtigsten Fakten, und sie ließ Florence unterwegs genügend Zeit für ihre Überlegungen.

Noch auf *Les Oliviers* hatte sie als Erstes versucht, ihren Assistenten Alain Roche anzurufen. Auf seinem Privatanschluss antwortete niemand, und sein Handy war abgeschaltet. Erst da fiel Florence ein, dass er ja im Stade de France in Paris saß und sich das Endspiel ansah. Vorausgesetzt, sie würde ihn heute Nacht doch noch erreichen, wäre er frühestens morgen Vormittag in Nîmes. Zu spät für das, was sich ereignet hatte.

Florence lehnte sich im Sitz zurück und schloss die Augen. Der Super-GAU, Albtraum jedes Polizisten, war eingetreten. Zu den Super-GAUs rechnete Florence Bombenattentate jeder Art; Banküberfälle mit Geiselnahme; Amokschützen, die sich verschanzt hatten; Ehemänner, die die gesamte Familie als Geiseln festhielten; Geiselnahmen in Schulen, Kindergärten und so weiter. Es hatte Geiselnahmen in Flugzeugen und öffentlichen Verkehrsmitteln wie Bus und U-Bahn gegeben. Florence kannte Fälle von Patientenvergewaltigungen in Krankenhäusern und sexuelle Übergriffe auf weibliches Zugpersonal.

Dies hier war neu. Noch nie hatte jemand die Intensivstation eines Krankenhauses in seine Gewalt gebracht. Oft schon hatte Florence darüber nachgedacht, wie leicht ein Psychopath sich in eine Krankeneinrichtung einschleichen konnte. Sicherheitsmaßnahmen gab es dort praktisch nicht. Die Stationen waren Tag und Nacht zugänglich, nachts herrschte zudem wenig Betrieb. Die Patientenzimmer konnten von innen nicht abgesperrt werden. Jeder hatte die Möglichkeit, plötzlich vor dem Bett eines Kranken zu stehen, um ihn, aus welchen Motiven auch immer, zu misshandeln, zu entführen, als Geisel zu nehmen oder zu töten. Irgendwann würde man dazu übergehen müssen, die Besucher und das Personal in den Krankenhäusern zu checken und zu scannen wie die Passagiere auf den Flughäfen. Vielleicht war heute der Anfang gemacht, der Auftakt zu einer neuen Art Geiselnahme? Florence wollte sich nicht ausmalen, wie viele Nachahmungstäter eine solche Aktion finden würde, wenn erst einmal die Medien darüber berichteten. Deswegen hatte sie dem Krankenhausdirektor als Erstes eingeschärft, auf keinen Fall die Presse zu informieren und auch innerhalb der Klinik den Kreis der Eingeweihten so klein wie möglich zu halten.

Niemand konnte sagen, was geschehen war. Es gab keinen Kontakt zur Station. Die automatische Eingangstür ließ sich nicht öffnen, der oder die Täter mussten an ihr herummanipuliert haben. Die Telefone blieben tot. Auch über Beeper konnte man niemanden vom Pflegepersonal im 6. Stock erreichen. Es gab keine Vermutungen über die Anzahl und Identität der Täter, es gab keine Forderungen irgendwelcher Art. Weder der Pförtner noch einer der Ärzte oder Schwestern von den übrigen Stationen hatten an diesem Abend etwas Ungewöhnliches bemerkt. Stutzig geworden war schließlich Dr. Blanchard, Assistenzarzt auf der Inneren Station ein Stockwerk tiefer. Als sein Kollege Francis Picard fünfundzwanzig Minuten nach Spielbeginn immer noch nicht heruntergekommen war, um sich auf Station 5 das Fußballspiel anzusehen, rief Blanchard ihn auf der Intensivstation an. Doch es gab keine Verbindung, es herrschte absolute Funkstille. Als der Arzt nach dem Rechten sehen wollte, ließ sich seltsamerweise die Tür nicht öffnen. Dann fiel von innen ein Schuss. Er durchschlug die Milchglasscheibe, ohne Blanchard zu verletzen.

Von da an wusste jeder Bescheid. Fünf Minuten später waren die Gendarmerie, die *Police Judiciaire* und der Direktor des Krankenhauses alarmiert, während die unheimliche Stille im 6. Stock anhielt.

In welchen Zeiten leben wir!, dachte Florence. Im Baskenland hörten die Bombenattentate nicht auf, in Korsika trieben die Exekutionskommandos der so genannten Befreiungsbewegung ihr Unwesen. Islamische Terroristen setzten Selbstmordattentäter ein. Der groteske Glaubenskrieg in Nordirland wurde immer wieder aufs Neue angefacht. In Algerien schlachteten die Fundamentalisten ganze Dorfgemeinschaften ab. Fanatische Islamisten sprengten Flugzeuge und Botschaftsgebäude in die Luft. Neben dem Israel-Palästina-Konflikt waren das die großen, immer weiter eskalierenden Terroranschläge, gegen die offenbar keine Staatsmacht und auch keine militärischen Vergeltungsschläge halfen.

Daneben hatte sich fast unmerklich weltweit eine Gewaltbereitschaft entwickelt, die aus Teilen der Bevölkerung heraus entstand. Hier ging es nicht um politische Ziele oder religiösen Fanatismus. Hier waren Einzeltäter am Werk, die keine moralischen Skrupel mehr kannten. Ehefrauen, die ihre Männer verlassen wollten, wurden kaltblütig liquidiert, oft mitsamt den Kindern und weiteren Familienangehörigen. Obdachlose, die betrunken und friedlich auf einer Parkbank schliefen, verbluteten unter den Springerstiefeltritten oder Kettenschlägen einiger gelangweilter und aggressionsgeladener Jugendlicher. Jüdische Friedhöfe wurden geschändet. In Deutschland brannten Synagogen und Asylantenheime. Gewalt um der Gewalt willen, das Faustrecht der Straße, der Egotrip der Psychopathen in einer mediendurchseuchten Gesellschaft, in der der Ruhm des Augenblicks so lange zählt, wie er vermarktet werden kann. Wie werde ich Millionär? Wie mache ich auf mich aufmerksam, um der Gleichförmigkeit und Langeweile meiner durchschnittlichen Existenz zu entgehen? Mehrfache Mörder, Serienvergewaltiger und Geiselnehmer verkauften gegen Millionenhonorare ihre Storys an Zeitungen und Fernsehen, und die Meinungsmacher stürzten sich begierig darauf.

Wer hatte das Copyright auf diese neue Variante von Geiselnahme im Krankenhaus Louis Pasteur? War es ein einzelner Täter, waren es mehrere? Handelte es sich um das Kommandounternehmen einer terroristischen Gruppe? War es der Racheakt eines ehemaligen Patienten oder Mitarbeiters der Klinik? Florence hatte sofort erkannt, dass eine auf Geiselnahmen trainierte Spezialeinheit hinzugezogen werden musste. Da kam nur die taktische Eingreifgruppe der Gendarmerie in Frage. Sie verfügte über ausgebildete Scharfschützen und speziell geschulte Kräfte inklusive Polizeipsychologen. Das Nötige war bereits veranlasst. Hauptmann Atlan von der GIGN (*Groupe d'Intervention de la Gendarmerie Nationale*) in Montpellier, der sich übers Wochenende in seinem Ferienhaus in den Cevennen aufhielt und jederzeit telefonisch erreichbar war, befand sich bereits per Hubschrauber auf dem Weg nach Nîmes. Hoffentlich gab es kein unnötiges Gerangel hinsichtlich der Kompetenzen der verschiedenen Polizeidienste. Von der Befehlshierarchie her war die Sache klar. Kommissarin Labelle von der *Police Judiciaire* sollte die Aktion leiten. Gendarmerie-Hauptmann Atlan befehligte die Eingreifgruppe, die ihre geplanten Aktionen jedoch erst nach Absprache mit Florence durchführen sollte. Ermittlungsrichterin Colombier hatte Florence grünes Licht gegeben. Sie selbst verbrachte das Wochenende bei Freunden auf einer Yacht im Hafen von Lavandou, wollte jedoch gleich morgen früh zurückkehren. Im Moment konnte sie am Ort des Geschehens ohnehin nichts bewirken. Als Florence auf *Les Oliviers* über die Geiselnahme informiert wurde, hatte sie außerdem sofort den Präfekten Desgranges über dessen Handynummer angerufen und sich dort ebenfalls Rückendeckung geholt. Desgranges reagierte zuerst ungehalten, weil er sich mit ein paar Parteifreunden und Honoratioren der Stadt in seiner Dienstvilla das Fußballendspiel im Fernsehen ansah. Doch angesichts der Tragweite der Ereignisse wollte er innerhalb der nächsten Viertelstunde in der Klinik sein.

Eine Intensivstation mit sechs schwer kranken Patienten. Kein Kontakt. Niemand wusste, was sich da oben abgespielt hatte und noch abspielte. Nur so viel war klar: Da hatte jemand einen Zeitpunkt gewählt, der nicht günstiger hätte sein können. Jemand, der sich offenbar auskannte und sein Vorhaben bis ins Letzte geplant haben musste. An einen Zufalls- oder Spontantäter mochte Florence nicht glauben. Normalerweise machen Geiselnehmer ziemlich bald auf sich aufmerksam. Sie stellen ihre Geldforderungen oder wollen auf andere Weise erpressen. Auf jeden Fall suchen sie Kontakt zur Polizei.

Es war die unheimliche Stille, die im 6. Stock der Klinik herrschte, die allen Eingeweihten das Blut in den Adern gefrieren ließ. So hatte es der Krankenhausdirektor, der ansonsten nüchtern, vernünftig und kompetent wirkte, am Telefon ausgedrückt.

8

Der Krankenhausdirektor hatte sein Büro, einen großen Raum mit Vorzimmer, als Krisenzentrum zur Verfügung gestellt. Albert Pônelle war ein korpulenter, dynamisch aussehender Mann mit vollen grauen Haaren und einer großen Hornbrille. Außer ihm befanden sich noch Beamte der Gendarmerie im Raum, die Florence kannte, und ein Mitarbeiter der Klinik, den Pônelle ihr vorstellte.

»Das ist Dr. Carpentier. Er ist stellvertretender Stationsarzt und hatte heute bis etwa 20 Uhr Dienst auf der Intensivstation. Er war gerade auf dem Weg zu seinem Wagen, als es passierte.«

Florence reichte dem Arzt, einem großen, leptosomen Typ mit schütteren hellen Haaren und einem Bärtchen, die Hand.

Der Direktor fuhr fort.

»Auf der Station befinden sich zwei Ärzte. Dr. Cotisson, die Stationsärztin, und Dr. Picard, ein junger Assistenzarzt, der noch nicht lange bei uns ist. Außerdem waren für diese Schicht Schwester Fabienne Bartholémy und Krankenpfleger Stéphane Crespin eingeteilt. Alle vier haben ihren Dienst heute Abend nachweislich angetreten. Der Pförtner hat sie gesehen, andere auch. Dr. Carpentier hat die Station um 20 Uhr ordnungsgemäß übergeben.«

Florence nickte.

»Könnte es einer von diesen vieren sein?«

Pônelle sah sie ungläubig an und warf dann einen schnellen Blick in die Runde.

»Sie glauben doch nicht etwa, dass einer unserer Klinikmitarbeiter zu einer solchen Sache fähig wäre, *Commissaire*?!«

»Solange wir keine Einzelheiten wissen, können wir nichts ausschließen.«

Dr. Carpentier mischte sich ein.

»Für die Kollegen da oben würde ich meine Hand ins Feuer legen!«

Florence sah ihn prüfend an, verkniff sich aber eine entsprechende Bemerkung. Wenn die Erfahrungen ihres Lebens ihr eines gezeigt hatten, dann dass man nie und unter keinen Umständen für irgendjemanden die Hand ins Feuer legen sollte.

»Was ist mit ehemaligen Patienten und Mitarbeitern? Hätte jemand ein Rachemotiv? Wurden Mitarbeiter fristlos entlassen, gab es irgendwelche Schwierigkeiten?«

Pônelle dachte einen Augenblick nach. Dann schüttelte er langsam den Kopf.

»Nicht dass ich wüsste. In den letzten ein, zwei Jahren haben wir niemanden fristlos entlassen. An Schwierigkeiten mit dem Personal kann ich mich nicht entsinnen. Aber da müssten wir sicherheitshalber die Unterlagen einsehen.«

»Veranlassen Sie das bitte. Lagen Fälle von Kunstfehlern vor? Könnten der oder die Täter aus diesem Umkreis kommen? Gab es Schadenersatzprozesse gegen einen Ihrer Ärzte oder gegen die Klinik?«

»Nein. Das kann ich mit Sicherheit ausschließen.«

»Der Pförtner sagte mir eben, er hätte seit Antritt seines Dienstes um 17 Uhr nichts Auffälliges bemerkt. Die Überwachungkameras erfassen den Haupteingang der Klinik und den Hofbereich des Gebäudes. Allerdings zeichnen sie nicht auf, sondern liefern nur Livebilder.«

»Das ist richtig«, bestätigte Pônelle.

»Ich habe gesehen, dass ein Fernsehgerät in der Pförtnerloge steht und der Mann während seiner Dienstzeit das Fußballspiel verfolgt. Ist das zulässig?«

»Ja, er hat die Genehmigung dazu, aber nur für heute. Es ist doch verständlich, dass die Mitarbeiter sich das Spiel unserer Mannschaft ansehen wollen!«

»Sicher, aber möglicherweise hat ihn das von seinen eigentlichen Aufgaben abgelenkt.«

»Dem Pförtner kann kein Vorwurf gemacht werden, *Commissaire*. Wer rechnet denn mit einem derartigen Vorfall?«

Niemand, das wusste Florence. Aber es gab immer ein erstes Mal. Sie wechselte das Thema.

»Jetzt bitte die Liste der Patienten.«

Direktor Pônelle überreichte ihr einen Computerausdruck. Florence ging die Namen sorgfältig durch:

Nummer 1: Philippe Kahn, 56 Jahre
Nummer 2: Jean-Marc Truel, 27 Jahre
Nummer 3: Marie Chabrol, 90 Jahre
Nummer 4: Adolphe Girard, 52 Jahre
Nummer 5: Jacques Navarro, 41 Jahre
Nummer 6: Marie-France Roche, 32 Jahre

Florence runzelte die Stirn. Noch einmal las sie den letzten Namen. Marie-France Roche? Sie überlegte. Hieß die geschiedene Frau ihres Assistenten nicht Marie-France? Nein, das musste ein Zufall sein. Wahrscheinlich hatte sie nach der Scheidung den Namen Roche abgelegt. Vermutlich war sie inzwischen mit dem Kerl verheiratet, mit dem sie im letzten Sommer Hals über Kopf durchgebrannt war.

Florence wandte sich an Inspektor Burgio, der Alain Roche im Urlaub vertrat.

»Sagen Sie, Inspektor, hier ist eine Patientin namens Marie-France Roche. Halten Sie es für möglich, dass das Inspektor Roches Exfrau ist?«

Burgio überlegte einen Moment und zuckte dann mit den Schultern.

»Keine Ahnung, *Commissaire.*«

»Dann überprüfen Sie das bitte gleich. Ihr Geburtsdatum steht hier: der 21. Mai 1966. Versuchen Sie, Inspektor Roche über sein Handy zu erreichen. Ich hab's auch schon probiert, ohne Erfolg. Er sieht sich in Paris das Endspiel an. Sehen Sie im Register Eheschließungen des *Hôtel de Ville* nach. Die beiden müssen vor fünf oder sechs Jahren geheiratet haben.«

Erneut studierte sie die Krankenliste.

»Doktor, erzählen Sie mir ein bisschen mehr über die Patienten. Sie waren ja bis heute Abend der verantwortliche Arzt.«

Carpentier räusperte sich. Florence sah, wie mitgenommen er war. Wahrscheinlich dachte er die ganze Zeit daran, dass ihn ein gütiges Schicksal davor bewahrt hatte, diese heutige Nachtschicht zugeteilt bekommen zu haben. Das waren die berühmten Zufälle im Leben. Man verpasst den Flieger, und dann stürzt dieser ab. Oder umgekehrt: Man nimmt ein früheres Flugzeug, und das ist dann die Unglücksmaschine. Carpentiers Bericht war sachlich und knapp.

»Nummer 1 hat eine schwere Lungenembolie. Nummer 2 lag nach einem Suizidversuch mit Barbituraten drei Tage im Koma. Morgen früh soll er auf die Innere verlegt werden. Nummer 3 hat Darmkrebs im Endstadium und wurde vor vier Tagen operiert. Bei Nummer 4 wurde gestern ein Glioblastom entfernt.«

Florence runzelte die Stirn.

»Was ist das?«

»Ein bösartiger Tumor im Gehirn. Es ist bereits die dritte Operation in zwei Jahren. Der Tumor streut immer wieder. Damit operiert werden konnte, musste der Wangenknochen aufgemeißelt werden. Keine sehr angenehme Prozedur für den Patienten. Er wurde in ein künstliches Koma versetzt und wird beatmet. Er ist der problematischste Fall auf der Station. Schon unter normalen Umständen ist seine Überlebenschance sehr gering, höchstens drei bis fünf Prozent. Aber jetzt … ich meine …« Carpentier brach ab und strich sich nervös die Haare aus der Stirn.

Florence wusste, was er meinte. Wenn das Pflegepersonal im 6. Stock durch einen oder mehrere Geiselnehmer an der Ausübung seiner Pflichten gehindert wurde, konnte jeden Moment eine Katastrophe passieren. Sie deutete auf die restlichen Namen in der Liste.

»Und die anderen?«

»Nummer 5 verlor in einer elektrischen Kreissäge drei Finger. Nach chirurgischem Eingriff – zwei Finger konnten wieder angenäht werden – gab es Komplikationen. Blutvergiftung, mehrfaches Organversagen. Der Patient bekommt wegen seiner starken Schmerzen hohe Dosen Morphium. Nummer 6 liegt seit einer Woche im Koma. Schwerer Autounfall. Schädel-Hirn-Trauma, Blutung im Gehirn. Die Patientin wurde operiert. Die Prognose für sie ist äußerst ungewiss.«

»Alle Patienten brauchen also spezielle medizinische Betreuung sowie eine regelmäßige, genau dosierte medikamentöse Behandlung.«

»So ist es. Sonst lägen sie nicht auf der Intensivstation. Dort ist die beste medizinische Versorgung gewährleistet.«

Florence wandte sich wieder an den Direktor.

»Haben Sie die Baupläne des Krankenhauses, Monsieur Pônelle? Wir brauchen jede Einzelheit. Fahrstühle, Treppenhäuser, Luft- und Versorgungsschächte, Nasszellen, Abstellräume und so weiter.«

Der Direktor nickte und klappte eine Mappe auf.

»Hier. Ich habe die Pläne bereits herausgesucht.«

Florence betrachtete eingehend die Grundrisse und Querschnitte des Gebäudes. Der Direktor gab die Erklärungen dazu.

»Also, das ist der 6. Stock. Er ist vom Grundriss her nicht identisch mit den darunter liegenden Stockwerken. Die Station wurde vor zwei Jahren völlig umgebaut und im Hinblick auf ihre Funktionalität nach neuesten Erkenntnissen konzipiert. Sie sehen, dass es sich im Prinzip um einen großen, rechteckigen Raum handelt, der durch Zwischenwände nach seinen Funktionsbereichen unterteilt ist. Durch die automatische Doppeltür kommt man vom Treppenhausflur in einen Korridor, der nach wenigen Metern scharf nach rechts abbiegt. Vor der Biegung, also in Türnähe, liegen die Personaltoiletten. Daneben das Bad.«

Florence unterbrach ihn.

»Apropos Tür. Ist es technisch möglich, diese automatische Tür außer Funktion zu setzen?«

»Das sollte eigentlich ausgeschlossen sein, deshalb stehen wir ja hier vor einem Rätsel. Die automatischen Türen in der Klinik sind so konzipiert, dass sie sich beispielsweise bei einem plötzlichen Stromausfall automatisch öffnen und auch offen bleiben. Von innen, also von der Station her, lassen sie sich grundsätzlich immer öffnen. Wenn also jemand auf der Station versucht hätte, die Tür zu öffnen, hätte das möglich sein müssen.«

Florence nickte.

»Und von außen? Wie kann man normalerweise, wenn

kein Stromausfall vorliegt – und es lag ja keiner vor –, diese Tür von außen öffnen?«

»Nur mit einer entsprechenden Chipkarte.«

»Wer hat solche Chipkarten?«

»Alle Mitarbeiter, die auf der Station arbeiten. Und das Personal aus dem OP, der im selben Stockwerk liegt. Die frisch Operierten werden durch diesen Eingang gleich auf die Intensivstation gefahren. Also ein begrenzter und namentlich genau erfasster Personenkreis.«

»Ich brauche eine Liste dieser Personen. Ist diese automatische Tür der einzige Zugang zur Station?«

»Ja.«

»Sie sagten, der OP befindet sich ebenfalls im 6. Stock. Hat dort niemand gemerkt, was sich auf der Intensivstation abspielte? Oder ist da abends kein Betrieb mehr?«

Dr. Carpentier schaltete sich ein.

»Es wird oft bis in die Nacht operiert. Heute Abend war noch eine komplizierte, mikroskopische Meningeom-Operation angesetzt. Eine gutartige Geschwulst im Gehirn. Ein solcher Eingriff dauert relativ lange, insbesondere wenn der Tumor schwer zugänglich ist. Die Patientin wäre normalerweise gegen 22 Uhr auf die Intensivstation gekommen. Doch sie verstarb während der OP, etwa gegen 21 Uhr 30.«

»Das heißt also, während auf Dr. Blanchard geschossen wurde, fand auf der Nachbarstation gerade eine Operation statt.«

»Richtig. Allerdings liegt der OP auf der gegenüberliegenden Seite des Treppenhauses. Die Kollegen sagten mir, dass sie nichts gehört hätten.«

»Gleich nachdem der Schuss gefallen war, haben wir die Mitarbeiter im OP verständigt«, ergänzte der Direktor. »Natürlich hat sich niemand mehr ins Treppenhaus gewagt.

Wer noch im OP zu tun hatte, verließ den Bereich über die Feuertreppe, die in den Hof führt.«

Florence vertiefte sich wieder in die Baupläne.

»Und das hier, sind das die Patientenzimmer?«

»Auf der Station gibt es keine Krankenzimmer im üblichen Sinne. Die vier Patientenzimmer sind quasi transparent. Statt durchgehender Wände gibt es große Glasfronten und zum Korridor hin Türen, die meistens offen stehen. Von den beiden zentralen Überwachungsplätzen in der Mitte und am Ende des Korridors hat man alle Betten im Blick. Hier. Beide Überwachungsplätze sind mit jeweils zwei Telefonen ausgestattet. Aber sämtliche Leitungen sind tot. Außerdem werden die Daten aller Einzelmonitoren an den Patientenbetten auf die großen Vorschaumonitoren der Überwachungsplätze übertragen. Das Personal kann also von dort aus ständig die Patienten kontrollieren. EKG, Pulsoxymetrie, zentraler Venendruck, Kapnometrie und so weiter.«

»Und die weiteren Räumlichkeiten im 6. Stock?«

»Gegenüber von Überwachungsplatz 1 befinden sich das Schwesternzimmer und das Arztzimmer. Daneben liegt ein Geräteraum, für transportable Röntgenapparaturen und so weiter. Dann eine kleine Küche, die im Augenblick jedoch wegen einer defekten Rohrleitung nicht benutzt werden kann. Dort befindet sich ein Schacht mit einem Essensaufzug, der aus der Zentralküche der Klinik nach oben geschickt werden kann. An den Korridorwänden gibt es Einbauschränke mit Verbandszeug, Kathetern, Infusionsflaschen, steriler Kleidung, Wäsche und so weiter.«

»Gibt es über der Station noch ein weiteres Stockwerk?«

»Nein. Nur die Versorgungsschächte für die Sauerstoffzufuhr, die Elektrik und die Klimaanlage, dann kommt das

Dach. Auf dem Dach befindet sich der Hubschrauberlandeplatz.«

»Gibt es von dort aus einen direkten Zugang zur Station?«

»Nein. Vom Landeplatz gelangt man durch eine Schleuse nur in den OP-Bereich. Die meisten Kranken, die mit dem Helikopter in die Klinik kommen, müssen sofort operiert werden.«

»Notausgänge?«

Der Direktor deutete erneut auf die Baupläne.

»Hier. Ein Notausgang an der Stirnseite des Geräteraumes. Eine kleine Eisentür.«

»Wo führt sie hin?«

»Über eine Treppe hinunter in den 5. Stock. Von dort aus auf ein Vordach, von dem eine eiserne Wendeltreppe nach unten führt.«

Florence sah den Direktor erstaunt an.

»Eine Wendeltreppe? Und wie würden im Brand- und Katastrophenfall die Kranken evakuiert? Schwerstkranke, die im Koma liegen und ans Bett gefesselt sind?«

Der Direktor und Dr. Carpentier tauschten einen schnellen Blick.

»Das Gebäude wurde von den Sicherheitsmaßnahmen her völlig korrekt konzipiert und baupolizeilich abgenommen. Schwerstkranke können nur durch die große Eingangstür evakuiert werden. Der Sicherheitsmechanismus der Türen ist dergestalt, dass sie sich unter allen Umständen von innen öffnen lassen und von außen durch Helfer mit der Chipkarte.«

Florence lehnte sich zurück und atmete tief durch.

»Sie sagten doch, Dr. Blanchard hätte versucht, die Tür mit seiner Chipkarte zu öffnen?«

»Ja, aber da fiel gleich der Schuss.«

»Also wissen wir gar nicht, ob die Tür sich öffnen lässt.«

»Doch, das wissen wir. Sie lässt sich nicht öffnen. Der Schuss fiel erst, nachdem Dr. Blanchard seine Chipkarte aus dem Schlitz gezogen hatte und feststellen musste, dass die Tür geschlossen blieb.«

»Vielleicht ist seine Karte defekt?«

»Nein. Sie funktioniert bei anderen automatischen Türen, die nur mit der Chipkarte zu öffnen sind. Zum Beispiel die Tür zu unserem zweiten OP im Kellergeschoss.«

»Ich denke, die Tür zur Intensivstation hat einen speziellen Sicherheitsmechanismus und der Personenkreis mit entsprechenden Chipkarten ist begrenzt? Wenn auch die Chipkarten von anderen Türen hier benutzt werden können, hätten doch weit mehr Personen von außen Zugang.«

»Keineswegs. Dr. Blanchard gehört zum Personenkreis, der die Intensivstation jederzeit betreten kann. Und diese Personen haben eine multifunktionale Karte, das heißt, ihre Chipkarte öffnet alle ständig verschlossenen automatischen Türen, wie eben die zu den OPs *und* die Tür zur Intensivstation. Wer den speziellen Zusatzcode nicht auf der Chipkarte hat, kann die Tür im 6. Stock von außen nicht öffnen.«

Es herrschte Totenstille im Raum. Jeder wusste, was hier gespielt wurde. Sie waren Statisten in einem Geiseldrama, dessen Ausmaß und Ziel nicht im Entferntesten zu überblicken waren. Irgendjemand war auf mysteriöse Weise in den 6. Stock eingedrungen und hatte jede Verbindung zur Außenwelt abgeschnitten. Es gab keinerlei Informationen. Die Polizei musste sich in ihrer Vorgehensweise von Spekulationen und Vermutungen leiten lassen.

Nach kurzer Überlegung hatte Florence einen Entschluss gefasst.

»Als Erstes gehe ich jetzt in den 6. Stock. Mal sehen, ob

es vom Treppenhaus her irgendwelche Hinweise darauf gibt, was sich auf der Station abspielt. Anschließend sehe ich mir von der Treppe aus, die zum 5. Stock führt, die Notausgangstür an.«

Sie wandte sich an Carpentier.

»Ist sie von innen frei zugänglich, Doktor?«

Carpentier überlegte.

»Da bin ich ehrlich gesagt überfragt. Soweit ich weiß, dürfte sie nicht verstellt sein. Aber sicher bin ich nicht. Es könnte sein, dass ein paar Kartons davor stehen oder Infusionsständer. Mit Sicherheit keine größeren Möbelstücke wie Schränke oder dergleichen.«

Florence sah ihn skeptisch an. Es wäre nicht das erste Mal, dass eine Notausgangstür blockiert wäre. Es gab kaum eine Disco, ein Theater oder ein Kino, in denen diesbezüglich die Vorschriften befolgt wurden. Warum sollte das in einem Krankenhaus anders ein? Aber dieser Notausgang im 6. Stock war ohnehin nur eine Farce und würde zum Beispiel im Fall einer Brandkatastrophe lediglich vom Pflegepersonal benutzt werden können.

»Inspektor Burgio, Sie begleiten mich.«

Der Direktor wagte einen Einwand.

»Wollen Sie nicht auf die Antiterroreinheit warten? Die sind doch auf so etwas spezialisiert.«

»Die Antiterroreinheit? Sie meinen wahrscheinlich die Spezialeinheit der Gendarmerie, mit Scharfschützen, die für den Todesschuss ausgebildet wurden, und allem Drum und Dran. Aber ich frage Sie alle: Kann es hier darum gehen, eine Intensivstation zu stürmen, so wie Spezialeinheiten einen entführten Jumbojet stürmen? Das kann ich mir nicht vorstellen. Wir wissen überhaupt nichts. Wir wissen lediglich, dass der oder die Täter bewaffnet sind. Und dass ein Schuss gefallen ist. Dieser Schuss spricht eine deutliche

Sprache. Die Sprache der Gewalt. Im Moment kann es nicht darum gehen, mit den gleichen Mitteln zurückzuschlagen. Wir brauchen Geduld und – auch wenn ich dieses Wort ungern benutze – Glück. Sehr viel Glück.«

Carpentier standen Schweißperlen auf der Stirn. Er nahm sein Taschentuch und wischte sie hastig weg.

»Sie haben Recht.« Mit zitternden Fingern zündete sich Direktor Pônelle eine Zigarette an. »Die Station hat nur einen Eingang. Wenn dort oder durch den Noteingang mit Gewalt eingedrungen wird, merken das die Geiselnehmer sofort. Sie haben jede Möglichkeit, die Patienten und das Personal …« Mit einer heftigen Bewegung schlug er die Flamme des Streichholzes aus und sah Florence entsetzt an. »Um Gottes willen, *Commissaire*, die Patienten und unsere Kollegen sind denen völlig hilflos ausgeliefert!«

»Wir dürfen nicht vom schlimmsten Szenario ausgehen«, sagte Florence. Doch wenn sie ehrlich war, musste man davon ausgehen. Der oder die Täter handelten mit äußerster Kaltblütigkeit und schienen zu allem entschlossen. Wenn jemand auf einer Intensivstation mit einer Waffe schießt, sagt das einiges aus. Wer weiß, was da oben schon alles passiert war. Doch diese Gedanken musste sie für sich behalten. Ihre vordringliche Aufgabe war es, dafür zu sorgen, dass jeder, der hier Verantwortung trug, Ruhe bewahrte und einen kühlen Kopf behielt.

»Wenn die Patienten nicht regelmäßig medikamentös versorgt werden«, sagte Dr. Carpentier leise, »wenn die Monitoren, die Infusomaten und die Sauerstoffgeräte nicht überwacht werden, dann gibt es Todesfälle.«

»Ich weiß. Und das möchten wir alle hier verhindern. Aber es ist ja nicht unbedingt gesagt, dass das Pflegepersonal tatsächlich daran gehindert wird, sich um die Patienten zu kümmern. Das vermuten wir nur. Beweise gibt es nicht.«

Florence blickte in die Runde und sah die skeptischen und besorgten Blicke der Anwesenden. Sie wusste selbst, dass ihre Worte nicht sehr überzeugend klangen. Die Geiselnehmer hatten eine Station mit sechs vollkommen hilflosen Schwerstkranken in ihre Gewalt gebracht. Diesen Trumpf würden sie früher oder später ausspielen. Florence räusperte sich.

»Wir müssen sehen, welchen Spielraum wir haben. Vorrangig ist jetzt, dass die Patienten auf den anderen Stationen nichts erfahren. Es wäre gut, Monsieur Pônelle, wenn Sie die verantwortlichen Ärzte kurz instruieren, sie aber verpflichten, dem übrigen Pflegepersonal gegenüber absolutes Stillschweigen zu bewahren. Wenn Hauptmann Atlan mit seinen Leuten kommt, sehen wir weiter.« Florence zeigte auf einen Leutnant der Gendarmerie.

»Und Sie, Monsieur, sorgen dafür, dass der 5. und 6. Stock komplett abgeriegelt werden. Aber bitte diskret. Die Patienten dort dürfen nichts mitbekommen.«

Florence stand auf und gab Inspektor Burgio einen Wink, mit ihr zu kommen.

»Viele Patienten im 5. Stock sind noch wach und sehen sich das Spiel an«, warf Pônelle ein. »Aber das ist ja auch irgendwann einmal zu Ende«, fügte er resignierend hinzu. »Ich hätte mir auch lieber das Spiel angesehen, statt hier zu sitzen.«

Es war 21 Uhr 50. In Paris musste jetzt Halbzeitpause sein. Niemand im Raum wagte die Frage zu stellen, wie wohl der Spielstand im Stade de France sein mochte. Hier ging es um ein gänzlich anderes Spiel.

9

Es war die 46. Spielminute. Nach Eckstoß von Djorkaëff köpfte Zidane das 2:0 ins Tor der Brasilianer.

»Tooor!«, schrie Blaschke, sprang von der Sitzbank im Campingwagen auf und hätte beinahe seine Bierflasche umgestoßen, die vor ihm auf dem Tisch mit der geblümten Plastikdecke stand. Rasch griff er nach ihr und genehmigte sich einen kräftigen Schluck.

Seine Frau Roswitha hob jubelnd die Faust und drehte sich zu Emmanuelle, die neben ihr saß. Seit zehn Minuten hatte sich Cathérines Haushälterin zu ihnen gesellt, um sich mit ihnen das Spiel anzusehen. Die beiden Frauen fielen sich lachend in die Arme.

In dem Moment ertönte der Halbzeitpfiff. Die Fernsehkameras schwenkten über das Fahnenmeer und die Zuschauermassen im Stade de France, die außer Rand und Band geraten waren.

Der Präsident der Republik wurde groß ins Bild gerückt. Er trug einen Schal in den Farben der Trikolore. Strahlend umarmte er den Premierminister.

Dieser lachte übers ganze Gesicht, ein ungewohnter Gemütsausbruch bei einem Mann, der selten einmal lächelte und der in der Öffentlichkeit als humorlos und langweilig galt.

»Wahnsinn!«, sagte Blaschke und trank erneut aus der Flasche. Dann nahm er die Fernbedienung, um den Ton wegzuschalten. »Ich hab's gewusst! Die Franzosen fahren das Ding nach Hause.«

Emmanuelle, die natürlich kein Deutsch verstand, sah zuerst ihn, dann seine Frau fragend an.

»Caramba, Emmanuelle!«, übersetzte Roswitha freizügig und klopfte ihr begeistert auf die Schulter. »Caramba por los Franceses!«

Emmanuelle lachte.

»Ja, wir alle wussten, dass Frankreich gewinnt. Mein Bruder hat das von Anfang an gesagt. Der kennt sich aus, der hat früher mal in der Jugendmannschaft des FC Valencia gespielt.«

Roswitha übersetzte ihre Worte, so gut sie konnte. Blaschke war beeindruckt, was die jugendliche Fußballerkarriere des Bruders betraf. Doch dann schüttelte er skeptisch den Kopf.

»Die Brasilianer müssen sich in der zweiten Halbzeit etwas einfallen lassen. Sonst werden die hier regelrecht vorgeführt. Ich hab immer gesagt, dass dieser Ronaldo total überschätzt wird. Zidane – das ist ein Stürmer!«

»Zidane ist kein Stürmer, sondern Spielmacher im zentralen Mittelfeld«, korrigierte ihn seine Frau.

»Egal! Jedenfalls schießt er die Tore.«

Roswitha überlegte kurz, wie sie die Worte ihres Mannes möglichst präzise und auf das Wichtigste reduziert übersetzen konnte. Ihr Spanisch war rudimentär, doch Roswitha Blaschke verfügte über Phantasie und Improvisationstalent. Außerdem unterstrich sie ihre Worte durch beredte, ausladende Gesten.

»Brasilianos nix bueno, Emmanuelle. Ronaldo: el flop, mucho flop! Zidane: Numero uno.«

»Si, si!«, Emmanuelle nickte zustimmend.

»Ich schlag mich mal in die Büsche, bevor es gleich weitergeht«, sagte Blaschke und zog den Bund seiner Shorts hoch. »Bin gleich wieder da.«

»Geh lieber aufs Klo am Swimmingpool, Heinz.« Roswithas Stimme klang besorgt. »Hier kannst du dich nicht einfach so in die Büsche schlagen.«

»Okay, wenn du meinst«, murmelte ihr Mann und schickte sich an, das Wohnmobil zu verlassen.

In dem Moment erschien Cathérine Volet an der offenen Tür des Campers. Ihr Gesicht war ernst und angespannt. Nach einem kurzen Blick in die Runde und auf die Mattscheibe des Bildschirms, wo inzwischen die Kommentatoren des Spiels in Aktion getreten waren, wandte sie sich an ihre Haushälterin.

»Emmanuelle, wie Sie wissen, habe ich die Kommissarin gerade nach Nîmes gefahren. In der Klinik Louis Pasteur hat auf der Intensivstation offenbar eine Geiselnahme stattgefunden. Die Kommissarin bat mich, unsere Gäste über die Ereignisse zu informieren. Wenn Sie das bitte übernehmen würden? Es ist anzunehmen, dass Madame Labelle heute Nacht erst sehr spät zurückkommt, wenn überhaupt.«

Während Cathérines kurzer Schilderung des Sachverhalts hatte Emmanuelle bestürzt die Hände vors Gesicht geschlagen. Sie sah ihre Arbeitgeberin fassungslos an.

»Um Gottes willen, Madame, was hat das zu bedeuten?«

»Niemand weiß das. Tun Sie mir den Gefallen und übersetzen Sie jetzt das Wichtigste. Wissen Sie, wo Madame de Pousset ist? Ist sie im Haus?«

»Sie hat sich bereits auf ihr Zimmer zurückgezogen, soweit ich weiß. Nachdem Sie beide weggefahren waren, sagte sie, sie wolle früh schlafen gehen.«

»Umso besser.«

»Brauchen Sie noch irgendetwas, Madame? Soll ich Ihnen …«

Cathérine unterbrach sie.

»Nein, nein. Sehen Sie sich ruhig das Spiel an.« Sie deutete auf den Fernsehapparat, wo die Moderatoren offenbar gerade ihre Halbzeitgäste interviewten. »Oder ist das schon zu Ende?«

»Nur die erste Halbzeit.«

»Also dann, gute Nacht. Ich bin in der Bibliothek.«

Sie nickte dem deutschen Ehepaar zu, drehte sich um, und ihre Schritte entfernten sich.

Heinz und Roswitha Blaschke, der französischen Sprache nicht mächtig, hatten aufgrund des ernsten, knappen Gesprächs und Emmanuelles spontaner Reaktion instinktiv begriffen, dass etwas Ungewöhnliches geschehen sein musste. Fragend blickten sie Emmanuelle an. Diese bemühte sich, die wenigen Fakten in einfache spanische Worte zu übersetzen. Roswitha konnte ihren Ausführungen einigermaßen folgen, da Emmanuelle für das Wort »Geiselnehmer« praktischerweise den Begriff »Kidnapper« benutzte, ein Wort, das international verstanden wird.

»Wenn ich das richtig begriffen habe«, sagte Roswitha zu ihrem Mann, »ist in Nîmes in einem Krankenhaus jemand gekidnappt worden.«

»Gekidnappt? Du meinst Geiselnahme?«, fragte Blaschke.

»Ich glaube. Aber mehr weiß Emmanuelle auch nicht.«

»Eine Geiselnahme in einem Krankenhaus?« Blaschke schnaubte verächtlich. »Es gibt ja wohl gar keine Schamgrenze mehr für irgendwelche ausgeklinkten Typen!«

»Ich weiß nicht, ob es wirklich eine Geiselnahme ist. Aber ein Kidnapper ist ja ein Geiselnehmer, oder?«

»Ja, das ist im Prinzip ein und dasselbe. – Los, Roswitha, zieh dir was Anständiges an und hol mir meine graue Leinenhose und das gelbe Hemd. Wir fahren sofort zu dieser

Klinik. Emmanuelle soll uns sagen, wo das ist. Sie hat doch einen Wagen, oder? Mit dem Camper können wir ja schlecht …«

Seine Frau unterbrach ihn, während sie ihn entgeistert ansah.

»Bist du verrückt, Heinz? Was willst du denn dort?«

»Was wohl? Das ist ja nicht die erste Geiselnahme, die Florence und ich erleben.«

»*Du* erlebst gar nichts, Heinz.« Roswithas Stimme klang jetzt energisch, und der gemütliche Ton, der der sächsischen Mundart eigentlich anhaftet, war gänzlich verschwunden. »Wir sind in Frankreich. Das ist *ihr* Fall, nicht deiner. Ihr arbeitet nicht mehr zusammen. Unter gar keinen Umständen wirst du dich in irgendeiner Weise da einmischen. Abgesehen davon, dass du nicht ein Wort Französisch sprichst.«

»Dann soll ich also hier herumsitzen, während sich in dieser Klinik wer weiß was abspielt?«

»Ja! Du bleibst schön hier und siehst dir mit uns die zweite Halbzeit an. Es muss jeden Moment losgehen. Ich schalte schon mal den Ton wieder ein. Kümmere dich bitte um die Getränke. Haben wir noch Erdnussflips? Und wolltest du nicht vorher auf die Toilette gehen?«

Blaschke nickte vage, verließ resigniert den Wohnwagen und entschwand Richtung Swimmingpool.

Cathérine Volet hatte die Fenster in der Bibliothek weit geöffnet. Es war eine jener Sommernächte, wie sie im Süden typisch sind. Der Himmel erstrahlte in dunklem Blau, und am südlichen Horizont stand klar und deutlich das Sternbild des Skorpion. Jeden Moment musste der Mond aufgehen. Ein seltsamer Vogel, der schon in den letzten beiden Nächten in einem der Bäume im Park gesessen hatte, stieß seinen spitzen, klagenden Schrei aus. Eine Eulenart? Cathérine wusste es nicht.

Sie schenkte sich ein Glas Rotwein ein und setzte sich an den langen Bauerntisch aus dunkler Eiche, der als Esstisch genutzt wurde, wenn Gäste da waren.

Vom Ende des Parks her, von dort, wo der Wohnwagen der Deutschen stand, ertönte gedämpft die Geräuschkulisse der Fernsehübertragung.

Als Cathérine vor wenigen Minuten ins Haus gekommen war, war sie in den Ostflügel gegangen und hatte noch dezent an Annabelles Tür geklopft. Es rührte sich nichts. Wahrscheinlich schlief sie tatsächlich schon.

Sie dachte an das abendliche Gespräch am Pool und musste unwillkürlich den Kopf schütteln. Vor ein paar Tagen hatte Annabelle ihr gesagt, dass sie eine eigene Firma gründen und ihr eigenes Plattenlabel herausbringen wolle. Cathérine war früher mit all ihren Songs bei einem der großen, internationalen Musikkonzerne unter Vertrag gewesen. Dort wurden ihre Titel weiterhin vermarktet, und von dort erhielt Cathérine regelmäßig ihre Tantiemenabrechnungen. Doch diese alten Verträge galten nur für die Titel, die bereits aufgenommen und in Umlauf gebracht worden waren. Die letzten Studioaufnahmen lagen beinahe zehn Jahre zurück.

War Annabelles Idee eines Comeback vor dem Hintergrund zu sehen, dass sie Cathérine mit einer Studioproduktion neuer Titel als Zugpferd für ihr Plattenlabel gewinnen wollte? Das konnte ihr niemand verübeln. Wenn sie ehrlich war, hatte Cathérine selbst bereits mehrfach in den letzten Jahren mit dem Gedanken gespielt, irgendwann vielleicht doch noch einmal ins Studio zu gehen. Es gab ein paar neue Texte, die sie geschrieben hatte. Wenn der richtige Komponist gefunden würde, wären das wunderbare Chansons. Doch sie hatte den Gedanken immer wieder verworfen und nie ernsthafte Absichten verfolgt, diesbezüglich wieder aktiv zu werden. Im tiefsten Innern konnte sie sich nicht vorstellen, sich wie in früheren Jahren dem wochenlangen Stress einer Musikproduktion auszusetzen oder gar auf Tournee zu gehen. Warum auch? Cathérine Volet stand für eine bestimmte Musikrichtung, die in Frankreich jahrzehntelang den Ton angegeben hatte. Noch heute wurden ihre Songs häufig im Radio gespielt, und ihre CDs verkauften sich immer noch. Natürlich nicht so gut wie die der Beatles. Aber immerhin so gut, dass eine normale Durchschnittsfamilie im Monat davon leben könnte. Cathérine hatte ihren festen Platz in der Ruhmeshalle der Unterhaltungsmusik. Eine solche Karriere versucht man nicht zu toppen.

Sie trank einen Schluck aus ihrem Glas. Der Wein, ein Vosne Romané Jahrgang 1985, schmeckte wunderbar und duftete nach Beeren und Kirschen. Bewusst hatte sie eine ihrer besten Flaschen geöffnet, um der inneren Anspannung, die sie seit dem Anruf der Gendarmerie vor mehr als einer Stunde spürte, ein wenig entgegenzuwirken. Über die Geschehnisse in Nîmes wusste sie nicht viel mehr, als sie Emmanuelle mitgeteilt hatte. Doch sie war sich der Ungeheuerlichkeit und der Tragweite der Ereignisse bewusst. Die vermutliche Geiselnahme in einer Klinik bedeutete etwas gänzlich Neues, es handelte sich sozusagen um eine Premiere. Cathérine ahnte, vor welchen Herausforderungen die Polizei angesichts einer solchen Situation stand. Möglicherweise entwickelte sich dieser Fall zum schwersten und kompliziertesten in Florences bisheriger beruflicher Laufbahn. Eine Zerreißprobe. Zu viele Unwägbarkeiten waren im Spiel. Der kleinste Fehler konnte tödliche Folgen haben. Es galt, einen kühlen Kopf zu bewahren und im richtigen Moment die richtigen Entscheidungen zu treffen. Cathérine war überzeugt, dass Florence das tun würde. Doch inwiefern konnte sie die Dinge überhaupt beeinflussen? Die Polizei sah sich vorerst in eine passive und abwartende Position gedrängt, so viel ahnte Cathérine. Sie wusste, dass eine Spezialeinheit der Gendarmerie hinzugezogen wurde. Hoffentlich behielten alle die Nerven! Dass Florence nie im Leben den Befehl zum Erstürmen einer Krankenstation geben würde, davon war Cathérine überzeugt. Aber hatte sie diesbezüglich die alleinige Entscheidungsgewalt? Was geschah, wenn unter ihren Kollegen die Hardliner die Oberhand bekamen?

Bei einer Geiselnahme ging es immer um Erpressung, gleich welcher Art. Bankinstitute wurden erpresst, wohlhabende Privatpersonen, deren Angehörige man entführt hatte. Und Regierungen wurden aus politischen Motiven heraus unter Druck gesetzt. Doch der Staat ließ sich in der heutigen Zeit nicht mehr erpressen, das wusste Cathérine. Selbst wenn ihr Onkel, der Präsident der Republik, entführt würde, stünde fest, dass die Staatsmacht ihn weder freikaufen noch gegen inhaftierte Terroristen austauschen würde. Im Familienkreis hatte ihr Onkel einmal lange über das Prinzip der Staatsräson philosophiert. Er vertrat die Ansicht, dass man terroristischen Erpressungsversuchen unter keinen Umständen nachgeben dürfe. Galt dies auch für die Geiselnahme in einer Institution wie dem Krankenhaus? Cathérine wusste es nicht. Falls ja, dann hatten die Hardliner der Polizei und ihre Todesschützen die besseren Karten. Sie würden eher Menschenleben opfern, als vom Prinzip der Nichterpressbarkeit abzuweichen.

Was waren das für Leute, die sich auf der Krankenstation verschanzt hatten? Handelte es sich um einen Einzeltäter, einen Psychopathen, dessen Handlungsweise nicht im Entferntesten berechenbar war? War etwa eine terroristische Gruppe am Werk? Um was ging es hier?

Wenn Cathérine ein gläubiger Mensch gewesen wäre, hätte sie jetzt die Hände gefaltet und Gott inbrüstig gebeten, diesen entsetzlichen Albtraum in der Klinik Louis Pasteur schnell und glimpflich zu beenden. Doch sie glaubte nicht an Gott. Keine höhere Macht würde ins Geschehen eingreifen können. Hier waren Menschen am Werk, und zwar auf beiden Seiten. Und auf die kam es an. Und deshalb würde Cathérine in dieser Nacht nicht schlafen gehen, sondern mit all ihren Gedanken bei Florence sein. Unvorstellbar, dass ihr etwas passieren könnte. Unvorstellbar, sie zu verlieren …

Cathérine stand auf, ging zum CD-Player und legte eines der Violinkonzerte von Mozart auf. Das Zirpen der Zikaden in den Pinien und Olivenbäumen wurde ausgeblendet. Der seltsame fremde Vogel ließ noch einen letzten Schrei ertönen.

10

»Versager! Du wirst es nie zu etwas bringen!« Der fleischige Zeigefinger des Vaters bohrte sich in seine Brust. Auf den Lippen des Alten spielte ein verächtliches Lächeln.

»Du bist zu nichts nutze. Ein Stück Dreck!«

Jeden Augenblick musste die mächtige Faust auf seinen Kopf niedersausen. Er duckte sich. Schützte den Kopf mit beiden Händen. Es nützte nichts. Als der Schlag ihn traf, wurde ihm sekundenlang schwarz vor Augen.

Als er wieder zu sich kam, war die Tür ins Schloss gefallen und der Vater verschwunden. Aus dem Nebenzimmer ertönten Stimmen und leichte Musik. Der Fernsehapparat war angeschaltet worden.

Langsam nahm er die Hände vom Kopf, hob den Blick und drehte sich um.

Sein Bruder stand hinter ihm und grinste. Er hatte die ganze Zeit dort gestanden, als der Vater ihn fertig machte, und hatte gefeixt.

Kain und Abel. So nannte der Alte seine Söhne, wenn er betrunken war. Und er war oft betrunken.

Abel stand immer noch da mit seinem verzerrten, schadenfrohen Gesicht.

Kain ballte die Faust und blickte in Abels braune, verschlagene Augen.

Er hasste seinen Bruder, und das war das stärkste Gefühl, das er je im Leben gehabt hatte.

Der Gedanke an Kain und Abel verschwand ebenso schnell, wie er gekommen war.

Er hatte sich einen Stuhl geholt und saß breitbeinig vor der weit geöffneten Tür des Schwesternzimmers. Der Koffer mit der Sprengladung stand gegenüber auf dem Counter des Überwachungsplatzes 1. Sein Handy hatte er daneben gelegt. Der rote Rucksack lehnte an der Wand. In der rechten Hand hielt er den Revolver, aber der war im Augenblick fast überflüssig. Im Schwesternzimmer saßen die beiden Ärzte und der Krankenpfleger. Dass ihnen die Angst auf den Gesichtern stand und sie vorerst jeden Widerstand aufgegeben hatten, löste ein tiefes, befriedigendes Gefühl in ihm aus.

Es war alles so gelaufen, wie er es sich vorgestellt hatte. Der Plan war aufgegangen. Mit dem Zwischenfall zu Beginn hatte er zwar nicht gerechnet, ihn jedoch von vornherein als Möglichkeit in seine Überlegungen mit einbezogen. Fabienne Bartholémy, die verletzte Krankenschwester, lag rechts neben ihm auf dem Fußboden des Korridors. Vor einer Viertelstunde hatte er der Ärztin die Erlaubnis erteilt, sie notdürftig zu versorgen. Dr. Cotisson gelang es, die Blutung zu stoppen. Sie legte der Schwester einen Verband an und injizierte ein kreislaufunterstützendes Mittel. Dabei wies sie ständig darauf hin, dass hier akute Lebensgefahr bestand und dass die Schwester dringend operiert werden müsste. Ihr Gerede war ihm irgendwann auf die Nerven gegangen, und er hatte ihr mit der flachen Hand ins Gesicht geschlagen. Jetzt saß die Cotisson bei den anderen, die Hände wie zum stummen Gebet gefaltet. Die Krankenschwester war inzwischen bewusstlos, doch soweit er sehen konnte, atmete sie noch.

Er grinste unter seiner wollenen Maske, die er nicht abgenommen hatte. Wie vertraut sie ihm alle waren! Und nicht erst seit heute. Doch das ahnten sie natürlich nicht. Niemand ahnte das, auch nicht die Bullen. Er war der Besucher. Der geheimnisvolle Fremde, von dem sie nicht wussten, wie er auf die Station gekommen war und wie es ihm gelingen konnte, den Türmechanismus außer Kraft zu setzen. Das war eine Kleinigkeit gewesen. Bei einer Firma für Sicherheitseinrichtungen in Marseille hatte er sich kundig gemacht. Mithilfe einer kleinen Manipulation im Schlitz des digitalen Türöffners und einer entsprechend programmierten Fernbedienung, wie sie für digitale Autotürschlösser üblich sind, waren Türdrücker und Chipkarten außer Funktion gesetzt worden.

Viele Tage hatte er Zeit gehabt, sich alles einzuprägen: die Räumlichkeiten auf der Station, die Anzahl der Personen, die regelmäßig dort ein und aus gingen, die Dienstzeiten und Arbeitsabläufe des Personals, die Anzahl der Patienten und ihrer Besucher und vieles mehr. Inzwischen kannte er sich hier oben aus wie in seiner Westentasche. Er wusste, was in den Wandschränken verstaut war, und konnte sagen, welche privaten Verbindungen es unter dem Pflegepersonal gab. Die Leute in dieser Nachtschicht standen nur in dienstlicher Beziehung zueinander. Dass der Assistenzarzt schwul war, hatte er ebenso herausgefunden wie die Tatsache, dass Dr. Cotisson die Ehefrau des Chefarztes der internistischen Station war. Doch die Polizei, die jetzt sicher schon mit einem Großaufgebot, Scharfschützen und einer unter enormem Druck stehenden Einsatzleitung Stellung bezogen hatte, würde hinsichtlich seiner Identität völlig im Dunkeln tappen. Er hatte sie aus ihren bequemen Fernsehsesseln aufgescheucht und ihnen in jeder Hinsicht das Spiel verdorben. Wie stand es wohl jetzt im Pariser Stade de France? Die zweite Halbzeit musste gerade angefangen haben. Er warf einen Blick auf seine Uhr. Kurz nach 22 Uhr.

In dem Moment ertönte ein Alarmsignal auf den beiden Monitoren an Überwachungsplatz 1 und 2. Blitzschnell sprang er auf und war mit wenigen Sätzen hinter dem Counter. Das Signal hielt unvermindert an, und ein rotes Lämpchen blinkte auf dem Schirm.

Alice Cotisson, Francis Picard und der Krankenpfleger waren ebenfalls aufgesprungen und starrten ihn durch die offene Tür an.

»Um Gottes willen!«, sagte die Ärztin und wollte auf den Korridor.

»Bleib ja, wo du bist!«, sagte er scharf und richtete den Revolver auf sie.

Der Assistenzarzt schlug verzweifelt mit der Faust gegen den Türrahmen.

»Sind Sie verrückt, Mann?! Einer der Patienten ist in Lebensgefahr!«

»Halt die Schnauze, sonst bist du selbst in Lebensgefahr. Keiner rührt sich vom Fleck.« Erneut sah er auf den Monitor. Unvermindert ertönte das Alarmsignal.

»Verdammt, kann man das nicht abstellen?«

Krampfhaft versuchte Dr. Cotisson ihre Tränen zurückzuhalten und ihrer Stimme Festigkeit zu geben.

»Das kann nur abgestellt werden, wenn dem Patienten sofort geholfen wird.«

Er schlug von der Seite gegen den Monitor, doch der Piepton erklang weiterhin. Die drei Geiseln im Schwesternzimmer sahen sich entsetzt an. Stéphane Crespin, der sich bisher vollkommen zurückgehalten hatte, ergriff zum ersten Mal das Wort.

»Sagen Sie wenigstens, bei welcher Nummer das rote Lämpchen auf der linken Seite des Bildschirms blinkt!«

Er war einen Moment lang irritiert, dann sagte er unwirsch:

»Bei Nummer 4.«

Alice Cotisson biss sich auf die Lippe und spürte, wie ihre Hände schweißnass wurden.

»Das Glioblastom«, sagte sie leise. Dann verlor sie die Beherrschung und schrie los. »Der Mann in Bett Nummer 4 liegt im Koma und wird beatmet! Ich muss sofort nachsehen, was da los ist!«

Entschlossen ging sie zur Tür und von da aus auf den Korridor. Es war ihr egal, ob der Mann schießen würde. Hier zählte nur eines: Bei Nummer 4 gab es Komplikationen, und wenn nicht binnen kürzester Zeit Hilfe kam, würde er sterben. Das Patientenbett Nummer 4 befand sich im Zimmer hinter dem Überwachungsplatz 1.

Er war so verdutzt, dass er zunächst nicht reagierte. Als er das verschwitzte Gesicht der Ärztin sah und den Blick auffing, den sie ihm zuwarf, wusste er, dass sie in diesem Moment zu allem entschlossen war. Sie hatte keine Angst vor seinem Revolver. Notfalls würde sie sich niederschießen lassen, aber nichts und niemand würde sie daran hindern zu versuchen, bis zum Bett des Patienten vorzudringen.

Dieser kurze Augenblick des Zögerns und der Irritation seitens des Eindringlings gab Alice Cotisson genügend Vorsprung. Schon öffnete sie die Tür des Krankenzimmers und erfasste mit einem Blick die Situation, die der Monitor über dem Bett des Patienten anzeigte. Am starken Abfall der Messdaten konnte Alice erkennen, dass die CO_2-Werte des Patienten dramatisch nach oben gegangen waren.

»Die Sauerstoffzufuhr ist unterbrochen!«, rief sie. »Crespin, ich brauche Sie hier!« Sie drückte auf einen Knopf unter dem Bildschirm, und das akustische Alarmsignal war abgeschaltet.

Der Krankenpfleger, der ebenso wie Francis Picard voller Entsetzen durch die große Glasscheibe hinter Überwachungsplatz 1 auf Bett Nummer 4 starrte, atmete tief durch. Hilfe suchend sah er den Assistenzarzt an. Doch der konnte ihm nicht helfen. In dem Moment war die schneidende Stimme des Fremden zu hören, der erneut den Revolver hob.

»Halt! Ihr zwei bleibt im Schwesternzimmer.« Er drehte sich zur Ärztin. »Versuch gefälligst, allein klarzukommen, und zwar in den nächsten drei Minuten. Sonst hat er eben Pech gehabt.«

Alice spürte, wie ihr die Tränen der Wut und der Ohnmacht in die Augen schossen. Dessen ungeachtet handelte sie schnell und routiniert, doch ihr war, als würde eine fremde Person agieren. Sie sah sich selbst wie von weitem in einem Spiegel, der alles verzerrte. Ausgelöst durch eine außergewöhnliche Stresssituation stand sie unter Schock, das wusste sie. Dennoch würde sie hier und jetzt funktionieren.

Sie warf einen schnellen Blick auf den Patienten in Bett Nummer 2, Jean-Marc Truel. Der junge Mann, der einen Suizidversuch hinter sich hatte, lag mit wachsbleichem Gesicht in den blassrosa Laken. Die Augen weit geöffnet, starrte er die Ärztin an. Dann wanderte sein Blick rasch Richtung Flur, wo der Maskierte mit erhobenem Revolver am Counter stand. Er drehte ihnen den Rücken zu. Nach diesem kurzen Blickkontakt mit Jean-Marc Truel war Alice klar, dass der Patient Bescheid wusste, was sich hier abspielte. Dr. Carpentier hatte ihm zwar kurz vor Übergabe der Station ein starkes Sedativum gespritzt, das normalerweise auch einschläfernd wirkte. Wahrscheinlich hatten die beiden Schüsse ihn geweckt. Alice hoffte inständig, dass Jean-Marc Truel, der eigentlich schon so fit war, dass er verlegt werden konnte, die Nerven behielt.

Bei dem Patienten Nummer 4 hatten sich die Schneidezähne in die Zunge verbissen, was bei Komapatienten öfter vorkam. Aus irgendeinem Grund funktionierte die Sauerstoffzufuhr nicht mehr. Alice überprüfte den Tubus und warf einen schnellen Blick auf die EKG-Kurve, die bereits bedrohlich flimmerte.

»Er stirbt, um Gottes willen, ich brauche Hilfe!«, schrie sie verzweifelt. Doch niemand kam. Alices Bewegungen wurden immer hektischer. Es gelang ihr nicht, die Sauerstoffzufuhr wieder in Gang zu setzen.

Unbewegt hielt er den Revolver auf die geöffnete Tür des Schwesternzimmers gerichtet. Ein zweites Mal würde er sich nicht überrumpeln lassen. Von niemandem. Schließlich war das hier nicht irgendeine Gameshow, bei der sich alle hinterher freundschaftlich die Hände schütteln würden. Das hier war blutiger Ernst. Es war an der Zeit, dass das endgültig begriffen wurde, und nicht nur von den Anwesenden auf der Station. Erneut blickte er auf die Uhr. In fünf Minuten würde er anrufen.

In dem Moment zeigte die EKG-Kurve auf dem Monitor über dem Patientenbett Nummer 4 sowie auf den Zentralmonitoren die Nulllinie.

11

Im Büro des Krankenhausdirektors im Erdgeschoss saßen die Mitglieder des Krisenstabs um den großen Konferenztisch. Dort standen Thermosflaschen mit Kaffee und Pappbecher. Einer der Gendarmen hatte von irgendwoher einen riesigen Teller mit Sandwichs organisiert, die niemand anrührte. Vor wenigen Minuten war der Präfekt eingetroffen. Entgegen seiner sonstigen Angewohnheit, stets korrekt im maßgeschneiderten Anzug mit passender, modischer Krawatte zu erscheinen, trug er heute eine helle Leinenhose und ein dunkelrotes Lacostehemd. Wie immer wirkte er so, als käme er gerade frisch rasiert und in eine Wolke Aftershave gehüllt aus dem Badezimmer.

Fast gleichzeitig mit dem Präfekten war Hauptmann Atlan vom Einsatzkommando GIGN erschienen, dessen Hubschrauber angesichts der unklaren Lage im 6. Stock nicht auf dem Dach des Krankenhauses gelandet war, sondern im Park einer Villa einige hundert Meter von der Klinik entfernt. Der Hauptmann, der Mitte dreißig sein mochte, wirkte körperlich bestens trainiert und gab sich ausgesprochen soldatisch. Das wurde durch den nagelneuen, gut sitzenden Kampfanzug nebst Springerstiefeln noch unterstrichen. An Entschlossenheit mangelte es ihm sicher nicht.

Als Florence ihn begrüßte, musterten sie dessen hellbraune Augen kühl. Was er dachte, wusste sie nicht. Nicht allzu oft dürfte er es jedoch in seiner bisherigen Laufbahn mit einer Frau in Chefposition zu tun gehabt haben. Seine Männer waren bereits vor ihm in einem Mannschaftswagen gekommen. Die Einheit bestand aus zehn Elite-Gendarmen, darunter sechs Scharfschützen, ein Sprengstoff- und Bombenexperte, sowie einem Psychologen.

Florence erläuterte den beiden Männern die Lage. Ihre Ausführungen waren umfassend und klar. Sie hatte veranlasst, dass die Angehörigen des Pflegepersonals, das sich auf der Intensivstation befand, informiert wurden. Mit dem Krankenhausdirektor war sie sich einig, dass die Familien der Patienten jedoch vorerst nicht von der Sachlage in Kenntnis gesetzt werden sollten. Darüber würde man in den nächsten Stunden neu entscheiden. Professor Cotisson hatte man während eines Vortrags auf dem internationalen Chirurgenkongress in Mailand über sein Handy informiert. Er wollte sich sofort ein Auto mieten und die Nacht durchfahren. In den Morgenstunden würde er in Nîmes sein. Nur der Assistenzarzt hatte anscheinend niemanden, den man im Notfall benachrichtigen musste.

Zum Schluss fasste Florence zusammen, was ihr kurzer Erkundigungsgang in den 5. und 6. Stock ergeben hatte. Vorsichtig hatte sie sich durchs dunkle Treppenhaus bis zur automatischen Tür geschlichen. Alles war menschenleer, keine Spur von den Geiselnehmern. Mithilfe einer kleinen Taschenlampe konnte sie den Chipkartenschlitz, der seitlich an der Wand angebracht war, oberflächlich untersuchen. Auf den ersten Blick waren keinerlei Spuren einer Manipulation zu erkennen. Das Einschussloch in der Milchglastür, etwa fünfzig Zentimeter über Bodenhöhe, war von innen dick mit Leukoplast verklebt worden. Sie lauschte, ob hinter der Tür Stimmen oder sonstige Geräusche zu hören waren. Als sie gerade wieder ins Treppenhaus zurückschleichen wollte, wo Inspektor Burgio auf sie wartete, vernahm sie plötzlich Stimmen. Es waren zwei unterschiedliche Männerstimmen sowie die Stimme einer Frau. Eine der Männerstimmen klang laut und befehlsmäßig. Doch Florence konnte nicht verstehen, was geredet wurde. Als die Stimme der Frau sich plötzlich überschlug und Florence das Wort »Koma« deutlich verstehen konnte, war klar, dass irgendetwas auf der Station passiert sein musste. Sie blieb noch einige Minuten vor der Tür, doch es war wieder Stille eingetreten.

Die Inaugenscheinnahme der Notausgangstür im Geräteraum hatte ebenfalls keine weitergehenden Erkenntnisse gebracht. Vorsichtig hatte Florence die Klinke heruntergedrückt, um zu prüfen, ob sie sich öffnen ließ. Doch sie war von innen verschlossen oder verriegelt. Was hinter der Tür vorging, konnte Florence nicht in Erfahrung bringen. Weder waren Stimmen zu hören noch Geräusche irgendwelcher Art. Nach einem Blick durchs Schlüsselloch schien nur so viel sicher: Der Geräteraum lag im Dunkeln, und die Tür schien nicht verstellt zu sein. Ein schmaler Lichtspalt fiel durch die zweite Tür, die den Raum zum Korridor hin abgrenzte.

»Eine der männlichen Stimmen klang so, als würde sie einem der Entführer gehören. Vorausgesetzt, es sind mehrere«, schloss Florence ihren Bericht ab. »Die zweite männliche Stimme klang zurückgenommen, ängstlicher vielleicht. Meiner Einschätzung nach gehört sie entweder Dr. Picard oder dem Krankenpfleger. Die weibliche Stimme kann ich gleichfalls nicht zuordnen, da ich weder die Stationsärztin noch die Krankenschwester kenne.«

Desgranges zündete sich eine Zigarette an und reichte die Packung herum. Außer dem Klinikdirektor waren alle Nichtraucher.

»Was schließen Sie daraus, *Commissaire*?«, fragte er.

»Tja, Monsieur, schwer zu sagen, wie viele Personen sich außer den Kranken und dem Pflegepersonal da oben aufhalten.«

Desgranges wandte sich an den Hauptmann.

»Und, was würden Sie vorschlagen, *Capitaine*?«

Die Augen aller Anwesenden richteten sich auf Atlan. Der dachte einen Augenblick nach, hatte sich aber bereits einen Plan zurechtgelegt.

»Als Erstes würde ich an den wichtigsten strategischen Punkten meine Leute postieren. Also im Treppenhaus, im 6. Stock in der Nähe der automatischen Tür und im 5. Stock an der Notausgangstreppe. Im Hof der Klinik, auf den Flachdächern und im Gebäude gegenüber würde ich Scharfschützen in Stellung bringen.«

Desgranges nickte. Das Gebäude auf der anderen Straßenseite gehörte einer Versicherungsgesellschaft. Ein ebenfalls sechsstöckiger Verwaltungsbau, in dem jetzt am Wochenende natürlich nicht gearbeitet wurde. Die Entfernung zwischen den Gebäuden betrug etwa zwanzig Meter. Eine Überprüfung der Einsichtmöglichkeiten in die Räume der Intensivstation hatte Florence gleich kurz nach ihrer Ankunft veranlasst. Sämtliche Jalousien auf der Station waren heruntergelassen. Es war nicht zu erkennen, was sich dort abspielte.

»Und weiter, *Capitaine*?«

Der Hauptmann strich sich entschlossen über seine kurzen, militärisch geschnittenen Stoppelhaare.

»Kommt darauf an, ob die Kerle sich melden. Dass sie uns so lange schmoren lassen, ist kein gutes Zeichen.«

Der Psychologe, ein etwa vierzigjähriger Mann namens Léo Lemoine mit Vollbart, randloser Brille und schütteren Haaren, schaltete sich ein.

»Dafür gibt es meines Erachtens nur zwei Erklärungen: Entweder sind sie sich uneinig in ihrer Vorgehensweise, oder sie lassen uns bewusst im Unklaren, um ihren Forderungen, wie immer sie sein mögen, zu gegebener Zeit Nachdruck zu verleihen.«

»Und wenn es nur ein Täter ist? Ein Psychopath mit exaktem Insiderwissen, mit einem genau durchdachten Plan?«, gab Florence zu bedenken.

»Dann muss er sehr gute Nerven haben.«

»Ich würde vorschlagen«, sagte Atlan, »dass wir uns ein Zeitlimit setzen. Noch eine halbe Stunde, länger nicht. Wenn sie bis dahin keinen Kontakt mit uns aufnehmen, müssen wir handeln.«

Es entstand ein bedrückendes Schweigen. Jeder im Raum wusste, was der Hauptmann damit meinte.

Florence lehnte sich im Stuhl zurück und verschränkte die Arme über der Brust.

»Auf keinen Fall werde ich eine Entscheidung mittragen, die die gewaltsame Erstürmung der Station zum Ziel hat«, sagte Florence entschlossen. »Es muss einen anderen Weg geben.«

»Dann sagen Sie uns, welchen!« Der Präfekt drückte seine Zigarette aus und trommelte nervös mit den Fingern auf der Tischplatte.

»Vor einigen Jahren«, erwiderte Florence, »gab es in Berlin eine äußerst spektakuläre Geiselnahme. Eine Kindertagesstätte mit fünfzehn drei- bis fünfjährigen Kindern und zwei Betreuerinnen war von einem Mann in seine Gewalt gebracht worden, dessen Frau ihn mitsamt den Kindern verlassen hatte. Interessanterweise befand sich keines seiner eigenen Kinder in dieser Tagesstätte, als er die Tat beging.«

Atlan nickte.

»Ich kenne den Fall. Wir hatten ihn letzten Winter als Aktionsvariante für eines unserer Planspiele analysiert.«

»Dann dürfte Ihnen ja bekannt sein, dass die ganze Sache unblutig ausging, weil die Spezialeinheit der Polizei, die natürlich auch in Berlin an strategisch wichtigen Punkten postiert war, gar nicht erst zum Einsatz kam. Es wurde ein anderer Plan entwickelt. Der Entführer wurde gezielt hingehalten in der Hoffnung, ihn zu zermürben und zur Aufgabe zu zwingen. Dann kam uns ein Zufall zu Hilfe. Die Kinder bekamen Hunger und quengelten. Das ging dem Geiselnehmer zunehmend auf die Nerven, und er forderte einen Pizzadienst an. Der Rest ist schnell erzählt. Einer unserer Beamten spielte den Pizzamann und überwältigte den Täter.«

»Was wollen Sie damit sagen? Haben Sie eine Idee im Hinblick auf unseren aktuellen Fall?«, fragte Desgranges.

»Im Moment noch nicht. Ich will damit nur sagen, dass sich oftmals dort Möglichkeiten ergeben und Handlungsspielräume eröffnen, wo man nicht damit rechnet.«

Atlan lachte kurz auf.

»Ich wäre sofort bereit, den Pizzamann zu spielen, wenn sie da oben Magenknurren bekommen! Wissen Sie, *Commissaire*, nicht jeder Geiselnehmer ist so naiv wie dieser Mann in Berlin. Das war doch ein Anfänger, ein Amateur. Ein gekränkter Ehemann mit einer Spielzeugpistole. Wir können doch nicht davon ausgehen, dass wir es hier mit einem ähnlichen Typ Täter zu tun haben. Im Gegenteil! Wie wir alle wissen, ist bereits ein Schuss gefallen.«

Erneut ergriff der Psychologe das Wort.

»Für ein Täterprofil ist es noch zu früh. Wir haben keine Fakten. Keine Stimmprobe, keine finanziellen oder politischen Forderungen, keine Drohungen, nichts. Durch den Schuss wissen wir jedoch eines: Sie scheinen zu allem bereit zu sein.«

»Eben«, sagte Atlan und schenkte sich aus einer der Thermosflaschen einen Kaffee ein.

In dem Moment wurde die Tür aufgerissen, und ein Mann stürmte ins Büro des Direktors. Er war groß und muskulös, trug ein grünes, verschwitztes T-Shirt und schwarze Trainingshosen. Den Brigadier der Gendarmerie, der ihn am Betreten des Raumes hindern wollte, schob er unsanft beiseite.

»Ich bin Freddy Martin, der Freund von Fabienne Barthólemy. Der Direktor hat mich angerufen.« Er ließ sich auf einen Stuhl fallen, die Arme sanken auf die Tischplatte. »Ich glaube, ich weiß, wer der Kerl da oben sein könnte!«

Florence, die Freddy genau gegenübersaß, beugte sich vor.

»Tatsächlich? Dann sagen Sie es uns, Monsieur.«

Freddy holte tief Luft und fuhr sich mit der Zunge über die Lippen, die ganz trocken waren.

»Antoine Villeneuve. Der Exehemann von Fabienne.«

Die Anwesenden sahen sich erstaunt an.

»Wie kommen Sie darauf, Monsieur, dass es ihr Exehemann sein könnte?«, fragte ihn Florence.

»Weil er geschworen hat, Fabienne überall zu finden. Sie wohnten in Belfort, er ist nach der Scheidung dort geblieben. Er hat sie misshandelt, war krankhaft eifersüchtig. Ein richtiger Psychopath. Seit einem halben Jahr sind sie geschieden. Fabienne hatte Angst vor ihm, und sie sagte immer, dass er eines Tages bestimmt auftauchen würde. Letzte Nacht hatte sie so einen komischen Traum. Antoine war hinter ihr her, sie rannte in ein Hochhaus, und er verfolgte sie. Auf einem langen Korridor hatte er sie dann eingeholt und seine Finger um ihren Hals gelegt. Da erwachte sie aus dem Traum. Es ist völlig klar, dass der Kerl da oben Antoine sein muss! Er wird herausgefunden haben, dass sie hier arbeitet, und hat ihre Dienstzeiten ausspioniert.«

»Haben Sie die genaue Adresse des Mannes? Kennen Sie sein Geburtsdatum?« Florence schob Freddy einen Notizblock und ihren Kugelschreiber über den Tisch. »Hier, notieren Sie alles. Die Gendarmerie in Belfort weiß innerhalb von zehn Minuten, ob der Mann abgetaucht ist oder nicht.«

Nachdem Freddy die nötigen Informationen aufgeschrieben hatte, gab Florence ihm zu verstehen, dass er in einem separaten Raum das weitere Geschehen abwarten könne.

»Hoffentlich ist die ganze Sache da oben bald vorbei«, sagte er noch, blickte besorgt und unsicher in die Runde und verließ den Raum.

In Florences Kopf überstürzten sich die Gedanken. Sie versuchte Ordnung in ihre Überlegungen zu bringen. Der Racheakt eines gewalttätigen Exehemannes? Die Möglichkeit war durchaus gegeben. Das passte auch zu der Tatsache, dass sie bis jetzt nichts gehört hatten. Vielleicht stellte er gar keine Forderungen. Möglicherweise hatte er die Krankenschwester bereits liquidiert. Oder er misshandelte und quälte sie … Florence wusste nur allzu gut, wozu Psychopathen fähig waren.

Nüchtern betrachtet war der Exehemann von Fabienne Bartholémy allerdings nur eine von vielen Möglichkeiten. Nicht mehr, nicht weniger.

In dem Moment klingelte auf Pônelles Schreibtisch das Telefon. Im Krisenstab war vorher abgesprochen worden, dass Florence die Kontaktperson zu den Geiselnehmern sein sollte, falls sie sich telefonisch meldeten. Deshalb drehten jetzt alle ihre Köpfe zu ihr. Eine Spannung lag in der Luft, wie die Ruhe vor dem Sturm. Fieberhaft überlegte Florence, ob sie tatsächlich den Hörer abnehmen sollte. Doch irgendetwas hielt sie jetzt zurück. Ein diffuses Gefühl sagte ihr, dass es ein Fehler sei, als Frau mit dem oder den Entführern zu sprechen. Denn dass es sich um einen Anruf aus dem 6. Stock handelte, daran zweifelte niemand.

Sie gab dem Polizeipsychologen ein kurzes Zeichen.

»Gehen Sie ran, Monsieur Lemoine. Ich glaube, das ist zum jetzigen Zeitpunkt besser.

Der Psychologe zögerte kurz, tauschte einen Blick mit Atlan und dem Präfekten und ging zum Schreibtisch. Zuerst schaltete er das bereitgestellte Tonbandgerät ein, dann drückte er die Lautsprechertaste und nahm den Hörer ab.

»Büro des Direktors. Hallo?«

»Hast du die Lautsprechertaste eingeschaltet? Wenn nicht, dann tu's jetzt, damit auch die anderen Bullen da unten genau mitkriegen, was ich sage.«

Alle im Raum konnten zum ersten Mal die Stimme eines Mannes hören, von dem sie nicht wussten, ob er im Alleingang handelte. Sie klang, als hielte er sich ein Tuch vor den Mund. Florence vermutete, dass der Anrufer eine Ski- oder Strumpfmaske trug. Schwer zu sagen, wie alt er sein mochte. Er sprach Französisch ohne den Akzent des Südens. Sein Sprachduktus war einfach und direkt. Indem er seinen Gesprächspartner sofort duzte, machte er unmissverständlich klar, wie die Machtverhältnisse hier verteilt waren.

Léo Lemoine sprach ruhig und sachlich.

»Sagen Sie uns bitte, wer Sie sind und was Sie wollen. Wir sind bereit, mit Ihnen zu verhandeln.«

Aus dem Lautsprecher ertönte ein höhnisches Lachen.

»Ihr seid bereit, mit mir zu verhandeln? Ihr könnt froh sein, wenn *ich* mit euch verhandle!«

»Wenn wir wissen, wer Sie sind und welche Forderungen Sie stellen …«

Der Mann unterbrach ihn.

»Hör auf zu quatschen, du Clown. Schick ein paar Leute rauf, am besten auch gleich einen Arzt. Vor der Tür steht was Hübsches für euch.«

In der Leitung war ein Knacken zu hören. Der Anrufer hatte aufgelegt.

»Hallo?!« Der Psychologe hielt den Hörer ans Ohr gepresst, lauschte angestrengt, dann legte er ebenfalls auf. Er warf einen Blick auf das Display des Telefons und machte sich hastig Notizen. »Eine Handynummer.«

Plötzlich kam Bewegung in den Raum. Stimmen klangen durcheinander, Stühle wurden gerückt. Florence erhob sich und sagte:

»Inspektor Burgio, überprüfen Sie sofort die Handynummer. *Capitaine*, wir beide gehen mit ein paar Mann nach oben. Dr. Carpentier, Sie kommen bitte mit.«

Der Hauptmann wandte sich an einen seiner Männer und gab leise Anweisungen. Florence ahnte, um was es ging.

»Wenn Sie jetzt Ihre Scharfschützen postieren wollen, *Capitaine*, dann habe ich nichts dagegen. Aber bitte nicht im Bereich des 6. Stocks. Und eines muss klar sein: Der Befehl zum Eingreifen wird nicht ohne meine Zustimmung gegeben. Ich habe die Rückendeckung der Staatsanwaltschaft und des Herrn Präfekten. Oder irre ich mich da, Monsieur?« Die letzten Worte waren an Desgranges gerichtet, der sich im Moment auffallend zurückhielt.

»Nein, nein, Sie irren sich keineswegs, *Commissaire*. Das weiß der Hauptmann auch.«

»Gut. Also los!«

Sie verließen das Büro des Direktors, der sich mit seinem Taschentuch den Schweiß von der Stirn wischte.

Inzwischen war die Nacht hereingebrochen. Das Treppenhaus lag im Dunkeln. Es wurde beschlossen, kein Licht anzuschalten. In den Aufgängen der unteren Stockwerke und auf der Treppe zum 5. Stock waren seit Florences Eintreffen Beamte der Gendarmerie postiert.

Langsam gingen Florence, ihre Kollegen und der Arzt die breite Steintreppe hinauf. Dr. Carpentier fühlte sein Herz bis zum Hals schlagen.

Im 5. Stock verständigten sich Florence und Atlan darauf, dass nur sie beide und Carpentier nach oben gehen würden. Sie zogen ihre Waffen und entsicherten sie. Das leise Klacken war das einzige Geräusch in der Stille. Bereits vor dem letzten Treppenabsatz sahen sie, was da vor der automatischen Tür zur Intensivstation abgestellt war.

Ein Krankenbett.

Es war auf den Flur gerollt worden und stand an der Längsseite der Wand, an deren Ende der OP-Bereich lag. Deutlich konnte man sehen, dass im Bett ein Mensch lag.

Dr. Carpentier wollte die Treppe hinaufhasten, doch Atlan hielt ihn zurück.

»Vorsicht, Doktor! Wir wissen nicht, ob das eine Falle ist.«

Sie verharrten sekundenlang, lauschten und spähten über den Flur, der von der Intensivstation zum OP führte. Als sich nichts rührte, gab Florence das Zeichen zum Weitergehen. Immer noch die Waffe im Anschlag, näherten sie sich dem Bett. Dr. Carpentier stockte der Atem.

»Mein Gott«, sagte er leise, und seine Stimme klang belegt. »Der Patient Nummer 4. Das Glioblastom.«

Der Arzt fühlte den Puls des Mannes und schob kurz beide Augenlider hoch.

»Ist er tot?«, flüsterte Florence und starrte den leblos daliegenden Körper an. Die Infusionsschläuche waren herausgerissen worden. An der linken Wange, die bei der Operation aufgeschnitten worden war, hatte sich der Verband ein Stück gelöst.

»Ja. Am besten fahren wir ihn rüber in den OP.«

Er rollte das Bett auf die andere Seite des Treppenhauses, öffnete hastig mit seiner Chipkarte die Tür zum OP-Bereich und schaltete dort die Neonbeleuchtung ein. Sie war hell und gleißend, eine Lichtschneise, die bis zu den Stufen der Treppe reichte.

Florence warf einen Blick auf die automatische Tür der Intensivstation. Durch die Milchglasscheibe mit dem verklebten Einschussloch fiel nur schwaches, gedämpftes Licht.

Kein Laut war hinter der Tür zu hören.

12

Es war die 56. Spielminute im Stade de France, und seit der Halbzeit stand es 2:0 für Frankreich. In dem Moment flankte Roberto Carlos von der linken Seite in den Strafraum, und Ronaldo bekam den Ball. Er schoss aufs Tor, scheiterte jedoch am französischen Torhüter Fabien Barthèz.

Viele hundert Kilometer weiter südlich, in der MAZ-Technik des TV-Landesstudios France 3 in Montpellier, ging ein Aufatmen durch den Raum.

»Uh, das war knapp«, sagte Serge, der Kameraassistent, und schlug sich vor Erleichterung gegen die Stirn.

»Halb so schlimm!« Thierry, ein älterer Kameramann, schenkte lachend die Gläser nach. Es gab Champagner, denn man hatte allen Grund zu feiern, auch wenn das Spiel noch nicht beendet war und noch viel passieren konnte. »Das war bisher der einzige Torschuss von Ronaldo! Wenn ich mir überlege, was der Mann für ein Geld verdient! Und dann so ein Preis-Leistungs-Verhältnis.«

»Der kommt nicht zum Zug, weil wir eine klasse Abwehr haben.« Serge warf sich eine Hand voll Kartoffelchips in den Mund und reichte die Tüte weiter.

Eliane LeRosier, die junge Fernsehreporterin, nahm einen kräftigen Schluck aus ihrem Champagnerglas und lehnte sich zurück. Sie hatte sich freiwillig zum Dienst an diesem Sonntag gemeldet. In erster Linie natürlich deshalb, weil das bei den Vorgesetzten einen guten Eindruck machte. Dass es für Sonntagsarbeit Sonderzuschläge und Freizeitausgleich gab, war ein zusätzlicher Anreiz.

Auf sieben Monitoren verfolgten die Mitarbeiter von France 3 das Endspiel in Paris. Der Raum war klimatisiert, die Bildübertragung gestochen scharf. Eliane interessierte sich zwar normalerweise nicht für Fußball. Erstens fand sie einen Haufen verschwitzter erwachsener Männer in kurzen Hosen lächerlich und unästhetisch. Zweitens bevorzugte sie Sportarten wie Tennis oder Skifahren, die sie selbst ausübte. Ein solches Fußballendspiel war jedoch eine Ausnahme und bekam schon von seiner medialen Bedeutung her einen anderen Stellenwert.

Seit zwei Monaten arbeitete sie nun beim Fernsehen. Der Sprung von der Lokalredaktion der Zeitung *Gazette du Midi* ins Landesstudio einer Fernsehanstalt war relativ glatt vonstatten gegangen. Im letzten Winter hatte sie einen Kameramann aus Montpellier kennen gelernt, der sich Hals über Kopf in sie verliebte. Für Eliane, die die einzelnen Stationen ihrer Karriere kühl, nüchtern und weit im Voraus plante, kam dieser Schicksalswink wie gerufen. André war witzig und nett, sah ganz passabel aus und arbeitete seit vielen Jahren beim Sender. Er kannte sich aus und hatte Beziehungen. Eliane sah nicht ein, warum sie sich das nicht zunutze machen sollte. Deshalb ging sie eine kurze Liaison mit André ein, die so lange dauerte, bis sie die nötigen Kontakte hergestellt und er sie einigen einflussreichen Leuten vorgestellt hatte.

So lernte sie auch den Studioleiter von France 3 kennen, einen verklemmt wirkenden Endvierziger, den sie bei einem Empfang im *Hôtel de Ville* mit ihrem Charme um den Finger wickeln konnte. Als eine junge Reporterin heiratete und ihre Karriere von einem Tag auf den anderen an den Nagel hängte, war für Eliane der Weg frei. Der Sender gab ihr einen auf zwei Jahre befristeten Vertrag als Lokalreporterin. Das war im Grunde ein ähnlicher Job wie vorher bei der Zeitung. Nur mit dem entscheidenden Unterschied, dass sie hier live vor der Kamera stand, auch wenn manche Beiträge nur eine Länge von 30 Sekunden hatten. Für Liveberichterstattung war Eliane ausgesprochen prädestiniert, nicht nur was ihr äußeres Erscheinungsbild anging. Sie sah gut aus, hatte die nötige Mischung aus Sexappeal und journalistischer Präsenz, außerdem die Gabe, flott und flüssig zu formulieren. Für ihre Kommentare machte sie sich kurz vor der Sendung ein paar Notizen und sprach dann völlig frei. In Interviews wirkte sie engagiert und fachkompetent. Mit den Technikern, Kameramännern und ihrem vorgesetzten Redakteur verstand sie sich prächtig. Alle, die sie kannten und die mit ihr arbeiteten, waren überzeugt davon, dass Eliane es im Fernsehen noch weit bringen würde.

Elianes Handy, das auf dem Mischpult lag, klingelte laut und schrill.

»Ja?«

Es meldete sich Jean-Claude aus Nîmes. Bis vor einem Jahr hatte er als Sportredakteur bei der *Gazette du Midi* gearbeitet, doch infolge des Stellenabbaus war ihm gekündigt worden. Seitdem war er arbeitslos. Hin und wieder besorgte Eliane ihm kleine Jobs im Bereich Recherche, sodass er sich ein bisschen Schwarzgeld als Zubrot zu seiner Arbeitslosenhilfe verdienen konnte. Seit Eliane beim Fernsehen arbeitete, gab Jean-Claude ihr hin und wieder Tipps zu tagespolitischen Ereignissen in Nîmes, die nicht über die Internetseiten der Nachrichtenagenturen liefen. Auf diese Weise hatte Eliane schon einige interessante Beiträge produziert und ungewöhnliche Themen angeschnitten, die bei den Zuschauern Anklang fanden. In der Lokalredaktion eines Provinzsenders zählte das, was überall im Medienbereich Priorität hatte: die Einschaltquote.

»Hör zu, Eliane«, sagte Jean-Claude am anderen Ende der Leitung. »Hier in Nîmes läuft im Moment eine ganz heiße Nummer. Geiselnahme auf der Intensivstation der Klinik Louis Pasteur.«

Eliane traute ihren Ohren nicht.

»Was?! Woher weißt du das?«

»Ich sitze hier in einer Kneipe in der Innenstadt. Bis vor einer Viertelstunde war ich bei einem Kumpel, wir haben uns zu mehreren Leuten das Spiel angesehen.«

Eliane wurde ungeduldig.

»Ja und weiter? Mach's nicht so spannend, Jean-Claude.«

»Plötzlich klingelte bei ihm das Telefon. Der Direktor des Krankenhauses war am Apparat. Seine Freundin ist nämlich unter den Geiseln.«

Eliane runzelte die Stirn und fragte irritiert:

»Moment mal, wessen Freundin? Die des Krankenhausdirektors?«

»Ach Quatsch. Die Freundin von meinem Kumpel Freddy Martin! Wir spielen im selben Fußballverein. Die Frau ist Krankenschwester und wird zusammen mit anderen als Geisel festgehalten. Sie heißt Fabienne Bartholémy. Freddy ist sofort in die Klinik gefahren.«

»Das gibt's doch nicht! Hat die Sache bei der Presse in Nîmes schon die Runde gemacht?«

»Keine Ahnung, aber ich könnte mir vorstellen, dass ein größeres Polizeiaufgebot rund um ein Krankenhaus irgendwann auffällt. Auch wenn diese Klinik in einem ruhigen Viertel liegt und die meisten Leute vor dem Fernseher sitzen.«

»Weiß man schon, wer dahinter steckt? Gibt es Geldforderungen? Politische Erpressungsversuche?«

»Man weiß überhaupt nichts. Der Krankenhausdirektor hat Freddy gesagt, dass diese Info topsecret sei und nur die Angehörigen informiert würden. Ist doch klar, dass sie die Presse erst mal raushalten wollen! Deswegen hast du ja auch eine Riesenchance. Eliane, das ist ein erstklassiger Tipp, den ich dir hier gebe. Ich hoffe, dass du dich entsprechend erkenntlich zeigst!«

»Da kannst du sicher sein. Tausend Dank, Jean-Claude. Ich mache mich gleich auf den Weg. Salut!«

Als Eliane auflegte, schoss ihr nur ein einziger Gedanke durch den Kopf: Das ist es! Das ist *die* große Chance. Ein Riesending! Etwas ganz Spektakuläres und nie Dagewesenes! Ihre Berichterstattung würde von den großen Sendern übernommen und landesweit, wenn nicht europaweit ausgestrahlt. Im Leben eines Fernsehreporters gibt es wahrscheinlich nur selten eine Gelegenheit wie diese. Jetzt kam es hauptsächlich darauf an, dass sie schnell handelte und als Erste ihrer Zunft vor Ort war. Von Montpellier nach Nîmes fuhr man etwa zwanzig Minuten. Wenn nicht viel Verkehr herrschte, und das war heute wegen des Spiels mit Sicherheit der Fall, sogar höchstens ein Viertelstunde. Soweit sie wusste, lag die Klinik in einem Vorort unweit der Autobahnausfahrt.

Sie wandte sich an ihre Kollegen, die weiterhin gebannt das Fußballspiel auf den Monitoren verfolgten.

»Thierry, es gibt Arbeit! Pack deine Kamera zusammen und nimm genügend Kassetten mit. Wir fahren nach Nîmes.«

»Was?! Wieso denn? Erst will ich mir das Spiel zu Ende ansehen.«

»Daraus wird leider nichts. Du kommst auch mit, Serge,

und du auch, Ricardo. Wir nehmen den kleinen SNG-Wagen, falls wir live auf Sendung gehen. Gleich kannst du mal richtig Gas geben, Ricardo, und testen, ob du nächstes Jahr schon reif bist für Paris–Dakkar. In Nîmes läuft ein ganz großes Ding. Geiselnahme in einem Krankenhaus.«

Sie wandte sich an Félix, den Chef vom Dienst.

»Vielleicht schaffe ich bis zu den 23-Uhr-Nachrichten einen Livebericht. Ihr könnt ja alles so weit vorbereiten. Wenn Eutel-SAT wegen der Weltmeisterschaft dicht ist, machen wir 'ne Aufzeichnung.«

Fünf Minuten später rasten sie über die Autobahn. Nachtfalter klaschten gegen die Scheibe. Am Südhimmel, zum Meer hin, stand der fast volle Mond, rot wie eine Laterne.

Das Stadion tobte.

Soeben hatte Ronaldo im Strafraum eine Chance für die Brasilianer vergeben. Inspektor Alain Roche schlug sich erleichtert auf die Schenkel und atmete tief durch. Sein Freund Jean-Michel trank einen Schluck aus der Bierflasche, lachte und schrie Alain ins Ohr:

»O Mann, das war knapp!«

Dann wandte er sich wieder dem Spiel zu, gestikulierte und fiel in die Anfeuerungsrufe der Zuschauer für die französische Mannschaft ein. Hin und wieder griff er sich an die Brust, wo er in der letzten Viertelstunde immer wieder ein heftiges Ziehen gespürt hatte.

»Allez-les-Bleus! Liza! Gib ab! Warum gibt der nicht ab? Jaaa, nach vorn!«

Plötzlich wurde der stechende Schmerz in der Brust unerträglich. Jean-Michel griff sich ans Herz. Panik überfiel ihn von einer Sekunde zur anderen. Er hatte Angst und ein schreckliches Vernichtungsgefühl, als würde ihm jemand den Brustkorb auseinander reißen. Kalter Schweiß trat auf seine Stirn. Dann brach er zusammen.

Alain hatte nichts davon mitbekommen. Er war aufgesprungen, wie Tausende andere Zuschauer auch, und starrte gebannt aufs Spielfeld.

»Hast du das gesehen?! Wieso spielt der nicht wieder zurück zu Zidane, der steht doch frei!«

Erst jetzt drehte er sich um und bemerkte, dass Jean-Michel am Boden lag.

»Jean-Michel, he, was ist los?« Alain bückte sich und packte seinen Freund an der Schulter. Jean-Michels Gesicht war totenblass und schweißüberströmt. Er röchelte, und seine angstgeweiteten Augen blickten Alain gehetzt an. Es war, als wollte er etwas sagen, doch es gelang ihm nicht.

Alain, der vor Jahren im Rahmen einer polizeilichen Fortbildung einen Erste-Hilfe-Kursus absolviert hatte, reagierte sofort. Er fühlte Jean-Michels Puls an der Halsschlagader, er war kaum zu spüren.

»Helfen Sie mir!«, sagte er zu einem jungen Mann, der neben ihm stand und dessen Gesicht in den Farben der Trikolore geschminkt war. »Mein Freund braucht sofort Hilfe! Los, Mann, holen Sie einen Arzt!«

Zuerst reagierte der Zuschauer nicht, weil er Alain nicht verstehen konnte. Dieser schrie ihm die Worte noch einmal ins Ohr. Der Mann zögerte kurz, schrie seinerseits seiner Freundin, die neben ihm stand, etwas zu und bahnte sich einen Weg zum Mittelgang. Von da aus konnte man zu einem der Ausgänge gelangen. Die Menschen, die außer Rand und Band waren, ließen ihn kaum durch. Nur langsam gelang es ihm, sich durchzukämpfen.

Inzwischen hatte Alain seinen Freund mithilfe einiger anderer Zuschauer auf den Rücken gelegt und ihm den Gürtel der Hose gelockert. Er drückte beide Hände auf

Jean-Michels Brustkorb und begann mit der Herzmassage. Alains Bewegungen wurden immer heftiger und verzweifelter. Alles in seinem Kopf drehte sich. Wo blieb der Arzt? Wieso kam keine Hilfe?

Während er mit der rechten Hand die Herzmassage fortsetzte, fingerte er mit der linken sein Handy vom Hosenbund. Er gab seine PIN-Zahl ein, damit er die Notrufnummer der SAMU wählen konnte. Er wollte die Nummer des Blocks durchgeben und die Sitzreihe, in der sie waren, damit die Leute in der Notrufzentrale diese Informationen sofort an ihre Kollegen im Stadion weiterleiten konnten.

In dem Moment bahnte sich der Zuschauer in Begleitung zweier Sanitäter mit einer Trage endlich den Weg durch die Menschenmassen. Alain ließ das Handy sinken und gab ihnen Zeichen mit der Hand.

»Hierher! Beeilen Sie sich!« Doch seine Worte gingen im Lärm des Hexenkessels unter.

Wenig später lag Jean-Michel in einem kleinen Raum in den Katakomben des Stadions. Ein Arzt verabreichte ihm Elektroschocks. Doch nichts deutete darauf hin, dass Jean-Michel noch lebte.

Nach einer Weile gab der Arzt resigniert auf und drehte sich langsam um. Er schüttelte den Kopf.

»Tut mir Leid, Monsieur, es ist zu spät. Exitus. Herzinfarkt.«

Wie betäubt ließ Alain sich auf einen Stuhl fallen.

»O mein Gott! Das gibt's doch nicht …« Sein Blick ging ins Leere.

In dem Moment schrillte sein Handy, das er nicht wieder ausgeschaltet hatte. Er reagierte nicht. Erst beim fünften Klingeln schien Alain aus einer Art Trance zu erwachen. Mechanisch drückte er auf den grünen Knopf und sagte tonlos:

»Hallo.«

»Alain?« Wie von weit her erklang die Stimme seiner Chefin, Kommissarin Labelle. »Gut, dass ich Sie endlich erreiche!«

»Ja.«

»Wo sind Sie denn? Sind Sie nicht mehr im Stadion? Ich höre gar keine entsprechenden Hintergrundgeräusche.«

»Doch, ich bin noch im Stadion. Ich meine …« Alain verstummte. Dann sagte er mit brüchiger Stimme: »Mein Freund Jean-Michel ist gerade gestorben, *Patron*. Herzinfarkt. Ich konnte im Stadion nicht schnell genug Hilfe holen. Bitte verstehen Sie, wenn ich jetzt nicht …« Erneut brach er ab.

Es war einen Moment still am anderen Ende der Leitung. Dann sagte Florence:

»Um Gottes willen! Das tut mir Leid, Alain.«

»Es muss die Aufregung während des Spiels gewesen sein. Obwohl ich nicht verstehe … Jean-Michel war doch noch jung, wieso bekommt er plötzlich einen Herzinfarkt?«

»Ich weiß es nicht, Alain. Das ist jetzt eine schreckliche Situation für Sie. Von daher würde ich Sie auch gern in Ruhe lassen, aber leider kann ich das nicht.«

In knappen Worten erzählte sie Alain, was in Nîmes geschehen war. Ohne sie zu unterbrechen, hörte er zu. Dann kam sie zum Schluss.

»Unter den schwer kranken Patienten, die auf der Station untergebracht sind, befindet sich auch Ihre geschiedene Frau, Alain. Sie liegt nach einem Autounfall im Koma. Der Unfall geschah vor sieben Tagen auf einer Landstraße.«

Er reagierte nicht.

»Alain, hören Sie mich? Haben Sie verstanden, was ich gesagt habe? Eine Marie-France Roche, geboren am 21. Mai 1966, ist eine der Geiseln hier in der Klinik. Wir wissen, dass sie Ihre geschiedene Frau ist. Inspektor Burgio hat die Daten im Register des Standesamtes überprüft.«

Alain schluckte, und für einen kurzen Moment verblassten die Ereignisse hier im Stadion. Marie-France … Im letzten Sommer hatte sie ihn wegen eines anderen Mannes Hals über Kopf verlassen. Als er eines Nachts nach Hause kam, fand er einen Brief auf dem Wohnzimmertisch. Ein paar läppische Zeilen, mehr war er ihr nicht wert gewesen nach vier Jahren Ehe. Nur einmal war sie noch in das gemeinsame Haus zurückgekehrt, um ein paar Sachen abzuholen. Danach hatte sie nie wieder etwas von sich hören lassen. Auch zum Scheidungstermin war sie nicht erschienen, sondern hatte ihren Anwalt die Sache regeln lassen. Jetzt, ein Jahr später, wehte die Erinnerung an sie herein wie ein kalter Luftzug. Alain riss sich zusammen und rief sich ins Gedächtnis, dass er schon damals beschlossen hatte, die Tür zur Vergangenheit ein für alle Mal zuzuschlagen. Im Augenblick berührte ihn der plötzliche und unbegreifliche Tod seines besten Freundes Jean-Michel weit mehr als die Tatsache, dass Marie-France hilflos in einem Krankenhaus lag, in dem sich ein Geiseldrama abspielte.

Alain räusperte sich und versuchte, seiner Stimme Festigkeit zu geben.

»Danke für die Information, *Patron*. Wie Sie wissen, habe ich mit meiner Exfrau keinerlei Kontakt mehr gehabt. Ich wusste nicht einmal, dass sie noch im Département wohnt. Von daher verstehen Sie sicher, dass ihr persönliches Schicksal oder Wohlergehen mich im Moment nicht sonderlich berührt.«

»Das war auch nicht der Sinn und Zweck meines Anrufes. Ich dachte nur, dass Sie das wissen sollten. Ich möchte Sie nämlich bitten, gleich morgen früh mit der ersten Maschine zurückzukommen. Es ist nicht abzusehen, wann diese Sache hier zu Ende geht. Wir stellen uns eher auf einen längeren Zeitraum ein. Im Moment bewegt sich gar nichts. Es ist weiterhin Funkstille. Ich brauche Sie hier, schon allein weil ich fürchte, dass dieser Hauptmann Atlan seine harte Linie durchsetzen könnte. Sie wissen, was das heißt.«

»Ja. Es wäre Wahnsinn, wenn die Station mit Gewalt befreit würde. Ich versuche, morgen früh einen Flug zu bekommen. Notfalls einen Stehplatz im Cockpit.«

»Gut, dann bis morgen. Und – mein herzliches Beileid, Alain.«

Alain schaltete das Handy ab. Er würde noch einige Minuten hier bleiben, in diesem kleinen, weiß getünchten Raum, in dem sein Freund verstorben war, und dem Arzt für die Erledigung der nötigen Formalitäten zur Verfügung stehen. Jean-Michels Schwester musste benachrichtigt werden. Andere Angehörige besaß er nicht. Beide Eltern waren tot, und geheiratet hatte er nie.

Danach würde Alain ein Taxi zum Flughafen nehmen und dort die Nacht verbringen. Es würde eine schreckliche Nacht werden. Und nie im Leben würde er je wieder ein Fußballstadion betreten.

Erst jetzt fiel ihm auf, dass sowohl er als auch sein toter Freund immer noch das Trikot der Nationalmannschaft übergestreift hatten. Dieses lächerliche Stück Stoff, das ihnen nur Unglück gebracht hatte.

13

Im polizeilichen Krisenstab in Nîmes wurde zum wiederholten Mal das Tonband abgespielt, das das kurze Gespräch aus dem 6. Stock aufgezeichnet hatte.

Jetzt schaltete Florence das Gerät ab, lehnte sich im Schreibtischsessel des Krankenhausdirektors zurück und wandte sich an den Polizeipsychologen.

»Ich bin völlig Ihrer Meinung, Monsieur. Er ist allein da oben. Er sagt nicht: *Ihr könnt froh sein, wenn* wir *mit euch verhandeln.* Er sagt: *Ihr könnt froh sein, wenn* ich *mit euch verhandle.*«

»Das kann auch eine bewusste Irreführung sein«, gab Hauptmann Atlan zu bedenken. »Um uns im Unklaren zu lassen.«

»Selbst wenn das der Fall sein sollte, sind uns im Augenblick die Hände gebunden. Wir müssen warten, welche Forderungen gestellt werden. Und ich bin sicher, *dass* welche gestellt werden.«

»Die Frage ist nur, wann. Er sitzt doch da oben in der Falle, *Commissaire*!«

»Ja, zusammen mit neun unschuldigen Menschen, von denen der größte Teil völlig hilflos ist.«

Hauptmann Atlan lachte gereizt und blickte in die Runde.

»Ich weiß nicht, was für Vorstellungen Sie oder andere hier im Raum haben. Offensichtlich wissen Sie nicht, dass meine Leute darauf trainiert sind, mit äußerster Schnelligkeit und Präzision zu handeln. In achtzig Prozent der Fälle ist ein solcher Zugriff …«

Florence, deren Nerven inzwischen wie die aller Anwesenden zum Zerreißen gespannt waren, unterbrach den Hauptmann. Ärgerlich und lauter als beabsichtigt sagte sie:

»Ich weiß, wie solche Aktionen ablaufen! In achtzig Prozent der Fälle mag ein solcher Zugriff ja tatsächlich erfolgreich sein. Aber wo hilflose Kranke mit im Spiel sind, die sich im Gefahrenfall nicht schützen können, ist das Risiko einfach zu hoch. Das kann ich nicht verantworten!«

»Wollen wir hier warten und tatenlos zusehen, wie er eine Geisel nach der anderen tötet und auf den Flur rollt?«

Florence atmete tief durch. Sie hatte geahnt, dass Atlan den Versuch machen würde, seine harte Linie durchzusetzen. Leute wie er dachten immer in engen Bahnen. Sie vertrauten auf ihre hochmodernen Waffen und ausgeklügelten Kriegsstrategien. Die Menschen, um die es hier ging, waren ihnen vollkommen gleichgültig. Sie dienten lediglich als Manövriermasse in einem strategischen Planspiel, das sich in achtzig Prozent aller Geiselbefreiungen als effizient erwiesen hatte. Doch Florence wusste, dass sie einen kühlen Kopf bewahren musste, wenn ihr die Sache hier nicht entgleiten sollte. Atlan saß in den Startlöchern. Er wartete nur darauf, die alleinige Befehlsgewalt zu übernehmen. Deshalb beherrschte sie sich und versuchte, ihrer Stimme Gelassenheit zu geben.

»Wir sind uns alle darüber einig, dass da oben irgendetwas passiert sein muss.«

»Einer der Ärzte auf der Station hätte dem Mann sicher helfen können.« Hauptmann Atlan krempelte die Hemdsärmel seines Kampfanzuges hoch. »Aber der Täter hat das verhindert.«

»Möglicherweise. Niemand von uns kennt jedoch die tatsächlichen Umstände auf der Station. Vielleicht benutzt der Täter den toten Patienten nur, um ein Zeichen zu setzen. Als Druckmittel für seine Forderungen. Einen Beweis, dass er den Patienten vorsätzlich getötet oder ihm medizinische Hilfe verweigert hat, gibt es nicht. Auch das, was ich vom Treppenhaus aus gehört habe, muss nicht in ursächlichem Zusammenhang mit den Geschehnissen stehen.«

»Mit Sicherheit haben der oder die Geiselnehmer den Tod des Mannes zumindest mit verschuldet! Unter normalen Umständen hätte der Patient vielleicht gerettet werden können. Möglicherweise durch eine erneute Operation, was weiß ich!«

»Aber wir haben keine normalen Umstände, *Capitaine*. Das hier ist eine Situation, für die es bisher noch kein Beispiel gibt. Wir betreten Neuland. Sie genauso wie ich. Für mich bedeutet das, dass wir die Verhältnismäßigkeit unserer Mittel genauestens einschätzen müssen. Eine Erstürmung der Station, wie Sie es vorschlagen, kommt von daher für mich nicht infrage.«

»Sie wollen die ganze Sache bagatellisieren, *Commissaire*. Sie unterschätzen den Ernst der Lage! Da oben ist ein Verrückter, vielleicht ist er nicht allein. Was er will, wissen wir nicht. Wir wissen nur eines: Er hat uns den ersten Toten vor die Tür gelegt. Und das ist eine Botschaft, die deutlicher gar nicht sein könnte.«

Langsam stand Florence auf. Ihre Augen suchten Pierre Desgranges, den Präfekten, der mit den anderen am Konferenztisch in der Mitte des Büros saß.

»*Monsieur le Préfet*, ich möchte Sie fragen, ob Sie sich der Meinung von Hauptmann Atlan anschließen? Sollte das der Fall sein, gebe ich hier und jetzt die Verantwortung ab. Dann möchte ich von Ihnen offiziell bestätigt bekommen, dass Sie dem Hauptmann allein das Kommando übergeben und mich davon entbinden. Ich werde mich hier zu keiner Entscheidung drängen lassen, die ich mit meinem Gewissen nicht vereinbaren kann und die jeder Vernunft widerspricht.«

Der Präfekt seufzte, strich sich mit der Hand über seine extrem kurz geschnittenen schwarzen Haare und versuchte zu beschwichtigen.

»Immer mit der Ruhe, meine Herrschaften! Wir alle sind aufgrund der schwierigen und unübersichtlichen Situation angespannt und gereizt. Da besteht leicht die Möglichkeit, übers Ziel hinauszuschießen. Es geht hier nicht darum, wer die Befehlsgewalt hat. Kompetenzstreitigkeiten sind im Moment wahrlich nicht angebracht. Es geht um eine richtige Entscheidung.«

»Ja, aber nicht um eine Vorgehensweise nach dem Motto: Taktik der verbrannten Erde«, warf Florence ein.

Der Präfekt fuhr fort:

»Wir sitzen alle im selben Boot. Die Einschätzung der Lage ist äußerst diffizil. Ich kann verstehen, dass Sie kein unnötiges Risiko eingehen wollen, *Commissaire*. Aber ich kann auch Hauptmann Atlan verstehen. Er vertraut auf das, was sich in den meisten Fällen bewährt hat.«

Krankenhausdirektor Pônelle schaltete sich ein:

»Mir ist klar, dass ich hier nicht zu entscheiden habe. Als Direktor dieser Klinik trage ich jedoch den Patienten und dem Personal gegenüber Verantwortung und muss meine Fürsorgepflicht wahrnehmen. Sie alle kennen meine Meinung. Eine gewaltsame Befreiung der Geiseln zum jetzigen Zeitpunkt wäre eine Katastrophe. Ich kann nur zum wiederholten Mal dringend davon abraten.«

»Ich möchte einen Vorschlag machen«, sagte der Polizeipsychologe. »Es gäbe zwei Möglichkeiten, mit dem oder den Geiselnehmern in Verbindung zu treten. Die eine ist die, vom Treppenhaus aus mithilfe eines Megaphons Kontakt aufzunehmen und den Geiselnehmern eine Botschaft zukommen zu lasssen.«

»Wenn ein Megaphon zum Einsatz kommt, lässt sich nicht vermeiden, dass die Patienten im 5. Stock wissen, was gespielt wird«, warf Dr. Carpentier ein.

»Die andere Möglichkeit ist die«, fuhr der Psychologe fort, »dass wir eine schriftliche Botschaft formulieren und sie über den kleinen Essensaufzug, der durch den Küchenschacht auf die Intensivstation fährt, nach oben schicken.«

»Und wenn sich in der Küche niemand aufhält?«, fragte Atlan. »Der Direktor sagte doch vorhin, die Küche würde wegen einer defekten Leitung im Moment nicht benutzt?«

»Der Aufzug verfügt über ein akustisches Signal, wenn er oben ankommt. Das hört man auch bei geschlossener Tür bis auf den Flur«, sagte Carpentier.

»Und was für eine Botschaft könnte das Ihrer Meinung nach sein?«, fragte Desgranges.

»Die dringende Aufforderung, wieder mit uns in Kontakt zu treten.«

»Wenn sie das wollten, hätten sie es schon längst getan.« Der Hauptmann sah den Psychologen missbilligend an. »Dieser Weg führt nur in eine weitere Sackgasse. Wir haben doch die Handynummer. Abgesehen davon, dass das Handy bestimmt gestohlen ist, wissen wir, das es unmittelbar nach dem Gespräch abgestellt wurde. Nicht mal eine Mailbox läuft. Die wollen nicht mit uns reden!«

Die Tür wurde geöffnet, und Inspektor Burgio betrat den Raum.

»Die *Police municipale* in Belfort hat mir bestätigt, dass dieser Antoine Villeneuve, also der geschiedene Mann von Fabienne Barthołémy, unter der angegebenen Adresse seinen Wohnsitz hat und ordnungsgemäß gemeldet ist. Sie haben sofort bei ihm angerufen, aber da war niemand zu Hause. Jetzt schicken sie vorsichtshalber einen Streifenwagen vorbei und rufen uns dann sofort wieder an.«

»Danke, Inspektor«, sagte Florence.

»Noch etwas, *Commissaire*. Die Presse wird sicher bald eintreffen. Die Landung des Hubschraubers konnte nicht unbemerkt bleiben, und auch durch die Straßensperren wurden die Leute hier im Viertel aufmerksam.«

»Falls diese junge Reporterin von France 3 auftauchen sollte, diese Eliane LeRosier, dann ist höchste Vorsicht geboten. Mit der Dame habe ich bereits einschlägige Erfahrung gemacht, als sie noch hier in Nîmes bei der *Gazette* gearbeitet hat. Halten Sie uns diese Leute bloß vom Leib, Inspektor. Keine Informationen, keine Interviews, keine Erlaubnis zum Betreten des Gebäudes.«

»Verstanden.« Inspektor Burgio blickte in die Runde und lächelte unsicher. »Auch wenn das jetzt vielleicht nicht der richtige Zeitpunkt ist, aber Frankreich führt beim Endspiel in Paris mit 2:0.«

Niemand antwortete.

Der Präfekt brachte das Gespräch wieder auf das zuvor angeschnittene Thema und fragte Florence:

»Was halten Sie denn von Monsieurs Lemoines Vorschlag, eine Botschaft via Essensaufzug hochzuschicken, *Commissaire*?«

Florence überlegte kurz und schüttelte den Kopf.

»Um ganz ehrlich zu sein, verspreche ich mir nicht viel davon, Monsieur.«

Hauptmann Atlan nickte zustimmend.

»Da sind wir ausnahmsweise einmal einer Meinung, *Commissaire*.«

14

Bewegungslos und mit geschlossenen Augen lag Jean-Marc Truel da. Noch immer hörte er den lang gezogenen Ton, der bis vor wenigen Augenblicken vom Monitor des Nachbarbettes erklungen war. Inzwischen hatte der Maskierte das Bett aus dem Zimmer geschoben, doch der Ton klang schrill in Jean-Marcs Kopf nach. Eine Melodie des Todes, dachte er, und diese Worte wiederholten sich monoton wie eine Endlosschleife in seinen Gedanken, ohne dass er etwas dagegen tun konnte.

Von Anfang an war er Zeuge dessen gewesen, was sich auf der Intensivstation abspielte. Er hatte gesehen, wie Fabienne, die Krankenschwester, die er besonders nett fand, angeschossen wurde und zu Boden ging. Nachdem er das Krankenhauspersonal ins Schwesternzimmer getrieben hatte, war der Maskierte mit dem Revolver in der Hand durch die Patientenzimmer geschlendert, um sich die Kranken genauer anzusehen. Dabei ließ er das Schwesternzimmer nie aus den Augen, stets bereit, bei der kleinsten verdächtigen Bewegung der beiden Ärzte und des Pflegers gewaltsam einzuschreiten. Jean-Marc war einem Instinkt gefolgt und hatte die Augen fest geschlossen und versucht, möglichst gleichmäßig zu atmen. Als der fremde Mann sich über ihn beugte, bemerkte Jean-Marc, dass er stark nach Knoblauch roch.

Auch den zweiten Schuss hatte er gehört, der nahe der

Eingangstür abgegeben worden war. Von seinem Bett aus überblickte Jean-Marc die beiden Überwachungsplätze, einen Großteil des Korridors und die drei anderen Patientenzimmer. Hin und wieder öffnete er seine Augen vorsichtig zu einem Schlitz, um das Geschehen verfolgen zu können. Hören konnte er nicht viel. Durch die geschlossene Tür drangen nur Gesprächsfetzen. Doch die großen Glaswände ringsum gaben die Sicht frei. Unter Androhung von Waffengewalt wurden die beiden Ärzte und der Pfleger daran gehindert, lebenserhaltende Maßnahmen zu ergreifen. Die Krankenschwester schien auf dem Korridor zu verbluten, wahrscheinlich war sie bereits ohnmächtig. Der Patient mit der schweren Gehirnoperation, der im Bett neben ihm gelegen hatte, lebte nicht mehr. Was kam als Nächstes? Jean-Marc Truel hatte Angst. Er wusste, dass er den Ablauf der Geschehnisse nicht beeinflussen konnte. Seine einzige Chance bestand darin, sich still zu verhalten, sich schlafend zu stellen und den maskierten Mann nicht unnötig zu reizen.

Die Beschwerden in seinem Rachen hatten den ganzen Tag nicht nachgelassen. Jetzt steigerten sie sich ins Unerträgliche. Das Innere seiner Kehle war aufgerissen, beim Schlucken konnte er spüren, dass sich teilweise kleine Hautfetzen gelöst hatten. Die Lutschbonbons, die Dr. Carpentier ihm schon vor Tagen gegeben hatte, nützten nichts. Ein permanenter Hustenreiz quälte ihn. Sobald er ihm nachgab, raubte ihm der brennende Schmerz den Atem. Er hatte das Gefühl, zu ersticken. Als der Husten durchbrach, drehte der maskierte Mann ein paar Mal den Kopf, reagierte aber nicht weiter.

Seit einer Woche lag er nun hier. In den letzten Tagen hatte er genug Zeit gehabt, darüber nachzudenken, was geschehen war. Er hatte sich in eine Situation hineinmanövriert, aus der es keinen Ausweg gab. Der Spielraum, der ihm noch blieb, war immer begrenzter geworden. Auf mehr als drei Millionen Francs beliefen sich seine Schulden, genau wusste er es nicht. Zu viel, um diese Summe jemals an die Gläubiger zurückzahlen zu können. Seine Beraterfirma war Konkurs gegangen, nachdem die Banken keinerlei Kredite mehr bewilligt hatten, Kundenaufträge storniert wurden und auch keine neuen Aufträge in Sicht waren. Das Aktienpaket am Neuen Markt, von dem er sich traumhafte Gewinne versprochen hatte, entpuppte sich als Totalflop. Die Kreditkarten waren gesperrt worden. Vor vier Wochen hatte der Vermieter seine Wohnung zwangsräumen lassen. Dann, als krönenden Abschluss sozusagen, verließ ihn seine Freundin Jenny. Damit war er am Ende des Regenbogens angelangt. In rasendem Tempo, innerhalb weniger Tage, entglitt ihm jegliche Lebensperspektive. Alles war verloren, alles schien umsonst gewesen zu sein. Er musste fliehen, der Feuerwalze aus Panik und Existenzangst entkommen, die sich hinter ihm auftürmte und ihn zu verschlingen drohte. Es gab nur einen Weg. Er hatte alles genau geplant und organisiert. Die vierzig Schlaftabletten hätten bei weitem ausgereicht. Die Gartenlaube im Süden der Stadt gehörte seinem verstorbenen Onkel und stand seit Jahren leer. Niemand würde ihn so schnell vermissen. Niemand sollte ihn so leicht finden. Er würde einfach spurlos verschwinden und alles hinter sich lassen. Es schien der perfekte Plan zu sein. Und dann ein dummer Zufall – ein paar Kinder spielen in der abgelegenen Gegend. Sie entdecken die Laube, öffnen die Tür in der Annahme, dass die Hütte unbewohnt ist. Ein Krankenwagen bringt ihn in die Klinik, die Ärzte kämpfen um sein Leben, pumpen ihm den Magen aus, nehmen einen kompletten Austausch des Blutes vor …

Beim Aufwachen aus dem Koma war es dann passiert:

Er tobte und schlug um sich, riss den Tubus mit einem Ruck aus der Speiseröhre und verletzte dabei seinen Rachen.

Als er aufwachte, befand er sich in einem hellen, sonnendurchfluteten Raum. Schwestern und Ärzte behandelten ihn freundlich und mit Fürsorge. Das Gefühl der Scham, das ihn angesichts seines missglückten Selbstmords überkam, verschwand nach einigen Tagen. Langsam und tastend, doch mit zunehmender Kraft, kehrten seine Lebensgeister zurück. Fast empfand er so etwas wie ein Gefühl der Geborgenheit. Hier kümmerte man sich um ihn. Alles, was auf ihm lastete und ihn zu seiner Verzweiflungstat getrieben hatte, schien unwichtig und ganz weit weg zu sein. Er war froh, dass er gerettet worden war. Das Weitere würde man abwarten. Sie sind doch noch so jung, hatte ihm der Klinikpsychologe gesagt. Sie können noch einmal neu anfangen. Für alles gibt es eine Lösung …

In dieser Nacht jedoch, einige Stunden bevor Jean-Marc Truel auf die innere Station verlegt werden sollte, war etwas geschehen, wofür es offenbar keine Lösung gab. Jedenfalls nicht in absehbarer Zeit.

Kurz nachdem der Fremde das Krankenbett mit dem Gehirnoperierten aus dem Zimmer gerollt hatte, wählte er auf seinem Handy eine Nummer. Jean-Marc konnte nur ein paar Bruchstücke von dem verstehen, was er sagte. Sein maskiertes Gesicht verriet keinerlei Gefühlsregung. Doch seine Körpersprache, seine heftigen Bewegungen deuteten darauf hin, dass etwas in ihm vorging. Nach dem Telefonat war auf der Station wieder Stille eingekehrt.

Deutlich sichtbar lag ein schwarzer Aktenkoffer auf dem Counter. Der fremde Mann saß jetzt am Überwachungsplatz 1 und drehte Jean-Marc den Rücken zu. Lässig hatte er seine Ellbogen aufgestützt und hielt den Revolver auf das Schwesternzimmer gerichtet. Jean-Marc hob vorsichtig seinen Kopf aus dem Kissen und sah, dass der Pfleger und der Assistenzarzt zusammengesunken auf ihren Stühlen hockten. Dr. Cotisson, die Stationsärztin, stand am Türrahmen. Ihre Augen irrten von den Patientenbetten zum maskierten Mann, dann verweilten sie bei ihm, Jean-Marc.

Alice Cotisson gelang es immer weniger, das Gefühl der nackten Verzweiflung in den Griff zu bekommen, das zunehmend Besitz von ihr ergriff. Es war genau wie damals, in ihrer Kindheit. Der fremde Mann hatte sie die Kellertreppe hinuntergestoßen, am Treppenabsatz blieb sie auf dem Rücken liegen. Dann war er über ihr. Sein stinkender Atem, die hastigen Bewegungen, mit denen er seine Hose aufriss. Die erstickten Schreie aus ihrem Mund, der mit eiserner Faust zugehalten wurde. Dann der Schmerz. Der Schmerz und die Todesangst ... Später, nachdem die Polizei sie nach Hause gebracht hatte, die vorwurfsvollen Augen der Mutter und ihre Worte, die noch mehr schmerzten als das, was ihr geschehen war. »Warum musstest du auch da hingehen? Ich habe dir immer gesagt, Gérard ist kein Umgang für dich!« Alice war zwölf Jahre alt. Gérard, der Junge aus der Nachbarschaft, ging mit ihr in dieselbe Klasse. Seine Eltern besaßen ein einfaches Bistro. Die Kinder halfen manchmal in der Küche, bekamen dafür ein kleines Taschengeld und konnten Eis essen, so viel sie mochten. Als Alice sich an jenem Sommerabend durch den Kücheneingang des Bistros über den Hof auf den Nachhauseweg begab, passte der Mann sie ab. Sie hatte ihn vorher schon bemerkt. Er stand am Tresen und erzählte Gérards Mutter irgendeine Geschichte, die sie nicht sonderlich interessierte.

Es ging alles so schnell, dass Alice nicht reagieren konnte.

Eine Stunde später fand Gérards Mutter sie im Keller.

Zusammengesunken hockte sie vor dem Verschlag, in dem die Kohlen gelagert wurden. Ihre Kleidung war zerrissen, und sie blutete. Vier Tage sprach sie nicht, versteinerte nach innen. Wenig später wurde der Täter gefasst, doch für sie änderte das nichts. Der Fremde hatte sich ihres Lebens bemächtigt, für alle Zeiten. Selten vermochte sie dem zu entfliehen, was er ihr angetan hatte. Er verfolgte sie bis zu dem Tag, als sie sich die Pulsadern aufschnitt.

Jetzt war sie wieder da, die Angst. Wie eine düstere Kammer, in der sie für alle Zeiten eingesperrt war. In der Dunkelheit tauchten Bilder auf, Schreckensvisionen, die sie lange überwunden glaubte. Das Badezimmer in ihrer Studentenbude in der Rue du Cheval Blanc. Die Rasierklinge. Ströme von Blut im Waschbecken. Schuberts »Unvollendete«. Der zweite Satz geht zu Ende und sie betritt den Tunnel des Todes …

Alice riss sich mit aller Macht zusammen. Sie durfte sich nicht dem Strudel der Erinnerungen überlassen. Wenn sie das zuließ, war sie verloren.

Ihr Blick suchte Halt bei dem jungen Selbstmordkandidaten im Patientenzimmer hinter Überwachungsplatz 1. Ihm fühlte sie sich besonders verbunden. Vor einer Woche, als er bewusstlos eingeliefert wurde, hatte sie Dienst auf der Station. Sie pumpte ihm den Magen aus und ordnete den sofortigen, vollständigen Austausch seines von Barbituraten vergifteten Blutes an. Das war nicht leicht gewesen, denn der Patient besaß die seltene Blutgruppe A1 B. Die Konserven mussten per Kurier aus dem Centre Hospitâlier Doumergue besorgt werden. Als sie um sein Leben kämpfte, ahnte er nicht, wie sehr Alice sich in ihn hineinversetzen konnte, wie nah sie selbst bereits dem Tod gewesen war. Und gerade deshalb hoffte sie inständig, dass er wieder zu sich kommen möge.

Alice wusste, dass Jean-Marc Truel wach lag und das Geschehen, sooft er konnte, aus den Augenwinkeln beobachtete. Als sich jetzt ihre Blicke trafen, erschien es ihr, als spräche er die stumme, flehentliche Bitte aus, dass sie durchhalten möge. Fast unmerklich nickte sie ihm zu. Ja, sie wollte durchhalten. Sie wollte ihre Angst unterdrücken und all ihren Mut zusammennehmen, um das hier durchzustehen. Auch wenn die Erinnerungen an die Kellertreppe aus ihrer Kindheit sie immer wieder einholten und Panikattacken in ihr auslösten. Inzwischen klebte ihr die Kleidung schweißdurchnässt am Körper. Sie fühlte sich über und über schmutzig und hatte das dringende Bedürfnis, sich zu waschen.

Jetzt wussten die Kollegen in der Klinik, die Administration und die Polizei, die sich sicher schon vor Ort befand, Bescheid. Alice hatte gehört, wie der Geiselnehmer telefonierte. Anschließend zwang er Crespin und Picard, das Bett des Patienten Nummer 4 vor die Stationstür zu schieben. Wie einen Haufen Müll, den man möglichst rasch entsorgt. Sie selbst musste sich an die Wand bei der Korridorkurve stellen. Auf diese Weise hatte der Mann alle im Blick. Mit einer kleinen Fernbedienung, die er aus der Tasche seiner Jeans herauszog, hatte der Fremde die automatische Tür geöffnet und kurz darauf auch wieder geschlossen. Im Treppenhaus war es dunkel. Es herrschte absolute Stille. Hatte die Polizei irgendwo Posten bezogen? Wie viel wusste man außerhalb der Station von den Geschehnissen, was konnte man sich zusammenreimen? Einen Augenblick lang war Alice versucht, einfach loszurennen. An dem Geiselnehmer vorbei, der ihre beiden Kollegen an der offenen Etagentür in Schach hielt, damit sie nicht entfliehen konnten. Die Treppe hinunter, in den Schutz des 5. Stocks. Doch sie verwarf diesen Gedanken sofort wieder. Um nichts in der Welt würde sie die Station und die Kranken verlassen. Bevor der Geiselnehmer sie und die anderen wieder durch die automatische Tür zurücktrieb, warf Alice einen letzten Blick auf den toten Patienten Nummer 4. Noch immer waren seine Zähne tief in die Zunge verbissen. Die Hände lagen seltsam verkrampft auf der Bettdecke, als hätte die Totenstarre bereits eingesetzt. Den Moment seines Todes hatte der Patient nicht gespürt. Das war kein Trost für Alice. Sie hätte den Mann retten können, das wusste sie. Er hätte nicht sterben müssen. Nicht in diesem Moment, nicht unter solchen Bedingungen. Er musste sterben, weil ihm niemand helfen durfte. Unter normalen Umständen hätten sie und ihre Kollegen bis zum letzten Moment alles versucht, um ihn durchzubringen. Dass dieser Versuch verhindert wurde, machte seinen Tod so grausam und sinnlos.

Alice dachte an ihren Mann, der sich jetzt wahrscheinlich in Mailand das Fußballspiel ansah. War Jérôme bereits benachrichtigt worden? Möglicherweise hatte man ihn nicht erreicht, weil sein Handy abgeschaltet war.

Wie spät war es eigentlich? Alice warf einen Blick auf ihre Armbanduhr. 22 Uhr 30. Wie lange befanden sie sich schon in der Gewalt dieses Wahnsinnigen? Alice hatte jedes Zeitgefühl verloren.

Sie strich sich eine Haarsträhne aus dem verschwitzten Gesicht und starrte auf die am Boden liegende Fabienne Bartholémy. Alice konnte sehen, dass ihr Atem sehr flach ging. Noch lebte sie, aber wie lange? Ihr zusammengekrümmter Körper lag da wie auf einem Altar geopfert.

Aus den Krankenzimmern war kein Laut zu hören. Offenbar schliefen die anderen Patienten. Die Betten Nummer 3 und Nummer 5, mit Madame Chabrol und Monsieur Navarro, dessen Hand in die Kreissäge geraten war, konnte Alice von der Tür des Schwesternzimmers aus nicht sehen.

Alice spürte ihre trockenen Lippen und hätte gern einen Schluck Wasser getrunken. Doch sie wusste, dass es zwecklos war, den Geiselnehmer darum zu bitten. Er würde ihnen alles, was ihren Zustand erleichterte, abschlagen. Das war Teil seiner Strategie und Zermürbungstaktik, so viel hatte Alice begriffen. Auch ihre zahlreichen Versuche, mit dem Mann ins Gespräch zu kommen und ihn zum Aufgeben seines wahnsinnigen Tuns zu überreden, waren fehlgeschlagen.

Der Fremde saß mit aufgestützten Ellbogen hinter dem Counter des Überwachungsplatzes, den Revolver starr auf sie gerichtet. Als Alice Cotisson jetzt genauer hinsah, entdeckte sie an der Unterseite seines linken Unterarms eine lange Narbe. Sie erstreckte sich vom Handgelenk bis fast zum Ellbogen. Derartige Narben entstehen nach komplizierten Trümmerfrakturen, wenn die Knochen zusammengeschraubt oder geklammert werden müssen und der Arm mehrfach operiert wird. In den meisten Fällen muss zudem noch Knochensubstanz aus der Hüfte transplantiert werden.

Eine auffällige, seltene Narbe.

Wie Schuppen fiel es Alice von den Augen. Sie wusste plötzlich, wer der Mann war, der die Station in seine Gewalt gebracht hatte.

War das möglich? Wenn ja, warum? Warum tat er das? Was bezweckte er damit?

Alice fand keine Erklärung. Fassungslos starrte sie auf den Unterarm des Mannes.

Es gab keinen Zweifel.

15

Die Zufahrt zur Klinik war abgesperrt. Polizeifahrzeuge standen in den umliegenden Straßen. Als der SNG-Satelliten-Übertragungswagen von France 3 sich der Klinik näherte, wurde er von einem Polizisten weitergewinkt.

Eliane LeRosier ließ das Beifahrerfenster herunter.

»Presse«, sagte sie und zeigte dem Beamten ihren Ausweis. »Wir sind vom Fernsehen, France 3, Nachrichtenredaktion. Was ist denn passiert?«

»Kein Kommentar«, antwortete der Uniformierte. »Fahren Sie bitte weiter. Wir lassen niemanden durch. Auch nicht das Fernsehen. Parken können Sie hier ebenfalls nicht.«

Eliane schloss das Fenster und gab Ricardo ein Zeichen weiterzufahren.

»Bieg um die nächste Ecke. Wir versuchen von der anderen Seite her ranzukommen.«

Wenig später parkten sie den Satellitenwagen in einer Seitenstraße hinter dem Quergebäude der Klinik. Hier war nichts abgesperrt, und die Polizei hatte auch keine Posten aufgestellt. Eine mannshohe Mauer grenzte das Krankenhausgelände zur Straße hin ab. Sie stiegen aus. Thierry nahm seine Kamera mit dem eingebauten Mikrofon.

Wenig später hatten sie die Mauer überwunden und standen kurz darauf auf einem Flur im Inneren des Quergebäudes, wo Laborräume und Büros lagen.

»Okay. Es kann losgehen.« Eliane stellte sich vor eine hellgraue Korridorwand. Routiniert setzte sie ein dem Anlass entsprechendes ernstes Gesicht auf und blickte direkt in die Kamera.

»Guten Abend, liebe Zuschauerinnen und Zuschauer. Wir befinden uns hier in der Klinik Louis Pasteur in Nîmes, in der offenbar vor wenigen Stunden eine Geiselnahme stattgefunden hat. Soweit wir wissen, ist eine unbekannte Anzahl von Geiselnehmern in die Intensivstation des Krankenhauses eingedrungen, wo sich ärztliches Personal und Schwerstkranke befinden. Wir versuchen, mit einigen Menschen Kontakt aufzunehmen, die uns weitere Informationen geben können.«

Freddy Martin hatte die Beine von sich gestreckt und den Nacken auf die Stuhllehne gelegt. In der schlaff herunterhängenden Hand hielt er seine Pfeife, die schon lange erkaltet war. Starr blickte er zur Decke. Dort zogen sich ein paar Risse durch den Verputz. Sie bildeten ein Muster, es sah aus wie ein verrutschtes Viereck. Auf der Fensterbank standen zwei halb volle Pappbecher mit lauwarmem Kaffee.

Flüchtig schoss ihm die Frage durch den Kopf, wie wohl jetzt der Spielstand im Fußballendspiel in Paris sein mochte. Mit seinen Sportkumpels, die sich das Spiel mit ihm zusammen angesehen hatten, war er Wetten eingegangen. 2:0 für Frankreich, das war Freddys Tipp gewesen. Nach dem Anruf des Krankenhausdirektors hatte er seine Freunde aus der Wohnung hinauskomplimentiert und war sofort in die Klinik gefahren. Am liebsten wäre er gleich auf die Station gestürmt und hätte diesen Scheißkerl Antoine eigenhändig erwürgt. Seine kleine Fabienne, die er liebte und die er beschützen wollte, befand sich in der Gewalt dieses durchgeknallten Psychopathen! Er sah ihr verängstigtes Gesicht mit den leicht abstehenden Ohren und den großen, schiefergrauen Augen vor sich und stöhnte. Auf seiner Stirn hatten sich Schweißperlen gebildet. Es war heiß und stickig in diesem Zimmer, trotz der weit geöffneten Fenster.

Er befand sich nicht allein im Raum. Ihm gegenüber saß Nadine, Stéphane Crespins Freundin. Der Direktor hatte sie ebenso wie ihn angerufen und kurz über die Ereignisse informiert. Nadine war eine zierliche, beinahe knabenhafte Frau mit kurzen Haaren. Freddy hatte ihr von seinem Verdacht erzählt, dass der Geiselnehmer Fabiennes Exmann sein könnte. Sie hatten eine Weile darüber diskutiert, mehr um sich abzulenken und nicht pausenlos daran zu denken, was im 6. Stock wohl geschehen sein mochte. Nadine wirkte erstaunlich gefasst, sie schien nicht der Typ Frau zu sein, der gleich hysterisch wurde, durchdrehte und in Tränen ausbrach. Gott sei Dank, dachte Freddy. Es kam darauf an, dass hier alle die Nerven behielten, auch die Angehörigen der Geiseln.

Nadine blickte auf die Uhr.

»Viertel vor elf«, sagte sie. »Und immer noch keine Nachricht. Hoffentlich stürmen sie nicht doch noch die Station.«

Freddy schüttelte den Kopf und rückte sich auf dem Stuhl zurecht.

»Ich sagte doch schon, das glaube ich nicht. Diese Kommissarin macht mir einen ruhigen und vernünftigen Eindruck. Die werden nichts Unüberlegtes tun.«

»Wer weiß? Vielleicht schenken sie uns auch keinen reinen Wein ein. Mit Sicherheit wissen sie mehr, als sie uns sagen wollen.« Nadine zündete sich eine Zigarette an, und Freddy sah, dass ihre Hand zitterte.

Er antwortete nicht. Seine Gedanken eilten wieder zu Fabienne, und er versuchte sich ihre Reaktion vorzustellen, falls es tatsächlich Antoine war, der die Station in seine Gewalt gebracht hatte. Er schloss die Augen. Es tat gut, sich auszumalen, was er mit Antoine anstellen würde, wenn er ihn in seine Finger bekäme. Solche Dreckskerle wie er verstanden nur eine Sprache. Denn wenn so einer dann vor Gericht kam, konnte er die altbekannte Nummer abziehen: die schreckliche Kindheit, der Vater Alkoholiker, die Mutter, die den Sohn immer geschlagen hatte, die Freundin, die sich über ihn lustig machte und ihn betrog … Ein weites Betätigungsfeld für Psychologen und Gutachter. Jeden Tag las man solche Geschichten in der Zeitung. Die Richter und die Geschworenen zerflossen vor Mitleid. Solche Kerle bekamen mildernde Umstände und wurden auf Staatskosten durchgefüttert. Freddy hatte sich schon immer gewundert, dass die Opfer von Gewaltverbrechen und ihre Angehörigen sich die Täter nicht öfter eigenhändig vorknöpften. Wenn er eine kleine Tochter hätte, die einem Vergewaltiger in die Hände gefallen wäre, wüsste er genau, was er machen würde. Auch wenn er selbst dafür ins Gefängnis müsste. So einer war kein Mensch im üblichen Sinne. So einer hatte sein Leben verwirkt, davon war Freddy zutiefst überzeugt.

Mit einem Zug leerte er den Becher mit Kaffee, der bitter und abgestanden schmeckte. Er spürte seine Wut und seine Hilflosigkeit wie einen zähen Klumpen, der sich in seinem Herzen breit machte. Wenn er doch nur etwas tun könnte! Hier untätig herumzusitzen und sich auszumalen, was im 6. Stock geschah, war schlimmer als jede Folter.

In dem Moment ging die Tür auf, und das Kamerateam von France 3 betrat den Raum.

Eliane LeRosier wandte sich an Freddy.

»Sind Sie Freddy Martin?«

Freddy nickte.

»Ja. Und wer sind Sie?«

Eliane gab Thierry ein Zeichen, die Kamera einzuschalten. Eliane wurde groß ins Bild gerückt.

»Ich bin Eliane LeRosier von France 3. Wie wir erfahren konnten, befinden sich Ihre Angehörigen in der Gewalt der Geiselnehmer, die die Intensivstation besetzt haben. Ihre Freundin Fabienne Barthélémy hat heute Abend Dienst auf der Station. Wissen Sie schon Einzelheiten?«

Die Kamera schwenkte zu Freddy. Der fühlte sich völlig überrumpelt, warf Nadine einen unsicheren Blick zu und wusste im ersten Augenblick nicht, was er sagen sollte. Er kam auch nicht dazu, denn Eliane redete gleich weiter.

»Seit einigen Stunden ist die Station von der Außenwelt abgeschnitten. Wie fühlen Sie sich? Was glauben Sie, was da oben geschehen ist?«

Jetzt mischte sich Nadine ins Gespräch ein. Sie räusperte sich kurz und blickte die Journalistin kühl an.

»Wie sollen wir uns denn fühlen? So eine Frage! Mein Freund ist eine der Geiseln. Er ist Krankenpfleger. Da oben liegen Schwerkranke. Da hat man Angst, weiter nichts.«

Eliane nickte mitfühlend.

»Wissen Sie, wie viele Geiseln sich insgesamt da oben befinden?«

Freddy schüttelte den Kopf.

»Nein. Auf jeden Fall sind zwei Ärzte dort, außerdem meine Freundin und wie schon erwähnt ...«, sein Kopf deutete in Nadines Richtung, »... ihr Freund.«

»Haben Sie eine Vermutung, wer hinter diesem Anschlag stecken könnte?«

»Ja, das habe ich!« Freddys Augen funkelten grimmig, und er spürte, wie erneut die Wut in ihm hochkroch. »Ich glaube, dass da oben nur ein Geiselnehmer ist, nicht mehrere. Und zwar der Exmann meiner Freundin, der sich an ihr rächen will.«

Eliane war wie elektrisiert.

»Der Exmann Ihrer Freundin, der Krankenschwester Fabienne Bartholémy? Dann glauben Sie also an einen persönlichen Racheakt? Wie heißt dieser Mann? Welche Forderungen stellt er?«

Bevor Freddy antworten konnte, kam Nadine ihm zuvor.

»Das wissen wir nicht. Und es ist auch besser, wenn Sie Ihre Kamera jetzt ausschalten. Mehr können wir Ihnen leider nicht sagen. Wenden Sie sich an die Krankenhausleitung.« Sie blickte Freddy entschlossen an. Der biss sich auf die Lippen und war hin und her gerissen. Einerseits wollte er seiner Wut auf Antoine, den er nach wie vor hinter dem Anschlag vermutete, öffentlich Ausdruck verleihen. Andererseits ahnte er, dass jede Äußerung vor einer laufenden Kamera zum jetzigen Zeitpunkt ein schwerer Fehler sein konnte. Deshalb schwieg er lieber.

Thierry richtete die Kamera auf Eliane, die den Bericht routiniert abmoderierte.

»So weit also eine erste Einschätzung von Angehörigen der Geiseln hier vor Ort. Offenbar wird vermutet, dass es sich um den persönlichen Racheakt des Exehemannes der Krankenschwester Fabienne Batholémy handelt. Bisher konnten wir nicht in Erfahrung bringen, wie viele Kranke sich in der Gewalt der Geiselnehmer befinden. Die Polizei hat eine totale Nachrichtensperre verhängt. Doch France 3 hält Sie weiter auf dem Laufenden. Ich bin Eliane LeRosier. Damit gebe ich zurück ins Studio nach Montpellier.«

16

Die Bilder kamen und gingen. Wie Schlieren auf einer schmutzigen Scheibe blieben Bruchstücke haften. Die Nussbaumkommode aus der kleinen Wohnung in Belfort, ein Erbstück der Eltern, wurde wie von Geisterhand über einen langen Korridor geschoben und verwandelte sich in ein Krankenbett, das plötzlich in die Lüfte schwebte, sich um die eigene Achse drehte und als kleiner Punkt am Horizont verschwand. Von irgendwoher loderten Flammen empor, sie füllten das Bild für einen Moment vollständig aus. Rundherum waren Schüsse zu hören, mal näher, mal weiter entfernt. Sie vermischten sich mit dem Schreien von Menschen, die angerannt kamen und Kapuzen über die Köpfe gestülpt hatten. Vom Dach eines Hochhauses fielen Stühle, riesige Blechbüchsen und weitere Gegenstände, die nicht zu erkennen waren, in eine unendliche Tiefe. Neue Bildfetzen tauchten auf, und die alten versanken in den Schluchten der Bewusstlosigkeit. Ein ständiges Werden und Vergehen von Hell und Dunkel, von Leben und Tod, von Raum und Zeit. Das Erstaunlichste war die Empfindung des eigenen Körpers. Unsichtbar schien er zu schweben. Die Phantasmagorien kreisten ihn ein, ließen ihn teilhaben an ihrem Verwirrspiel. Hin und wieder brachen starke Schmerzen durch, doch sie erschienen fremd und irreal und ließen sich nicht lokalisieren. Sie kamen von überall und nirgendwo.

Wie in einer nie enden wollenden Wiederholung setzten sich die zerstückelten Bilder neu zusammen. Die Kommode aus Belfort schwamm in einem Fluss, dessen Wasser schwarz schimmerte. Einer der Kapuzenmenschen zeigte plötzlich sein Gesicht. Es war Freddy. Er kam ganz nah und beugte sich vor. Seine Augen blickten riesig und verzerrt, wie durch ein Vergrößerungsglas. Aus seinem Mund quoll ein Schwall Blut und ergoss sich über seine Brust. Seine blutüberströmten Lippen schoben sich immer näher heran. Doch mit einem Mal war es nicht mehr Freddys Gesicht, das in Großaufnahme näher rückte. Es war Antoine, und seine hellblauen Augen füllten sich mit Blut.

Dann war alles ausgelöscht.

Zusammengekrümmt lag Kain in dem engen Verschlag am Ende des Schuppens. Die Tür war abgesperrt. Er hatte Durst, und sein Kopf schmerzte unerträglich. Blutverschmiert klebten die Haare am Kopf. Diesmal hatte der Vater mit einem Holzknüppel zugeschlagen. Wie von Sinnen hatte er auf ihn eingedroschen und wüste Beschimpfungen ausgestoßen.

»Du Drecksack! Ich werde dich lehren, mich zu belügen! Du bist genauso ein verlogenes Stück Scheiße wie deine Mutter, diese Schlampe!«

Abel hatte in der Ecke gestanden und zugeschaut. Bei jedem Schlag wiegte sich sein Körper im Rhythmus der Stockhiebe. Mit weit aufgerissenen Augen grinste er.

Anschließend hatte der Vater Kain in den Schuppen geschleift und war zurück ins Haus gegangen.

Draußen hüllte die Dunkelheit inzwischen alles ein. Er würde lange hier liegen bleiben, das wusste Kain. Es war nicht das erste Mal, dass er hier eingesperrt wurde.

Abel, sein Bruder, saß hingegen in der Küche, wo das Kaminfeuer prasselte und ein köstlicher Duft den Raum durchzog. Der

Vater hatte für sich und ihn ein warmes Essen zubereitet. Anschließend würden die beiden vorm Fernseher sitzen und keinen Gedanken an ihn verschwenden, der blutverkrustet auf dem kalten Lehmfußboden im Schuppen lag.

Eines Tages würde er sich rächen, das schwor er sich. Wenn er größer war, würde Kain es ihnen allen zeigen.

Während er vor Hunger und Schmerzen in einen schlafähnlichen Zustand wegdämmerte, sah er wie von fern das Bild einer Frau. Kain wusste, dass das seine Mutter sein musste, doch er erkannte sie nicht. Es war zu lange her.

Er hatte seinen Revolver in den Hosenbund der Jeans gesteckt und beugte sich über sie. Der Kopf der Krankenschwester war zur Seite gedreht, ihre linke Gesichtshälfte lag auf den Steinfliesen. Seit die Ärztin sie versorgt hatte, war es dasselbe Bild. Doch etwas hatte sich verändert.

Einen Moment lang fühlte er sich irritiert. Dann bückte er sich, griff Fabienne Bartholémy an die Schulter und drehte sie auf den Rücken. Ihre Augen waren geschlossen, der Mund halb geöffnet. Ihr Arm fiel schlaff nach hinten.

Er warf einen kurzen Blick zum Schwesternzimmer. Die beiden Ärzte und der Pfleger starrten ihn an. Jetzt drehte der Pfleger sich weg, vergrub sein Gesicht in beide Hände und fing laut an zu schluchzen.

»Halt die Schnauze!«

Er sprang auf, zog den Revolver aus dem Hosenbund und ging auf die offene Tür des Schwesternzimmers zu.

»Wenn du nicht sofort aufhörst zu flennen, knall ich dich ab! Und du!« Er richtete den Lauf der Waffe auf Alice Cotisson. »Sieh nach, ob sie noch lebt. Aber keine falsche Bewegung!«

Alice Cotisson, deren schweißnasse Hände so stark zitterten, dass sie sich am Türrahmen abstützte, um sie unter

Kontrolle zu bekommen, erwiderte nichts. Ihr Blick glitt an dem fremden Mann vorbei und verharrte auf Fabienne, die reglos am Boden lag. Sie wusste, dass die Krankenschwester tot war. Von Anfang an war die Befürchtung da gewesen, dass sie nicht durchkommen würde. Alice stolperte ein paar Schritte nach vorn, kniete sich hin und fühlte Fabiennes Puls. Dann schob sie ihre Augenlider zurück. Schwerfällig erhob sie sich, schüttelte stumm den Kopf und ging, ohne den Fremden eines Blickes zu würdigen, langsam zurück ins Schwesternzimmer.

»Sie Mörder, Sie verdammtes Schwein!« Francis Picard stieß Alice heftig beiseite und wollte sich auf den Maskierten stürzen. Doch er kam nicht weit. Der Mann versetzte ihm einen Faustschlag ins Gesicht. Francis taumelte zurück, aus seiner Nase schoss das Blut. Ein zweiter Schlag landete in seiner Magengrube. Der Fremde stieß ihn ins Schwesternzimmer zurück. Dort sank Francis röchelnd auf einen Stuhl. Er stieß einen seltsamen Ton aus, eine Art Klagelaut, der sofort wieder abbrach. Der Krankenpfleger hatte aufgehört zu schluchzen und wagte vor Angst kaum zu atmen. Mit einem Geschirrhandtuch, das neben der Kaffeemaschine lag, wischte er dem Assistenzarzt das Blut aus dem Gesicht.

Erneut stand Alice wie in Trance am Türrahmen, die flachen Hände gegen das Holz gepresst. Wie in Zeitlupe rollte das Geschehen vor ihren Augen ab. Ein unwirklicher Film, den anzuhalten niemand die Kraft hatte. Sie wollte schreien, doch sie war unfähig, auch nur einen Ton hervorzubringen. Ihr Herz hämmerte bis in die Schläfen. Sie spürte, wie ihre Knie wegzusacken drohten. Die Ereignisse hatten sich immer mehr mit dem vermischt, was vor vielen Jahrzehnten auf der Kellertreppe geschehen war. Sie spürte die gleiche Angst und Panik, dasselbe Ohnmachtsgefühl.

Immer mehr war ihre Kraft geschwunden, wenigstens innerlich Widerstand zu leisten und der Opferrolle, die sich wie ein dunkler Schatten über ihre Seele legte, zu entrinnen. Doch es gab nichts, was sie dagegen tun konnte. Die Erinnerung an ihr Kindheitserlebnis riss sie wie ein Strudel fort. Die Kellertreppe, das Keuchen des Mannes, der Blick ihrer Mutter.

Der Maskierte steckte seinen Revolver zurück in den Hosenbund und bückte sich erneut zu Fabienne. Er packte ihre Arme und schleifte den Körper der toten Frau quer über den Korridor bis zum Überwachungsplatz 1. Die Krankenschwester erschien ihm federleicht. Auf dem hellen Steinfußboden entstand eine Spur aus angetrocknetem dunkelroten Blut wie ein dicker, unregelmäßiger Pinselstrich. Vor der Kunststoffverkleidung des Counters legte er die Leiche ab. Er würde sich überlegen, was damit zu machen war. Erst einmal sollte die Tote für die Gefangenen als wirksames Abschreckungsmittel dienen. Später würde er sie vielleicht ebenfalls nach draußen schaffen lassen, wie den toten Patienten mit dem aufgeschnittenen Gesicht. Er konnte sich alle Optionen offen lassen. Er hatte sie alle in der Hand. Er war Herr über Leben und Tod. »Think big«, sagen die Amerikaner. Und genau diesem Motto folgte er.

In dem Moment schrillte erneut der Alarm an den beiden Zentralmonitoren der Überwachungsplätze.

Alice Cotisson riss sich aus ihrer Erstarrung und wechselte einen angstvollen Blick mit Stéphane Crespin, der immer noch das Blut aus dem Gesicht des Arztes tupfte. Francis Picard reagierte überhaupt nicht. In seinem Kopf war alles zum Stillstand gekommen. Wie eine weite, ausgedörrte Fläche, die mit dem Horizont verschmolz, sah sein Inneres aus. Nirgends war Leben, alle Empfindungen bewegten sich auf der Nulllinie. Er hatte den Nacken auf die

Stuhllehne gelegt, damit die Blutung in seiner Nase aufhörte.

»Sieh nach, was da los ist«, sagte der Maskierte und zeigte auf Alice. »Los, Tempo! Und bau nicht wieder Scheiße wie bei dem anderen!«

Mechanisch und wie von fremder Hand gelenkt setzte Alice ihre Beine in Bewegung. Es war, als trügen sie tonnenschwere Lasten. Als sie am Überwachungsplatz 2 angekommen war und auf den Monitor blickte, fragte der Fremde:

»Welche Nummer?«

»Nummer 6. Es ist die Perfusorspritze. Die Infusion ist zu Ende. Es besteht Lebensgefahr, wenn die Patientin keine kreislaufunterstützenden Mittel mehr bekommt!« Alices Stimme hallte in ihrem Kopf wie ein fernes Echo.

»Aha! Nummer 6!« In der Stimme des Mannes schwang ein seltsamer Unterton mit. Er blickte in die Richtung, in der Nummer 6 lag. Niemand konnte sehen, dass er unter seiner Skimaske ein breites Grinsen aufgesetzt hatte.

»Na, dann geben Sie Nummer 6 mal das, was sie braucht. Zwei Leichen sind vorerst genug.«

Er lehnte sich an den Counter von Überwachungsplatz 1, wo er sowohl das Schwesternzimmer als auch das Patientenzimmer mit Nummer 6 gut im Blick hatte. Seine Hand lag lässig auf dem Knauf des Revolvers, der im Hosenbund steckte. Alles lief wie geplant. Seine Gefangenen waren gefügig. Es gab weitaus weniger Probleme mit ihnen, als er sich vorgestellt hatte. Wie doch das Vorhandensein und die Benutzung einer scharfen Waffe und der Anblick eines schwarzen Aktenkoffers die Menschen veränderte! Aus der souveränen, stets auf Distanz bedachten Stationsärztin war ein verängstigtes Nervenbündel geworden. Aus einem Assistenzarzt das, was er im Grunde schon immer war: eine hysterische, feige Schwuchtel. Der Krankenpfleger, dieser Weichling mit seinem Pferdeschwanz, zählte ohnehin nicht.

Nummer 6 sollte noch eine Weile am Leben bleiben. Das hatte er von Anfang an beschlossen. Schließlich verdankte er der Frau so einiges. Ohne sie hätte er nicht tun können, was er schon immer tun wollte. Ohne sie wäre er jetzt mit Sicherheit nicht hier. Ohne sie hätte er nicht seinen grandiosen Auftritt, den so schnell niemand vergessen würde!

Er blickte auf die große runde Uhr an der gegenüberliegenden Wand. Viertel vor elf. Das Fußballendspiel war möglicherweise schon zu Ende. Vorausgesetzt, dass es keine Verlängerung oder Elfmeterschießen gab. Es wurde Zeit, dass er seinen zweiten Anruf ins Auge fasste.

Alice nahm aus einem der Wandschränke auf dem Korridor eine 50-Milliliter-Flasche mit Arterinol. Als sie die steril verpackten Einwegspritzen im Schrankfach liegen sah, schoss ihr eine Idee durch den Kopf. Ein Hoffnungsschimmer, so absurd er auch sein mochte. Wenn sie dem Maskierten ein Betäubungsmittel injizieren könnte, das innerhalb von Sekunden wirkte, würde der entsetzliche Spuk hier oben ein Ende haben. Es müsste ihr gelingen, ihn im Vorübergehen zu überraschen und ihm die Spitze in den Arm, das Bein oder in den Brustkorb zu jagen. Doch die Narkotika lagen im Betäubungsmittelschrank im Schwesternzimmer. Unmöglich, dort unbemerkt an eine der Ampullen zu gelangen. Dennoch – wer weiß, ob sich nicht doch eine Gelegenheit bieten würde? Unauffällig und schnell ließ Alice Cotisson zwei Injektionsnadeln in ihre Tasche gleiten. Dann ging sie zurück zu Nummer 6.

Marie-France Roche, die man aus einem völlig zertrümmerten Personenwagen herausgeholt und fünf Stunden lang operiert hatte, würde aller Wahrscheinlichkeit nach nie mehr aus ihrem Koma erwachen. Und falls doch, wären ihre Hirnschäden mit großer Sicherheit irreparabel. Nummer 6 lag allein, der Platz neben ihr war nicht belegt. Dort sollte eigentlich das Bett des Meningeom-Patienten stehen, der für heute Abend vom OP angekündigt worden war. Wo mochte er jetzt liegen? Dieser Gedanke verflog ebenso schnell wieder, wie er gekommen war, und machte Platz für etwas anderes. Mit geübtem Griff hängte Alice die Flasche an den Infusionsständer und überprüfte den Fluss der Perfusorspritze. Dann warf sie einen raschen Blick ins Patientenzimmer zu ihrer Rechten. Dort lagen Nummer 3 und Nummer 5. Der Darmkrebs und die Kreissäge, wie es im Krankenhausjargon heißt. Zum ersten Mal wurde Alice bewusst, wie menschenverachtend diese Bezeichnungen waren.

Erneut dachte sie an die Narbe am Handgelenk des Fremden. Sie versuchte, sich sein Gesicht ins Gedächtnis zu rufen. Es gelang ihr nur ansatzweise. Sie erinnerte sich an kurze schwarze Haare und an die getönte Brille, die seine Augen kaschierte. Er hatte einen Blumenstrauß dabei. Blumen waren auf der Intensivstation nicht erlaubt. Eine Schwester nahm den Strauß Margeriten mit Fresien und brachte ihn in den 5. Stock auf die Innere Station. Doch die Stimme des Mannes erschien ihr fremd. Hatte Alice vor dem heutigen Abend überhaupt mehr als zwei Worte mit ihm gewechselt?

Stéphane Crespin, der Krankenpfleger, war im Hinblick auf Entführungen, Terroranschläge und Geiselnahmen gewissermaßen Fachmann. Als begeisterter Leser von Kriminalromanen und Thrillern kannte er die unterschiedlichsten Szenarien. Fast jeder der bekannten, einschlägigen Autoren hatte irgendwann einmal eine Geiselnahme ins Zentrum der Handlung gestellt. Stéphane wäre selbst gern Schriftsteller geworden. Die Phantasie dazu hätte er gewiss. Doch in Sprache und Schrift musste er bereits auf der Schule eine gewisse Begrenzung feststellen. Einmal hatte er einen Plot entworfen und begonnen, eine Geschichte zu schreiben, deren Dramaturgie er schon auf Seite fünf aus den Augen verlor. In seinen Vorstellungen war die Story rund und schlüssig. Zu Papier gebracht verlief sie wie ein Tintenklecks im Wasser. Irgendwo musste er diese Seiten, sauber und ordentlich mit Computer getippt, noch zu Hause liegen haben.

Seit Beginn der Ereignisse auf der Station durchforstete er in Gedanken die zahllosen Geschichten, die er über Geiselnahmen gelesen hatte, auf ihre praktische Verwendbarkeit. Das war der Grund gewesen, warum er am Anfang noch relativ ruhig und gelassen wirkte. Er suchte nach einer Lösung. Nach Parallelen und ähnlichen Handlungsmustern bei John Grisham, Robert Ludlum und all den anderen. Doch eine Geiselnahme mit Schwerstkranken auf einer Intensivstation war in keinem ihrer Romane beschrieben worden. In Grishams »Verrat« hatte der Geiselnehmer eine Schar hochkarätiger Anwälte im Besprechungszimmer der Kanzlei als Erstes gefesselt. Merkwürdig – der Maskierte hier auf der Intensivstation schien das nicht für nötig zu erachten. War das Nachlässigkeit, oder fühlte er sich stark und siegessicher? Stéphane hatte eine Weile darüber nachgedacht, dass dieses Versäumnis möglicherweise eine Chance sein könnte. Doch angesichts der sich zuspitzenden Ereignisse musste er jegliche Planspiele in dieser Richtung fallen lassen.

Im Lauf der letzten beiden Stunden waren die Ruhe und der kühle Verstand, durch die er am Anfang noch glaubte, eine Lösung finden zu können, immer mehr dahingeschmolzen. Ohne dass er etwas dagegen tun konnte, hatte die Angst sich Stück für Stück nach vorn gearbeitet. Stéphane fühlte sich zunehmend schwach, ohnmächtig und ausgeliefert. Hier im 6. Stock gab es keine Helden, keine Wunder und keine absehbare Lösung. Das hier war die Wirklichkeit, kein Roman. Hilflos hatten er und seine Kollegen mit ansehen müssen, wie zwei Menschen zu Tode gekommen waren. Alle Planvarianten, die er in seinem Kopf gewälzt hatte, um den Geiselnehmer zu überraschen, zu überwältigen oder zumindest in ein Gespräch zu verwickeln, wurden von vornherein im Keim erstickt. Unmissverständlich hatte der Mann von Beginn an die Spielregeln bestimmt und ihnen durch den Schuss auf Fabienne sowie den zweiten Schuss auf die verschlossene Eingangstür Nachdruck verliehen. Jetzt kam es darauf an, die Situation einfach nur durchzustehen. Sie alle befanden sich in einem Tunnel, dessen Ende nicht zu erkennen war. Doch mit Geduld und Ausdauer würde es ihnen vielleicht gelingen, irgendwann einen kleinen Lichtstrahl aufblitzen zu sehen.

Er hatte Fabienne Barthelémy immer gern gemocht. Seit einem Jahr arbeiteten sie zusammen. Viel wusste er nicht von ihr. Manchmal sah er einen bulligen, gutmütig aussehenden Mann, der Fabienne zur Klinik fuhr oder abholte. Vom äußeren Erscheinungsbild passte er nicht zu der zierlichen, fast zerbrechlich wirkenden Frau. Ihr Tod schockierte ihn so, dass er die Beherrschung verlor. Das letzte Mal hatte er vor drei Jahren beim Tod seiner Mutter geweint. Da waren Nadine und er gerade zusammengezogen. Gemeinsam fuhren sie in den kleinen Ort an der Loire, wo die Beerdigung im strömenden Regen stattfand, klischeehaft wie in einem Film.

Den ganzen Abend musste Stéphane an Nadine denken. Wusste sie, in welcher Situation er sich befand? Würden sie sich je wieder sehen? Er hatte Angst. Seine Hände zitterten, als er mit dem Küchenhandtuch erneut das Blut abtupfte, das dem Assistenzarzt aus der Nase strömte.

Seine schöne Nadine. Sie war seine Traumfrau. Alles, was er an einer Frau mochte, verkörperte sie. Sie hatten Pläne. Nächstes Jahr wollten sie heiraten. Nadine würde zum Jahresende den Posten der stellvertretenden Leiterin einer kleinen Bankfiliale in einem der Vororte der Stadt übernehmen. Ihre Karrierekurve zeigte steil nach oben, und sie verdiente gut. Mit seinem Gehalt als Krankenpfleger und dem Geld, das er für zusätzliche Nachtwachen am Monatsende nach Hause brachte, hatten sie ein schönes, sicheres Auskommen. Die Zukunft lag mit einem Bündel voller Möglichkeiten vor ihnen. Er wollte weiterhin die Zähne zusammenbeißen und stillhalten, um sich hier nicht unnötig in Gefahr zu bringen.

Dr. Cotisson stand vor dem Bett von Nummer 6, der Komapatientin. Würde sie ebenfalls sterben?

Stéphane betrachtete den Geiselnehmer, der am Counter lehnte und jede Bewegung der Ärztin verfolgte. Er war ein sportlicher, durchtrainierter Mann. Über seinen Oberarmmuskeln spannten sich die kurzen Ärmel des T-Shirts. Er trug keine Handschuhe, nur eine Armbanduhr. Eine klobige, runde, schwarz-gelbe Digitaluhr mit grünem Plastikarmband. Sie verdeckte nur spärlich die Narbe, die an der Unterseite des linken Unterarms vom Handgelenk bis zum Ellbogen reichte. Stéphane hatte sie gesehen, als er gezwungen wurde, zusammen mit Francis Picard das Bett des Patienten Nummer 4 ins Treppenhaus zu rollen. Sie war so auffällig, dass Stéphane sich im Nachhinein wunderte, sie nicht früher bemerkt zu haben. Ein unveränderliches Kennzeichen. Daran würde man den Mann später jederzeit identifizieren können. Wenn das hier alles zu Ende war, würde er der Polizei als Erstes den Hinweis auf die Narbe geben.

Falls er dann überhaupt noch am Leben war. Stéphane spürte einen dicken Kloß im Hals. Mit aller Macht kämpfte er gegen die Tränen an, die erneut in ihm aufstiegen.

17

Im polizeilichen Krisenstab waren bis dahin bereits einige wichtige Informationen zusammengetragen worden. Von den vierzehn Ärzten, Pflegern und Schwestern, die mit der entsprechenden Chipkarte die Intensivstation betreten durften, waren zehn telefonisch kontaktiert worden. Sie saßen größtenteils zu Hause vor dem Fernseher. Einige hatten Nachtdienst auf anderen Stationen. Alle schieden als Verdachtspersonen aus.

In den Unterlagen ehemaliger Patienten und Mitarbeiter der Klinik fand sich ebenfalls kein Hinweis, der neue Erkenntnisse bringen konnte.

Vor fünf Minuten hatte ein Gendarmerieleutnant aus Belfort angerufen und mitgeteilt, dass Antoine Villeneuve, Exehemann von Fabienne Bartholémy, immer noch nicht aufgetaucht sei. Man habe die Nachbarn befragt, niemand hatte ihn in letzter Zeit gesehen. Sein Wagen, ein auffälliger dunkelroter Isuzu-Trooper, stand schon seit Tagen nicht mehr in der Straße. Es bestand also theoretisch gesehen durchaus die Möglichkeit, dass er der Mann war, der die Station in seine Gewalt gebracht hatte. Zumindest hätte er ein Motiv. Die Aussage dieses Freddy Martin hatte seriös und plausibel geklungen. Natürlich konnte Antoine Villeneuve auch übers Wochenende und den sich daran anschließenden 14. Juli zu Freunden oder Verwandten gefahren sein.

Als Nächstes überprüfte Florence Dr. Carpentiers Informationen hinsichtlich der Menschen, die in den letzten acht bis zehn Tagen die Patienten auf der Intensivstation besucht hatten. Eine Schwester, die im Team mit Carpentier arbeitete, sowie der Krankenpfleger Eric, der zur heutigen Tagesschicht eingeteilt gewesen war, wurden ebenfalls befragt. Niemand von ihnen war irgendetwas Besonderes aufgefallen. Florence hatte eine Liste der Besucher anlegen lassen. Einige waren namentlich bekannt, andere nicht. Die Angaben mussten insofern als lückenhaft angesehen werden, als Carpentier und seine Mitarbeiter in diesem Zeitraum nur viermal zum Dienst auf der Station eingeteilt waren. Die anderen vier Tage fielen auf die Kollegen, die jetzt als Geiseln gefangen gehalten wurden. Es ergab sich folgendes, vorläufiges Bild:

- Nummer 1, Patient mit Lungenembolie: regelmäßiger Besuch von seiner Frau und seiner neunzehnjährigen Tochter.
- Nummer 2, der Suizidpatient: bisher kein Besuch.
- Nummer 3, die neunzigjährige Darmkrebspatientin: regelmäßiger Besuch ihres minderjährigen Urenkels Joël und von dessen Mutter Eliette, ihrer Enkelin.
- Nummer 4, der Tote aus dem Treppenhaus: einmaliger Besuch seines Sohnes, der in Nordfrankreich lebte, einen Tag nach der Operation. Mehrfacher Besuch eines Mannes namens Delon. Der Krankenpfleger Eric hatte sich den Namen wegen der Namensgleichheit mit dem bekannten Schauspieler merken können. Ein Arbeitskollege? Ein Verwandter? Niemand wusste es.
- Nummer 5, der Patient mit der schweren Handverletzung (Kreissäge): jeweils Besuch von seiner Frau und seinem siebenjährigen Sohn, seiner Schwester und seinem Schwager. Außerdem hatte ihn sein Chef besucht, der Besitzer des Sägewerkes.

- Nummer 6, Marie-France Roche, Exehefrau von Inspektor Alain Roche: Besuch ihres Freundes, eines Mannes um die dreißig, der höflich und zuvorkommend wirkte und, nach Meinung der Krankenschwester, sehr gut aussah. Sein Name war Valentin Fléaud.

In der Zwischenzeit hatte sich Direktor Pônelle, zusammen mit Dr. Carpentier, die Patientenunterlagen aus der Aufnahme vorgenommen. Im Moment suchten die beiden die Telefonnummern der Personen heraus, die als Ansprechpartner für die Klinik angegeben worden waren. Bei den meisten waren es die Familienangehörigen. Bei Nummer 2, dem Selbstmordkandidaten, fehlte eine solche Angabe. Bei Nummer 6, Marie-France Roche, war ihr Freund Valentin Fléaud der Ansprechpartner. Der Direktor zeigte Florence die Unterlagen.

»Im Portemonnaie von Nummer 6 wurde ein Zettel gefunden mit dem Namen und der Telefonnummer dieses Mannes. Eine Handynummer. Für den Fall, dass ihr etwas zustoßen sollte. Als sie aus dem Unfallwagen geborgen wurde, hat man den Zettel gefunden und Monsieur Fléaud benachrichtigt. Die Patientin wohnt unter derselben Adresse wie er.«

»Der Mann hat sofort bei uns angerufen und sich nach dem Befinden der Patientin erkundigt«, fügte Dr. Carpentier hinzu. »Noch am selben Abend besuchte er sie. Ich habe ihm gesagt, dass wir nicht wissen, wann sie aus dem Koma erwacht. Soweit ich mich erinnern kann, kam er regelmäßig und war sehr besorgt um seine Freundin. Sonst hatte sie anscheinend keine weiteren Angehörigen.«

»Und dieser Monsieur Delon? Der den Patienten Nummer 4 besucht hat? Wer ist das?«

»Das kann ich Ihnen nicht sagen.«

»Können Sie sich erinnern, welche Besucher heute auf die Station kamen, während Sie Dienst hatten?«

Carpentier dachte einen Augenblick nach.

»Ich kann mich nur erinnern, dass Nummer 3 Besuch von ihren Verwandten bekam und Nummer 4, der Glioblastom-Patient, Besuch von diesem Monsieur Delon. Aber gegen 18 Uhr 30 sah ich, wie er die Station wieder verließ.«

Florence schüttelte entschieden den Kopf.

»Eigentlich kann ich mir nicht vorstellen, dass der Geiselnehmer aus dem unmittelbaren Umfeld der Patienten kommt. Wo läge da das Motiv? Was ist eigentlich mit Handwerkern, die möglicherweise in letzter Zeit da oben gearbeitet haben?«

»Seit dem Umbau im letzten Jahr waren keine Handwerker mehr auf der Intensivstation.« Direktor Pônelle war sich ganz sicher.

»Welche Firma hat beim Umbau der Station den Türmechanismus an der Eingangstür installiert?«

»Da müsste ich nachsehen.«

»Bitte tun Sie das. Vielleicht ist einer der Mitarbeiter oder Techniker in die Sache verwickelt. – Und das Reinigungspersonal?«

»Das kann ich mir nicht vorstellen.«

»Könnten da Leute aus dem terroristischen Umfeld beschäftigt sein?«

»Meinen Sie Nordafrikaner oder Araber?«

»Zum Beispiel.«

»Natürlich sind solche Leute dort beschäftigt. Auch Schwarze aus dem Tschad oder Ruanda. Es gab nie Probleme mit ihnen.«

Ein Brigadier der Gendarmerie betrat den Raum. Er berichtete, dass es einem Team von France 3 gelungen sei, ins Gebäude einzudringen und mit den beiden Angehörigen der Krankenschwester und des Pflegers ein Interview zu filmen. Reporterin dieses Teams sei Eliane LeRosier.

»Die Angehörigen der Geiseln, die im Besucher-Raucherzimmer warten, haben uns alarmiert.«

Florence nickte.

»So was Ähnliches hätte ich mir denken können. Wo sind diese Journalisten jetzt?«

»Wir haben sie aufgefordert, das Gebäude zu verlassen. Soweit ich weiß, sind sie in ihren Wagen gestiegen und weggefahren. Auf jeden Fall befinden sie sich nicht mehr auf dem Klinikgelände.«

»Gut. Danke, *Brigadier*.«

Wenig später rief Florence bei France 3 in Montpellier an. Der Chef vom Dienst hatte die Einspielung des Interviews von Eliane LeRosier für die Nachrichtensendung um Mitternacht eingeplant. Als Florence ihn bat, den Bericht erst nach Rücksprache mit der Polizei zu senden, wurde er ungehalten.

»Das betrachte ich als Eingriff in die Pressefreiheit, *Commissaire*. Unsere Zuschauer haben ein Recht auf umfassende Information.«

»Ihre Reporterin hat das Krankenhaus unbefugt betreten und mit dubiosen Mitteln versucht, ein Statement von den Angehörigen zweier Geiseln zu bekommen. Wir haben es hier mit einem oder mehreren gefährlichen Psychopathen zu tun, die zehn Menschen in ihre Gewalt gebracht haben. Deshalb appelliere ich an Ihr Verantwortungsgefühl, Monsieur! Weder haben wir die Absicht, die Arbeit der Presse zu behindern, noch wollen wir Ihre Informationspflicht unterbinden. Wir bitten Sie lediglich um Verständnis für die Situation und um Kooperation!«

Der Chef vom Dienst wollte sich nicht festlegen. Bis zur Sendung um Mitternacht war es noch eine Stunde.

Der Anruf kam um 23 Uhr.

Florence wechselte einen schnellen Blick mit dem Präfekten und Hauptmann Atlan, dann gab sie dem Polizeipsychologen ein Zeichen.

»Monsieur Lemoine, übernehmen Sie das bitte wieder. Versuchen Sie, ihn in ein Gespräch zu verwickeln! Wir brauchen unbedingt nähere Details!«

Der Psychologe nickte. Nach dreimaligem Klingeln nahm er den Telefonhörer ab und schaltete Tonbandgerät und Lautsprecher ein.

»Ist der Lautsprecher eingeschaltet?« Es war dieselbe Stimme wie beim ersten Anruf. Auf dem Display erschien die bereits bekannte Handynummer.

»Ja«, sagte der Psychologe. »Wollen Sie uns nicht endlich sagen, Monsieur, wer Sie sind und was Sie wollen? Wir möchten mit Ihnen kooperieren.«

»Hört alle gut zu da unten. Ihr habt das Paket erhalten, das vor der Tür lag. Okay. Dann wisst ihr auch, dass das möglicherweise nur der Anfang war. Hängt ganz allein von euch ab!«

»Wer sind Sie, Monsieur, und was wollen Sie?«

»Das werdet ihr gleich erfahren.«

»Sagen Sie uns erst, wie es den Patienten auf der Station und den vier Personen geht, die für ihre Versorgung und Betreuung zuständig sind.«

»Ich bestimme hier, wann ich euch welche Informationen gebe. Sag mir lieber, ob das Spiel schon zu Ende ist.«

Die Mitglieder des Krisenstabs sahen sich verblüfft an. Der Psychologe reagierte rasch. Ruhig sagte er:

»Sie meinen das Fußballspiel? Ja, das Spiel ist zu Ende.«

»Und wer hat gewonnen?«

Der letzte Spielstand, den Léo Lemoine kannte, war das 2:0 für Frankreich zur Halbzeit. Deshalb blickte er Hilfe suchend in den Raum. Einer der Gendarmen, der vor einigen Minuten hereingekommen war, hob rasch drei Finger der linken Hand und formte mit Daumen und Zeigefinger der Rechten eine Null. Der Psychologe nickte und sagte ins Telefon:

»Drei zu null.«

»Drei zu null? Für wen denn?«

»Für Frankreich.«

Am anderen Ende der Leitung ertönte ein Lachen, das sich langsam steigerte. Durch den Lautsprecher des Telefons klang es blechern und bedrohlich. Lemoine lehnte sich im Sessel zurück und versuchte entspannt zu bleiben.

»Sagen Sie uns bitte Ihren Namen und was Sie wollen! Dann kann man die Situation da oben doch beenden. Das wäre sicher auch in Ihrem Interesse.«

»Drei zu null ...«, wiederholte der Fremde, und sein Lachen verstummte. Seine Stimme gewann an Schärfe. »Dann wird ja die große Nation die ganze Nacht hindurch total aus dem Häuschen sein! Ist die Presse schon da?«

Der Psychologe war einen Moment lang irritiert.

»Die Presse? Wie meinen Sie das?«

»Ob die Presse schon Wind von der Sache hier im Krankenhaus bekommen hat. Das Fernsehen zum Beispiel.«

Der Psychologe wusste nicht, was er sagen sollte. Florence gab ihm schnell ein Zeichen mit der Hand.

»Nein«, sagte er daraufhin. »Bisher noch nicht.«

Die Stimme am anderen Ende wurde noch lauter.

»Worauf wartet ihr dann noch? Ich will, dass ein Fernsehreporter und ein Kameramann hier auf die Station kommen, für ein Liveinterview. Habt ihr das verstanden? Außerdem verlange ich fünf Millionen Francs in nicht durchnummerierten Fünfhunderter-Scheinen sowie ein Fluchtauto.«

»Woher sollen wir mitten in der Nacht fünf Millionen Francs auftreiben?«

»Lasst euch was einfallen. Ihr habt genau zwei Stunden Zeit.«

»Erst möchten wir wissen, wie es den Patienten und den Kollegen auf der Station geht.«

»Kollegen? Du bist doch 'n Bulle, oder? Ich wüsste nicht, dass hier oben Kollegen von dir sind. Und wenn ich einen zu Gesicht bekomme, geht das Ganze gleich in eine andere Richtung. Also nochmals: ein Fernsehteam und nur zwei Leute. Die bringen dann den Geldkoffer mit. Wann, das bestimme ich. Ich rufe in einer Stunde wieder an. Dann will ich wissen, wie weit ihr seid. Und keine Tricks!«

Am anderen Ende der Leitung wurde aufgelegt.

Sekundenlang war es still im Raum. Hauptmann Atlan brach als Erster das Schweigen.

»Verdammt nochmal! Ist der Kerl denn vollkommen größenwahnsinnig? Der kann doch nicht im Ernst glauben, dass wir ihm übers Fernsehen ein öffentliches Forum verschaffen!«

»Warum soll er das nicht glauben?« Florence blickte ihn kühl an. »Er hat alle Trümpfe in der Hand. Und was die fünf Millionen angeht – das ist doch eigentlich keine besonders hohe Summe, wenn man bedenkt, dass neun Menschenleben auf dem Spiel stehen.«

Der Psychologe schaltete sich ein.

»Er handelt meiner Meinung nach tatsächlich allein. Seine ganze Strategie, seine Verhandlungsführung, alles weist darauf hin. Er will die Welt via Fernsehstatement wissen lassen, was da oben vor sich geht. Wir haben es mit einem Einzeltäter zu tun. Einem eiskalten Psychopathen.«

»Vielleicht gibt es doch einen politischen Hintergrund«, sagte der Präfekt.

»Das glaube ich nicht.« Léo Lemoine setzte sich an den Konferenztisch und schenkte sich Kaffee nach.

»Welches Motiv sollte er sonst haben?«

»Es kann immer noch nicht ausgeschlossen werden, dass es der Exmann der Krankenschwester ist.«

Erneut ergriff der Präfekt das Wort.

»Ich werde Jacques Véron anrufen, den Direktor der Zentrale des Crédit Lyonnais hier in Nîmes. Er ist ein guter Freund von mir. Ich könnte mir vorstellen, dass er uns bezüglich der Geldforderung weiterhelfen kann. In dem Fall würde der *Conseil* eine Bürgschaft für die fünf Millionen übernehmen. Es muss alles versucht werden, um die Situation da oben zu beenden. Und zwar ohne Schießerei und Blutvergießen. Danach setze ich mich persönlich mit France 3 in Montpellier in Verbindung. Der Chef vom Dienst kann mir sicher die Privatnummer des Chefredakteurs geben.«

»Wie wir alle wissen«, sagte Florence, »ist ja bereits ein Team von France 3 hier vor Ort.«

Hauptmann Atlan lachte kurz auf und erwiderte:

»Sie wollen doch wohl damit nicht andeuten, dass wir diese Sensationsreporterin in irgendeiner Weise in unsere Pläne einbauen sollen?!«

Florence blickte ihn nachdenklich an. Dann wanderten ihre Augen zu den anderen im Raum und verweilten beim Präfekten.

»Darum geht es hier gar nicht. Jeder von Ihnen weiß, was ich von dieser Journalistin halte. Aber es liegt doch auf der Hand, welche Möglichkeit sich uns hier bietet!«

18

Die Innenstadt von Nîmes war vollkommen verstopft. Rund um die Arena stand der Verkehr gänzlich still. Autos hupten, Menschen lachten und schrien, umarmten einander. Gruppen von Jugendlichen zogen mit ihren Trikoloren durch die Straßen. Immer wieder wurde die Marseillaise angestimmt. Ab und zu war die Sirene eines Krankenwagens oder eines Polizeifahrzeugs zu hören. In den Rinnsteinen stapelten sich leere Bier- und Champagnerflaschen.

Auch in der Altstadt verließen die Menschen ihre Häuser und strömten durch die Gassen. In den Cafés und Bistros herrschte Hochkonjunktur. Es war eine laue Sommernacht, und Frankreich hatte vor einer Viertelstunde das Endspiel der Fußballweltmeisterschaft gegen Brasilien gewonnen. Jeder feierte mit, niemand blieb von dem Ereignis und dem Triumph der eigenen Mannschaft unberührt.

Im 4. Stock eines verwinkelten Hauses in der Rue du Sabre, in dem sich eine der ältesten Kneipen der Altstadt befand, klopfte der Concierge an die Wohnungstür der Drei-Zimmer-Mansardenwohnung. Als nach mehrmaligem Klopfen niemand öffnete, rief er:

»He, Monsieur, Madame?! Wollen Sie nicht runterkommen? Der Wirt vom *Sabre* gibt Champagner aus. Alle Hausbewohner sind eingeladen!«

Hinter der Tür rührte sich immer noch nichts. Der Concierge schob seinen Kopf näher heran und lauschte. Plötzlich stutzte er und zuckte zurück. Ein eigenartiger Geruch drang durch die Ritzen der Tür. Der Concierge, der als blutjunger Rekrut zwei Jahre im Algerienkrieg gekämpft hatte, wusste sofort, was es war. Er rannte die Treppe hinunter in seine Wohnung und griff zum Telefon.

Es dauerte eine Viertelstunde, bis ein Wagen der Stadtpolizei mit zwei Beamten vorfuhr. Dabei war das Polizeipräsidium nur fünf Fußminuten entfernt. Als die Polizisten in den 4. Stock hinaufstiegen und den süßlichen Geruch wahrnahmen, entschlossen sie sich, im Beisein des Concierge die Tür aufzubrechen.

Die Wohnung war nicht groß. Ein schmales Entree führte in eine Wohnküche, dahinter lag das Arbeitszimmer. Von dort aus gelangte man durch eine Tür ins Schlafzimmer. Als die Polizisten die Tür zur Wohnküche öffneten, sahen sie, das das Licht brannte. Die Jalousien waren zur Hälfte heruntergelassen. Die Luft schien zum Ersticken, und der Gestank wurde unerträglich. Die Männer hielten sich Taschentücher vor Nase und Mund. Die Schaumstofffüllung der aufgeschlitzten Couch bedeckte Teile des Teppichbodens wie eine dicke Schneedecke. Schränke und Schubladen waren durchwühlt worden, ihren Inhalt hatte man überall verstreut.

Im Arbeitszimmer war der Computer vom Schreibtisch heruntergerissen und zerstört worden. Auch hier hatte jemand gründliche Arbeit geleistet.

Unter dem Schreibtisch entdeckten sie die Leiche. Sie lag auf dem Rücken. Im Bereich der Brust waren Einstiche und große Flecken getrockneten Blutes zu sehen. Aus dem aufgedunsenen Gesicht blickte das, was von den Augen noch übrig geblieben war, starr ins Leere. Der Hausmeister, der den beiden Polizisten gefolgt war, betrachtete den Toten fassungslos und flüsterte:

»Mein Gott, das ist ja grauenvoll!« Er drehte sich um und lief ins Treppenhaus, wo er sich übergab.

»Ach du Scheiße«, sagte der ältere der beiden Beamten, ein hoch gewachsener Schwarzer mit Brille und Oberlippenbärtchen. Über sein Handy rief er die *Police Judiciaire* an.

»Hier spricht Sergeant Mugawa, *Police municipale*. Wir haben eine männliche Leiche in einer Wohnung gefunden, Rue du Sabre 5. Der ganze Raum ist verwüstet, überall getrocknetes Blut. – Wie lange? Bestimmt schon 'ne ganze Weile. Kein schöner Anblick. Nein, kein Selbstmord, würde ich sagen. Auf dem Teppichboden neben der Leiche liegt ein langes Küchenmesser. Wenn ich mich nicht irre, ist Kommissarin Labelle für so was zuständig. Also benachrichtigen Sie sie. Und die Spurensicherung natürlich auch. – Was? Du liebe Güte! Heute scheint ja einiges los zu sein. Aber sie hat doch sicher einen Stellvertreter. – Okay. Wir warten, bis eure Leute kommen. Wiederhören.«

Er stellte das Handy ab und sagte zu seinem Kollegen:

»Die Kommissarin ist in der Klinik Louis Pasteur. Da scheint ein irres Ding zu laufen. Geiselnahme. Die GIGN ist auch vor Ort. Mann, bin ich froh, dass wir es hier nur mit einem ganz normalen Mordfall zu tun haben, um den sich gleich die zuständigen Kollegen kümmern. In zehn Minuten sind wir hier weg. Sie schicken Inspektor Frisson.«

»Ach den.« Der jüngere Polizist schniefte verächtlich.

Sergeant Mugawa grinste.

»Ja, ich weiß. Dem eilt nicht gerade der Ruf voraus, das Pulver erfunden zu haben. Komm, lass uns draußen warten. Der Gestank ist ja unerträglich.«

Im Treppenhaus stand der Concierge und wischte sich mit einem Taschentuch den Mund ab. Mugawa nickte mitfühlend.

»Tja, Monsieur, am Anfang ging es mir genauso wie Ihnen. Aber mit der Zeit gewöhnt man sich daran.«

Er grinste und zündete sich eine Zigarette an. Dann entdeckte er das Schild an der Wohnungstür und wandte sich erneut an den Concierge.

»Sagen Sie mal …« Er trat einen Schritt näher an die Tür. »Ist das der Name seiner Frau?«

Der Concierge nickte.

»Seiner Freundin. Sie sind nicht verheiratet.«

»Wissen Sie, wo sie steckt? Komisch, dass sie nicht da ist. Ist sie verreist?«

Er tauschte einen bedeutungsvollen Blick mit seinem Kollegen.

»Schon möglich.« Der Concierge schluckte ein paar Mal, um den säuerlichen Geschmack in seinem Mund zu verscheuchen. »Ich hab die beiden schon 'ne ganze Weile nicht gesehen. Aber die lebten sowieso sehr zurückgezogen. Ich dachte, dass sie heute Abend vielleicht runterkommen und mitfeiern. Ich hab doch das Licht brennen sehen!«

Wenig später kamen die Beamten der Spurensicherung und machten sich an die Arbeit. Der Fotograf schoss seine Fotos, und Dr. Brochet, der Gerichtsmediziner, nahm vorsichtig die Leiche in Augenschein. Die fünf Einstiche im Brustbereich sprachen eine deutliche Sprache. Der Mann war regelrecht abgeschlachtet worden.

Inspektor Frisson, ein untersetzter, etwa fünfzigjähriger Mann mit Glatze, erschien einige Minuten später. Er hatte glasige Augen und roch nach Alkohol, denn die Siegesfeier in seiner Stammkneipe zu Ehren der Nationalmannschaft war in vollem Gange. Und weil man ihn da weggeholt hatte, ging er entsprechend lustlos und schlecht gelaunt an die Arbeit.

Dr. Brochet mochte Frisson nicht besonders. Abgesehen

davon hielt er nicht viel von seinen Fähigkeiten. Doch in diesem Fall hatte sich wohl keine andere Lösung angeboten. Durch die Beamten der Stadtpolizei war Brochet darüber informiert worden, dass Kommissarin Labelle seit Stunden durch das Geiseldrama im Krankenhaus Louis Pasteur in Atem gehalten wurde. Dagegen schien diese Mordsache hier ein kleiner Fisch zu sein. Ein klarer Fall von Raubmord. Alles andere würde die Autopsie ergeben, nach der er sich angesichts des Zustands der Leiche nicht gerade drängte.

»Und?«, fragte Frisson und blickte den Gerichtsmediziner ungeduldig an.

»Die Autopsie wird eine längere Prozedur. Aber eine Woche ist er mindestens schon tot, schätze ich.«

Jacques Véron kam gerade mit der zweiten Flasche Dom Pérignon aus der Küche zurück, als das Telefon klingelte.

»Geh du ran«, sagte er zu seinem Sohn Félix, der zusammen mit seiner Mutter und seiner Schwester auf der Terrasse saß. »Das ist doch sowieso für dich.« Er machte sich daran, die Flasche zu öffnen.

Im Garten zirpten die Zikaden. Der fast volle Mond schien durch die Zweige der Akazie, die das Grundstück zum Nachbarhaus abgrenzte.

Tief atmete Jacques Véron die laue, nach Jasmin duftende Nachtluft ein und blickte seine Frau zärtlich an. Wie so oft durchfuhr ihn ein Gefühl von Dankbarkeit und Glück. Das Schicksal hatte es gut mit ihm gemeint. Seine Karriere bis zum Direktor einer großen Bank war schnörkellos verlaufen. Seit vierundzwanzig Jahren führte er eine erfüllte und glückliche Ehe mit Simone, die eine gut gehende Anwaltspraxis betrieb. In Vérons Leben gab es keine Skandale, keine Geliebte, keine gelegentlichen Affären. Er gehörte zu der seltenen Gattung Mann, die sich nicht durch andere, möglichst jüngere Frauen aufwerten musste. Er liebte seine Familie, und seine Familie liebte ihn. Wenn es das perfekte Glück geben sollte, dann hatte er das große Los gezogen. Auf seine beiden Kinder konnte er stolz sein, und er war es auch. Félix studierte in Montpellier Medizin und hatte in den letzten Semesterferien ehrenamtlich zwei Monate für *Médecins sans frontières* in Ruanda gearbeitet. Julia, drei Jahre jünger als ihr Bruder, brillierte seit dem Jahr ihrer Einschulung als Klassenbeste und würde nächstes Jahr ihr Baccalauréat absolvieren. Sie wollte in die Fußstapfen ihres Vaters treten und strebte nach dem Schulabschluss als Erstes ein Praktikum an der Wall Street an.

Zusammen mit seiner Familie hatte Véron an diesem Sonntagabend das Fußballendspiel im Fernsehen verfolgt und mit der französischen Mannschaft mitgefiebert. Jetzt war es an der Zeit, den Sieg zu feiern und diesen herrlichen Abend gebührend ausklingen zu lassen. Jacques Véron schenkte die Gläser nach. Aus dem Garten kam die Katze angelaufen und sprang auf Julias Schoß. Simone nahm ein paar Käsecracker in die Hand und kaute genüsslich.

»Papa, es ist für dich!« Félix erschien auf der Terrasse, in der Hand den Hörer des drahtlosen Telefons. »Ja?«, sagte Véron und griff nach seinem Champagnerglas. »Pierre? Das ist ja eine Überraschung. Was sagst du denn ...« Er wurde unterbrochen. Während er dem Gesprächspartner am anderen Ende der Leitung aufmerksam zuhörte, stellte er sein Glas wieder ab und ging durch die offene Terrassentür ins Wohnzimmer, wo ihn seine Frau und seine Kinder nicht hören konnten.

Félix wandte sich an seine Schwester, die mit der Katze schmuste.

»Was ist – kommst du jetzt? Maman, wo ist dein Autoschlüssel?«

»Im Flur, in meiner Handtasche. Viel Spaß, ihr beiden!« Felix und Julia, die noch auf eine Party wollten, verließen das Haus.

Nach einer Weile kam Véron zurück auf die Terrasse.

»Das war Pierre Desgranges. In der Klinik Pasteur hat auf der Intensivstation eine Geiselnahme stattgefunden. Zwei Ärzte, ein Pfleger, eine Schwester sowie fünf Patienten befinden sich in der Hand eines Erpressers. Ein weiterer Patient ist bereits tot.«

»Um Gottes willen!« Simone starrte ihren Mann entgeistert an. »Wer macht denn so etwas?«

»Der Kerl will fünf Millionen Lösegeld. Und ich soll das Geld beschaffen! Und zwar innerhalb der nächsten Stunde.«

Jacques Véron lachte gequält.

»Du kennst ja Pierre. Für den ist immer alles ganz einfach. Ob es überhaupt zu einer Geldübergabe kommt, steht in den Sternen. Erst einmal will die Polizei den Mann hinhalten. Pierre sagte zwar, dass er als Präfekt im Namen des *Conseil* für das Geld bürgt. Aber das Problem ist vielmehr, dass wir wahrscheinlich gar nicht so viel im Tresor haben.«

Er beugte sich zu seiner Frau und gab ihr einen Kuss.

»Ich fahre trotzdem in die Bank, Simone. Mal sehen, was ich machen kann.«

»Sollst du das Geld etwa allein in die Klinik schaffen?«

»Pierre schickt ein paar Gendarmen in die Bank.«

»Ich komme am besten mit.«

»Nein. Lass dir den Abend nicht verderben, Chérie. Ich bin sicher in einer Stunde wieder zurück.«

Er verließ das Haus und holte seinen Wagen aus der Garage.

Das Bankgebäude des Crédit Lyonnais lag mitten in der Stadt, wenige Meter vom Polizeipräsidium entfernt. Auf der Fahrt dorthin fiel Véron plötzlich etwas ein. Was wäre, wenn Pierres Anruf nichts weiter als eine Falle war? Vielleicht befand er sich selbst in der Hand irgendwelcher Entführer und war von ihnen gezwungen worden, ihn, den Bankdirektor, anzurufen! Ein simpler Trick, um sich Zugang zur Bank zu verschaffen. Véron beschloss, sich zu vergewissern, und rief Pierre Desgranges aus dem Auto auf dessen Handy an. Die Nummer hatte er gespeichert. Desgranges meldete sich sofort. Alles schien seine Ordnung zu haben. Desgranges ließ ihn auch ein paar Worte mit Kommissarin Labelle wechseln. Véron kannte sie. Vor einigen Monaten hatte sie in seiner Bank wegen eines Scheckbetrügers ermittelt, der des Mordes an einer alten Frau beschuldigt wurde.

Fünf Minuten später stellte Véron den Wagen auf dem Parkplatz vor der Bank ab. Noch von zu Hause aus hatte er den Chefkassierer angerufen und ihn sofort in die Bank beordert. Ohne ihn waren Véron die Hände gebunden. Der Chefkassierer verfügte über den zweiten Schlüssel zum Tresorraum, ohne den man die Stahltür nicht öffnen konnte. Zum Glück war er nicht übers Wochenende verreist, sondern saß mit ein paar Freunden in seiner Wohnung und feierte den Sieg der Nationalmannschaft wie so viele in dieser Nacht.

Das Bankgebäude, ein imposanter Jugendstilbau, war zur Straße hin durch ein schmiedeeisernes Gitter abgesichert. Bevor man die Schalterhalle betreten konnte, musste jeder Kunde durch eine der beiden Sicherheitsschleusen. Diese Schleusen machten eine zusätzliche Absicherung der Schalter und Kassen durch Panzerglas, Stahlgitter oder Ähnliches überflüssig. Nur die Kassierer konnten die

Schleusen über Knopfdruck öffnen. Ein Bankräuber, der mit der Beute flüchten wollte, saß in der Falle.

Jacques Véron erinnerte sich, wie diese Sicherheitsschleusen vor Jahren innerhalb der Bankenkreise diskutiert wurden. Anders als in anderen europäischen Ländern, die ihre Kassenschalter meist durch dicke Glasvorrichtungen absicherten, erschien in Frankreich dieses System am praktikabelsten. Seit der Installierung der Schleusen in nahezu allen Bankinstituten waren die Überfälle und Geiselnahmen laut jüngster Kriminalstatistik landesweit angeblich spürbar zurückgegangen.

Véron warf einen Blick auf das dunkle Gebäude. Er ging über den Hof zum Hintereingang. Dort gab er den Zahlencode am Türschloss ein, und die Tür öffnete sich. Noch zwei weitere Türen innerhalb eines Korridorsystems waren auf diese Weise zu überwinden. Dann stand der Bankdirektor im Treppenhaus. Er beschloss, in seinem Büro im ersten Stock auf den Chefkassierer zu warten. Im Treppenhaus war es so hell, dass er kein Licht anschaltete.

In seinem Büro stellte er sich ans Fenster und schob die Lamellenjalousie ein wenig auseinander. So konnte er einen Teil der Straße und den Eingangsbereich der Bank überblicken. Wenige Minuten später sah er, wie ein Wagen der Gendarmerie mit vier Uniformierten auf den Parkplatz fuhr. Kurz darauf erschien auch der Chefkassierer. Er kam zu Fuß, denn er wohnte nur ein paar Straßen weiter in der Altstadt. Wie verabredet brachte er einen Aktenkoffer mit, um das Geld darin zu verstauen. Fünf Millionen Francs in Fünfhundertfrancscheinen ergaben zehntausend Scheine. In Bündeln à fünfzig Stück abgepackt waren das zweihundert Geldpacken. Als Véron über diese Zahl nachdachte, bezweifelte er erneut, dass eine solche Summe im Tresor lag. Noch dazu in Fünfhunderter-Scheinen! In jedem Fall mussten die Beamten der Gendarmerie mithelfen, das Geld zu zählen und im Koffer zu verstauen. In einer Stunde, wie er seiner Frau versprochen hatte, konnten sie hier unmöglich fertig sein. Nachdem er mit dem Chefkassierer in den Tresorraum gegangen war und sich über den vorhandenen Vorrat an Bargeld informiert hatte, rief Jacques Véron erneut seinen Freund Pierre Desgranges an.

»Tut mir Leid, Pierre. Aber wie ich schon vermutet habe, belaufen sich unsere Bestände auf etwa eine Million achthunderttausend. Davon höchstens ein Drittel in Fünfhundertfrancscheinen. – Ich kann dir eine Million zusammenpacken, mehr nicht. Die Polizei muss mit dem Kerl verhandeln. Schließlich können wir uns eine solche Summe nicht aus den Rippen schneiden. – Ja, tut mir Leid. Entweder er wartet bis morgen früh, oder er nimmt die eine Million.«

Véron war klar, dass angesichts der Zeitknappheit nicht daran zu denken war, noch die Nummern der Scheine zu notieren.

19

Es war 23 Uhr 50. Die Neonröhre an der rechten Schmalseite des kleinen Raumes neben dem Büro von Direktor Pônelle blinkte zweimal auf, dann erlosch sie sekundenlang. Das Ganze wiederholte sich in regelmäßigen Intervallen. Genervt ging Eliane LeRosier zur Tür und knipste den Schalter ein paar Mal an und aus. Doch das Flackern der defekten Deckenbeleuchtung ließ sich nicht abstellen. Eliane nahm wieder auf dem Hocker neben dem Aktenschrank Platz, der einzigen Sitzgelegenheit in dem kargen, weiß getünchten Raum. In einer Ecke standen zwei mit Plastikplanen abgedeckte, ausrangierte Sonographie-Geräte. Ansonsten war das Zimmer unmöbliert. Thierry und Serge, die beiden Kollegen von France 3, befanden sich am Fenster und blickten auf die Straße. Dort drängte sich ein Aufgebot an Polizeiwagen mit eingeschaltetem Blaulicht. Hin und wieder eilten Gendarmen und Beamte der Spezialeinheit ins Haus.

Vor zehn Minuten hatte der Chefredakteur von France 3 Eliane auf ihrem Handy angerufen. Sie befand sich gerade mit ihrem Team auf dem Weg zurück in die Klinik, um erneut zu versuchen, an Informationen heranzukommen. Das, was ihr oberster Chef fernmündlich anordnete, versetzte Eliane nicht gerade in Begeisterung. Konkret gesprochen bedeutete es das Aus für ihre geplante spektakuläre Reportage vom Ort der Geiselnahme. Der Traum von einer überregionalen Ausstrahlung ihrer Berichterstattung hatte sich in Luft aufgelöst. Sie sollte schlicht und einfach ausgebootet werden. Als das Gespräch beendet war, hatte sie ihrer Wut und ihrem Frust lautstark Luft gemacht und sich insgeheim gewünscht, sie hätte sich nie freiwillig zum Dienst an diesem Sonntag gemeldet. Jetzt wurde die Tür geöffnet, und eine Frau in Begleitung zweier Männer betrat den Raum. Sie ging auf Eliane zu und gab ihr die Hand.

»Ich bin Kommissarin Labelle. Das hier ist Hauptmann Atlan vom Spezialkommando GIGN, und das ist Leutnant Justin, einer seiner Mitarbeiter. Ihr Chefredakeur hat Ihnen ja bereits in groben Zügen geschildert, worum es geht. Wir brauchen Ihre Hilfe. Sie müssen uns mit den Details vertraut machen, und zwar möglichst schnell.«

Eliane nickte und musterte die Kommissarin. Es war das erste Mal, dass sie ihr begegnete. Eliane musste zugeben, dass sie es mit einer gut aussehenden und kompetent wirkenden Frau zu tun hatte, die hier ganz offensichtlich das Kommando führte. Einen Moment lang spürte Eliane so etwas wie Unsicherheit dieser Frau gegenüber. Doch dieses Gefühl verschwand ebenso rasch wieder, wie es gekommen war. Betont lässig lehnte sie sich auf dem Hocker zurück und musterte ihr Gegenüber. Mit einem Mal war sie sich bewusst, dass all diese Leute von ihr abhängig waren. Von ihrem guten Willen, ihrem Know-how und dem ihrer Mitarbeiter.

»Ganz so einfach, wie Sie sich das anscheinend vorstellen, ist unser Job nun wirklich nicht.«

»Niemand behauptet, dass Ihr Job einfach ist«, sagte Hauptmann Atlan und musterte Eliane mit routiniertem Männerblick. In ihrem schwarzen, ärmellosen T-Shirt mit V-Ausschnitt und dem roten Rock sah sie ausgesprochen sexy aus. Dann wandte er sich an Thierry. »Können Sie Leutnant Justin innerhalb der nächsten halben Stunde mit der Kamera vertraut machen?«

Thierry, der darüber informiert war, um was es hier ging, zuckte die Achseln. »Das hoffe ich.«

»Ich besitze eine Digital-Videokamera«, sagte Leutnant Justin, einer der Top-Leute aus Atlans Spezialeinheit. »Filmen ist sozusagen mein Hobby. Ich schneide auch selbst.«

Thierry nickte.

»Dann sind ja ein paar Grundkenntnisse vorhanden. Wichtig ist die professionelle Haltung und Handhabung der Kamera, die natürlich größer und schwerer ist als eine Hobby-Kamera. Man merkt sehr schnell, ob das routiniert aussieht oder nicht. Kommen Sie, wir fangen am besten gleich an.«

»Gehen Sie nach nebenan, da ist ein leerer Büroraum«, sagte Florence. Als die beiden Männer gegangen waren, wandte sie sich an Eliane:

»Und Sie geben mir bitte ein paar Tipps bezüglich Ihres Fachjargons beim Drehen, Moderieren und so weiter.«

»Haben Sie tatsächlich vor, live auf Sendung zu gehen, wenn Sie oben auf der Station sind?« Eliane verzog skeptisch das Gesicht.

»Natürlich nicht«, sagte Hauptmann Atlan. »Aber es soll alles völlig echt aussehen.«

»Echt sieht es nur aus, wenn die Kamera eingeschaltet ist und das rote Lämpchen blinkt. Das bedeutet, dass die Aufnahme läuft. Entweder auf Kassette oder als Direktübertragung über Satellit. Bei einer Liveübertragung brauchen wir außerdem ein Kabel. Es führt von der Kamera zum Ü-Wagen und hat maximal hundertfünfzig Meter Länge. Das könnte hier zu einem Problem werden. Das Kabel muss durch ein offenes Fenster oder eine Tür verlegt werden. Der Geiselnehmer wird möglicherweise nicht wissen, dass die Kamera verkabelt sein muss. Doch ohne Kabel keine Direktübertragung.«

»Kann er überprüfen, ob sein Statement tatsächlich live auf Sendung geht?«

»Nur, wenn da oben ein Fernsehgerät steht und er den Sender einschaltet.«

»Ein Fernsehapparat befindet sich nicht auf der Station, da ist die Klinikleitung ganz sicher.«

»Und wenn er ein transportables Gerät mitgebracht hat?«, gab Eliane zu bedenken. »Es gibt ganz kleine Empfänger mit Batterien, nicht größer als zwanzig mal zwanzig Zentimeter, und noch kleinere. Der Empfang über die eingebaute Antenne ist gut. Also tricksen kann man da nicht. Wenn er über ein Fernsehgerät verfügt und die Übertragung sehen will, merkt er den Schwindel.«

»Wir können nur hoffen, dass das nicht der Fall ist. Das Risiko müssen wir eingehen. Denn das Ganze ist für uns die einzige Chance, auf die Station zu gelangen.«

Als ihr Plan im Krisenstab diskutiert wurde, waren alle der Meinung, dass Florences Idee gut sei, dass aber zwei Männer der Spezialeinheit geschickt werden sollten. Erst nach einiger Zeit konnte Florence die Anwesenden überzeugen, dass ein weiblicher Reporter in Begleitung eines männlichen Kameramannes weniger Misstrauen erwecken würde. Sie und ein Kollege der GIGN würden ohne Waffen auf die Station gehen und ihre Rolle als falsche Fernsehprofis perfekt spielen. Und sie würden auf eine günstige Gelegenheit warten, den Geiselnehmer zu überwältigen. Florence besaß den schwarzen Karate-Gürtel, und Leutnant Julien hatte sich bereits während einer Afrikamission in einer Nahkampfeinheit der französischen Fallschirmjäger bewährt, die hinter den feindlichen Linien abgesprungen waren. Inspektor Burgio, von gleicher Statur und Körpergröße wie der Leutnant, hatte seinem Kollegen sein Polohemd, seine Jeans und seine Halbschuhe zur Verfügung gestellt. Er selbst trug nun Justins Kampfanzug, mit Ausnahme der kugelsicheren Weste.

War es ein Wink des Schicksals, dass Florence ihrer Eingebung gefolgt war und keinen telefonischen Kontakt mit dem Geiselnehmer aufgenommen hatte?

Allen Beteiligten war klar, dass diese Aktion ein großes Risiko barg. Wenn sie sich irrten und der Täter doch nicht allein handelte, sondern Komplizen auf der Station hatte, war an ein Eingreifen nicht zu denken. Wenn er allein da oben war, würde er möglicherweise als Erstes nach den Ausweisen der beiden falschen Reporter fragen. Jede Ausrede könnte ihn misstrauisch werden lassen. Sollte der Mann zufällig einmal ein Foto von Kommissarin Florence Labelle in der Zeitung gesehen haben, könnte die ganze Aktion in einer Katastrophe enden.

Hauptmann Atlan hatte an dem Punkt der Diskussion erneut versucht, die Mitglieder des Krisenstabs von der Notwendigkeit einer schnellen Erstürmung der Station zu überzeugen. Fünf bis sechs Mann, seitlich an der Wand neben der Eingangstür in Lauerstellung postiert, würden ausreichen. Man würde die Tür einschlagen, gleichzeitig von der Fensterseite her die Station stürmen und einen gezielten Todesschuss abfeuern. Doch Atlans Plan stieß auf gewichtige Gegenargumente. Wenn der Geiselnehmer hinter der Korridorkurve wartete, hatte er genügend Zeit, eine oder mehrere der Geiseln zu erschießen, sobald er das Eindringen der schwer bewaffneten Männer der GIGN-Einheit bemerkte. Es blieb also bei der Entscheidung, dass Florence und Leutnant Justin den Versuch wagen sollten. Die Forderung des Geiselnehmers nach einem Fernsehteam war die einzige Chance, die sich bot, um den Albtraum auf der Intensivstation zu beenden. Die erste und vielleicht auch einzige Möglichkeit, sich ein Bild davon zu machen, was da oben wirklich geschah.

Während Eliane LeRosier Florence mit den wichtigsten Routineabläufen bei der Arbeit einer Fernsehreporterin vertraut machte, während Leutnant Julien in einem Super-Schnellkurs das technische Know-how eines TV-Kameramannes vermittelt bekam, warteten alle gespannt auf den nächsten Anruf des Geiselnehmers. Seine Forderung von fünf Millionen Francs war utopisch und konnte, zumindest in dieser Nacht, nicht erfüllt werden. Wie würde der Fremde darauf reagieren, wenn der Polizeipsychologe ihm das mitteilte?

Im Büro des Krankenhausdirektors war es unerträglich heiß und stickig. Trotz der geöffneten Fenster roch es nach abgestandenem Kaffee, Schweiß und Zigarettenqualm. Mücken und Nachtfalter schwirrten um die Deckenlampen. Präfekt Desgranges hatte sämtliche Knöpfe seines Lacoste-Hemdes geöffnet. Dr. Carpentier wirkte erschöpft und äußerst angespannt. Seine spärlichen Haare klebten am Kopf, und auf seinen Wangen waren dunkle, scheckige Flecken zu sehen, Spuren seines starken Bartwuchses.

Niemand redete ein Wort. Jeder wartete, dass endlich etwas passierte. Der Plan war genau ausgearbeitet und auf sämtliche Eventualitäten hin abgeklopft worden. Alle wussten, dass erhebliche Unwägbarkeiten in Kauf genommen werden mussten. Florence und ihr Kollege Justin hatten sich bis ins letzte Detail mit den Gegebenheiten der Station vertraut gemacht. Der Fluchtwagen, eine Peugeot-Limousine, stand aufgetankt und mit einem versteckt montierten Ortungssender versehen vor der Klinik. Der Aktenkoffer mit der Million Francs wurde von einem der Gendarmen bewacht. Bankdirektor Véron hatte sich vom Präfekten die Summe quittieren lassen und hätte danach eigentlich nach Hause fahren können. Doch er rief seine Frau an und teilte ihr mit, dass er vorerst in der Klinik bleiben wolle, um das weitere Geschehen verfolgen zu können. Nach wie vor fühlte er sich für die Millionensumme, die die Bank zur Verfügung gestellt hatte, verantwortlich.

Polizeipsychologe Léo Lemoine hatte sich mehrfach die Aufzeichnungen der beiden Gespräche mit dem Geiselnehmer angehört. Wieder und wieder forschte er nach versteckten Hinweisen oder Anspielungen, nach Details, die ihm entgangen sein könnten. Er fand nichts. Es schien festzustehen, dass da oben im 6. Stock mit großer Wahrscheinlichkeit ein einzelner Psychopath das Geschehen lenkte, der zum Äußersten entschlossen war.

Als das Telefon die quälende Stille durchbrach, befand sich Florence noch zusammen mit Eliane LeRosier im Nebenzimmer.

Léo Lemoine ging nach dem üblichen Prozedere vor und nahm dann den Hörer ab.

»Ist der Lautsprecher an?«, bellte die Stimme des Geiselnehmers.

»Ja, natürlich.«

»Ist das Geld da?«

»Das Geld ist da, aber nicht die volle Summe. Im Tresor der Bank befand sich nur eine Million. Erst morgen früh ...«

Der Psychologe wurde vehement unterbrochen.

»Soll das eine Verzögerungstaktik sein? Auf so was falle ich nicht herein. Ich hatte doch gesagt: keine Tricks!«

»Das ist kein Trick. Wenn Sie die volle Summe haben

wollen, müssen Sie bis morgen früh warten. Der Direktor des Crédit Lyonnais war der Einzige, den wir erreichen konnten.«

»Das wird euch teuer zu stehen kommen!«

Am anderen Ende wurde aufgelegt. Florence, die in dem Moment den Raum betreten und die letzten Sätze des Geiselnehmers gehört hatte, blickte bestürzt in die Runde.

»Verdammt«, knurrte der Präfekt. »Wir hätten ihm nicht die Wahrheit sagen sollen.«

»Das wäre ein Fehler gewesen«, entgegnete Florence und ließ sich auf einen der Stühle fallen. »Wenn er den Aktenkoffer öffnet, weiß er doch sofort Bescheid.«

»Meines Erachtens können wir die ganze Aktion gleich abblasen«, sagte Hauptmann Atlan. »So kommen wir keinen Schritt weiter.«

Florence ignorierte seine Worte.

»Der Leutnant und ich sind bereit. Vergessen wir nicht, was er will: ein Fernsehstatement, Geld und ein Fluchtauto. Erfahrungsgemäß sind Erpresser fast immer bereit, eine geringere Summe als die geforderte zu akzeptieren.«

Einer von Atlans Männern kam ins Zimmer gestürzt.

»Im 6. Stock ist soeben ein Schuss gefallen!«

Dr. Carpentier schlug die Hände vors Gesicht.

»Mein Gott, das ist doch nicht möglich! So ein Wahnsinn …«

Lähmendes Entsetzen machte sich im Büro des Direktors breit. Pônelle schwitzte so stark, dass unter seinen Achseln tellergroße Flecken auf seinem blauen, kurzärmeligen Hemd zu sehen waren. Jackett und Krawatte hatte er schon längst abgelegt.

Im gleichen Augenblick klingelte erneut das Telefon.

»Kommt nach oben und holt euch das nächste Paket ab!«, ertönte die Stimme des Geiselnehmers. »Wenn irgendjemand versucht, hier einzudringen, gibt's ein Riesenblutbad.«

Das Gespräch war beendet.

Mit zitternden Fingern nahm Direktor Pônelle seine dicke Brille ab, rieb sich die Augen und zündete eine Zigarette an.

Florence spürte ihr Herz bis zum Hals schlagen. Doch sie durfte sich nichts anmerken lassen. Sie musste weiterhin ruhig und souverän bleiben, obgleich die Polizei von diesem Wahnsinnigen vorgeführt wurde wie ein Haufen blutiger Anfänger. Ohnmächtig mussten sie und ihre Kollegen hinnehmen, was geschah. Da halfen auch Hauptmann Atlans Scharfmachersprüche nichts. Eine gewaltsame Befreiung der Station barg die Gefahr, dass alle Geiseln ums Leben kamen.

»Was er will, ist klar«, sagte Florence. »Terror, bis wir seine Forderungen erfüllen.«

Ebenso gut wie die anderen im Raum wusste Florence, was der Schuss und der erneute Anruf zu bedeuten hatten. Zweifellos handelte es sich bei dem »Paket«, das »abzuholen« war, um eine zweite Leiche. Wer würde es sein? Jemand vom ärztlichen Personal? Einer der Patienten?

Wann war dieser Albtraum endlich zu Ende?

Plötzlich musste Florence an Blaschke denken, ihren früheren Mitarbeiter. Dass er jetzt mit seiner Frau im Wohnwagen auf *Les Oliviers* saß, kam ihr vor wie ein Ereignis aus ferner Zeit. Das war es nicht, was ihr so unerwartet in den Sinn kam. Es war etwas gänzlich Profanes: Sie dachte an Blaschkes Flachmann, den er in Berlin bei gefährlichen Einsätzen stets bei sich trug. Ein silbernes, verbeultes Ding, gefüllt mit billigem Korn oder Cognacverschnitt. Was gäbe sie darum, jetzt einen ordentlichen Schluck nehmen zu können! Zur Stärkung und zur Beruhigung. Dabei war das hier wahrscheinlich erst der Anfang eines Countdowns, dessen Ende niemand überblicken konnte. Ihr entscheidender Auftritt als Reporterin von France 3 stand Florence noch bevor. Vorausgesetzt, es kam überhaupt dazu.

20

Es ging alles sehr schnell. Der Krankenpfleger und der Assistenzarzt schleiften den toten Körper der Krankenschwester vom Überwachungsplatz 1 zum Ausgang. Die Ärztin hatte der Maskierte am Handgelenk gepackt und an die Wand gegenüber der Tür gestellt, wo sie sich vor Schreck nicht rührte. Mit der Fernbedienung öffnete er die Tür und bedeutete den beiden Männern mit vorgehaltenem Revolver, die Leiche nach draußen zu schaffen.

Diesen Moment nutzte Stéphane Crespin, um plötzlich mit Riesensätzen loszurennen. Ohne lange zu überlegen, folgte er einer schnellen Eingebung und dem unkontrollierbaren Instinkt, sich in Sicherheit zu bringen. Vergessen war sein Vorsatz, sich möglichst still zu verhalten und nicht unnötig auf sich aufmerksam zu machen. Er handelte impulsiv, unüberlegt und in Panik. Vor ihm lag das dunkle Treppenhaus. Wenn er schnell genug lief und drei, vier Stufen auf einmal nahm, konnte er es schaffen.

Dreißig Steinstufen führten in einer leichten und überschaubaren Biegung hinunter in den 5. Stock. Der Maskierte hatte sie genau gezählt, als er sich mit den Örtlichkeiten vertraut machte. Er riss den Revolver hoch, und sein gezielter Schuss traf den Krankenpfleger, etwa auf Stufe fünf von oben gesehen, genau in den Rücken. Stéphane Crespin stürzte nach vorn, sein Körper überschlug sich und blieb auf dem ersten Treppenabsatz reglos liegen.

Der Fremde stieß den Assistenzarzt, der überhaupt nicht reagierte, sondern dem Pfleger nur hinterherstarrte, zurück in den Korridor der Station und schloss per Fernbedienung rasch wieder die Tür. Die Ärztin stand unbeweglich an der Wand und sah ihn aus ihren aufgerissenen, wie fiebrig glänzenden Augen an.

»Los, zurück zum Überwachungsplatz!«, herrschte der Maskierte die beiden an und wies ihnen mit seiner Waffe die Richtung. Mechanisch gehorchten sie. Aus einem der Wandschränke griff er sich zwei Rollen Leukoplast. Eine davon gab er dem Assistenzarzt.

»Fessel ihr die Hände.« Er zeigte auf Alice Cotisson.

Francis Picard, dem der Schweiß in Strömen übers Gesicht lief, das von der Schwellung der Nase und dem getrockneten Blut völlig entstellt wirkte, stierte ihn an.

»Mach schon, worauf wartest du?« Er gab dem Arzt einen heftigen Stoß, sodass Picard taumelte. »Die Hände auf den Rücken. Umwickele sie mit dem Leukoplast! Wird's bald?!«

Alice Cotisson hatte ihre Hände in die Taschen ihres Arztkittels gesteckt und umklammerte mit der rechten die beiden sterilen Injektionsnadeln, die sie dort versteckt hatte. Die linke war zu einer Faust geballt, als ob sie sich mit letzter Anstrengung gegen die endgültige Vernichtung ihres Willens und ihrer Würde stemmte. Francis Picard ging auf sie zu, sah sie mit leeren und blutunterlaufenen Augen an und sagte mechanisch:

»Ihre Hände bitte, Kollegin.«

Alice schüttelte den Kopf und fing an zu schluchzen. Immer heftiger wurde ihr Kopfschütteln, immer lauter ihr unkontrolliertes Weinen.

Der Maskierte riss ihr brutal die Hände aus den Taschen. Die beiden Injektionsnadeln, die sie fest umklammert hielt, fielen zu Boden. Er kümmerte sich nicht darum, sondern herrschte den Arzt an.

»Na los, mach endlich!«

Willenlos streckte Alice ihrem Kollegen Picard die Hände entgegen. Wie in Trance drehte dieser sie auf den Rücken und umwickelte sie mit Leukoplast.

»Schön fest!«, sagte er und beobachtete jede Handbewegung des Arztes. »Wickel das ganze Band herum.« Als Picard fertig war, drückte er ihn mit dem Gesicht gegen die Wand. Er hielt ihm den Revolver an den Hinterkopf und begann, mit der anderen Hand die Handgelenke des Arztes über Kreuz auf dem Rücken mit der zweiten Rolle Leukoplast zu fesseln.

Danach stieß er seine beiden Gefangenen zurück ins Schwesternzimmer. Unbeholfen sanken sie auf zwei Stühle, wobei die Ärztin um ein Haar das Gleichgewicht verloren hätte. Unvermindert hielt ihr Schluchzen an, während der Assistenzarzt ins Leere starrte, in eine ferne, unentdeckte Welt, die sich nur ihm erschloss.

Der Maskierte atmete auf und fragte sich, wieso er seine Gefangenen nicht schon früher gefesselt hatte. Vielleicht war das ein Fehler gewesen. Er hatte nicht vorgehabt, gleich zu Anfang einen von ihnen zu erschießen. Jedenfalls nicht ohne zwingenden Grund. Durch den Fluchtversuch des Krankenpflegers war er erneut gezwungen worden, von der Waffe Gebrauch zu machen. Der Mann hatte einen folgenschweren Fehler begangen, genau wie die Krankenschwester. Das konnte nicht ungestraft bleiben.

Er schüttelte das Geschehen der letzten Minuten ab wie eine lästige Erinnerung und wandte sich dem nächsten Schritt zu. Noch etwa zehn Minuten würde er warten und dann erneut anrufen.

Nachdem er seinen Revolver nachgeladen hatte, ging er

mit raschen Schritten ins Patientenzimmer, das hinter dem Überwachungsplatz 1 lag. Der junge Mann, der hier nach dem Tod und der Entsorgung von Nummer 4 allein lag, wurde hin und wieder von heftigen Hustenanfällen heimgesucht. Jetzt lag er unbeweglich auf dem Rücken, den Mund im Schlaf halb geöffnet.

Am Fenster angekommen, lüftete der Maskierte mit zwei Fingern die Lamellenjalousie. Das Gebäude gegenüber lag im Dunkeln. Dennoch sah er auf dem flachen Dach zwei schwarze, bewegungslose Gestalten, die sich kaum wahrnehmbar von ihrer Umgebung abhoben. Jetzt blitzte im Licht des Mondes der Lauf eines Gewehres auf.

Vorsichtig schloss er den Spalt der Jalousie und grinste. Er würde keine Zielscheibe für die Scharfschützen der Bullen abgeben, so viel war sicher. Exakt diesen Punkt hatte er in seiner Vorrecherche genauestens berücksichtigt. Die Krankenzimmer auf der Station, die den Fensterbereich gegen den Korridor hin abgrenzten, fungierten sozusagen als Pufferzone. Außerdem gaben die geschlossenen Jalousien von außen keine Sicht auf das Geschehen frei. Sollten die Scharfschützen über die Außenfassade bis zu den Fenstern der Station vordringen, hätten sie auch von dort aus keine Sicht. Ein gewaltsames Eindringen von außen barg ein unkalkulierbares Risiko für die Polizei.

Eine Million wollten sie ihm anbieten. Als Antwort darauf hatte er ihnen eine Leiche vor die Tür gelegt und den Fluchtversuch des Krankenpflegers entsprechend bestraft. Sie würden endgültig begreifen, dass diese Sache hier kein Räuber-und-Gendarm-Spiel war. Auf keinen Fall würde er sich auf ein Fünftel der geforderten Summe herunterhandeln lassen.

Er hatte Zeit. Und er hatte einen perfekten Plan, den er bis zum Schluss durchziehen würde. Während er darüber nachdachte, ertönte rechts von ihm, im Patientenbett Nummer 3 des vierten Krankenzimmers, ein Wimmern und Stöhnen, das immer stärker wurde.

Dort lag die alte Frau. Sie war auf die Station verlegt worden, als er bereits mehrere Tage dort ein und aus ging.

Als der Schuss fiel, kam der Schmerz mit voller Wucht zurück. In Stoßwellen fraß er sich durch den gesamten Bauchraum, drang bis in die Brustgegend vor und bohrte sich mitten ins Herz. Marie Chabrol hatte das Gefühl, dass es zerspringen musste.

Mit neunzig Jahren hält man sein entfliehendes Leben wie eine zarte Daunenfeder in der Hand. Der leichteste Lufthauch kann sie hinwegpusten.

Langsam kehrten jetzt die Erinnerungen zurück, bahnten sich einen Weg durch die immer neuen Schmerzattacken.

Damals, im Dorf ihrer Kindheit. Zur einen Seite der *Mont Lozère*, zur anderen die *Corniche*. Als Kind hütete sie die Ziegen. Mit ihren Geschwistern durchstreifte sie die Kastanienwälder und sammelte *Châtaignes* und Pilze. Riesige Steinpilzfelder gab es im Oktober in den Bergen. Die Pilze wurden zusammen mit rohen Kartoffelscheiben und Knoblauch in der Pfanne gebraten. Das Festessen der Bergbauern im Herbst. Als Marie in die Schule kam, brach der Große Krieg aus. Die Männer zogen los, Brüder, Onkel, Vettern, der Vater. Am Anfang kamen Feldpostbriefe aus Verdun, von der Marne und weiteren, unbekannten Orten im Norden. Dann gelangten andere Botschaften in die Bergdörfer, und die Mutter weinte. Viele Frauen und die größeren Kinder weinten. Marie vergaß diese Kriegsjahre rasch. Sie legte sie in die große Schublade der Erinnerung, die sich jetzt, da sie den Kreislauf des Lebens irgendwann vollenden würde, immer weiter öffnete. Sieben Kilometer Fußweg waren damals jeden Tag zur Schule zurückzulegen. Es gab keinen Strom, kein fließend Wasser, kein Radio, keine Automobile, keine Flugzeuge, kein Telefon. Der Lauf der Sonne bestimmte die Tage, die Jahreszeiten den Rhythmus des Lebens. Die Sommer zogen heiß und voller betörender Düfte ins Land, die Winter waren kalt und schneereich. Man aß in Ziegenmilch gekochte *Châtaignes*, Brot aus gemahlenem Kastanienmehl; zu Weihnachten ein Huhn oder ein Stück Wildbret, das einer der Männer im Gebirge erjagte. Der Duft der Kaminfeuer, das Raunen des Windes, die Geschichten der Alten …

Marie Chabrol öffnete jetzt ihre Augen. Das Weiß der Zimmerdecke blendete, wie die Schneedecke damals in den harten Wintern, wenn die Sonne sich durch die dunstige Frostluft kämpfte. Wie fern war diese Zeit gerückt und doch so nah! Das kleine Mädchen mit dem Korb voller Pilze in der Hand. Die karierte Schürze der Mutter, in der immer eine Nascherei steckte: eine Haselnuss, eine getrocknete Beere, ein kleiner Apfel …

Was war das eben für ein Schuss gewesen? Hatte sie nicht das trockene Knallen einer Jagdflinte gehört? Später, als Marie verheiratet war, besaßen ihr Mann und ihre Söhne doppelläufige Schrotflinten. Doch ihr Mann war lange tot und einer der Söhne auch.

Die Schmerzen, wieso hatte sie solche Schmerzen?

Verschwommen sah sie eine Gestalt vorübergehen, es war mehr ein Schatten. Seit vielen Jahren hatte sich ihre Sehkraft auf dreißig Prozent reduziert. Auch eine Laseroperation vor zehn Jahren konnte nichts daran ändern. Doch immerhin nahm sie wahr, dass der Mann ein dunkles Gesicht hatte. War er ein Schwarzer? Ein Afrikaner? Wie kam ein Afrikaner hierher? Er musste der Arzt sein! Plötzlich erinnerte sich Marie Chabrol. Sie war sehr krank geworden, und man hatte sie in einem Krankenhaus operiert. Und weil sie operiert worden war, musste sie diese schrecklichen Schmerzen ertragen. Eliette und Joël hatten sie besucht. Joël, der ihrem im Großen Krieg gefallenen Vater so ähnlich sah. Wo war die Fotografie des Vaters geblieben? Eine vergilbte, bräunliche Daguerreotypie, aufgenommen in einem Fotoatelier in Florac, als der Vater ein junger Mann gewesen war. Sie hatte immer auf dem Kaminsims gestanden!

Erneut durchzuckte sie eine Welle von Schmerz. Sie zerbarst in ihrem Innern, wie eine Brandung, die auf die Klippe stürzt.

Dann wurde Marie Chabrol ohnmächtig.

Er hatte nicht bedacht, dass die schwarze Skimaske sich mehr und mehr als hinderlich erweisen würde. Trotz der Klimaanlage auf der Station, die er schon zu Anfang auf die höchste Kältestufe gestellt hatte, schwitzte er unter der stickigen Wollmaskierung. Seine Haut juckte, besonders an der Stirn und im Nacken, wo die Haare nass am Kopf klebten.

Prüfend ließ er seinen Blick umherschweifen. Die Alte im Bett Nummer 3 hatte ihr Stöhnen eingestellt, wahrscheinlich schlief sie wieder. Er schätzte sie auf mindestens fünfundachtzig. Da hat man sein Leben gelebt, da kann man ruhig abtreten. Alles andere ist ohnehin nur ein Warten auf den Tod. An sie würde er bestimmt keinen weiteren Gedanken verschwenden.

Im Schwesternzimmer saßen die beiden Ärzte. Da ihre gefesselten Hände auf den Rücken gebogen waren, hatten sie sich zur Entlastung der Schultern auf ihren Stühlen nach vorn gebeugt, den Kopf nach unten. Sie saßen da, als warteten sie auf ihre Exekution. Genickschuss, ein schneller Tod. Die Gehirnmasse spritzt nach allen Seiten, eine Riesenschweinerei für den, der abdrückt. Das hatte er nicht vor. Wenn die Bullen versuchten, ihn auszutricksen, und er gezwungen wäre, Maßnahmen zu ergreifen, würde er die beiden sofort erschießen. Doch nicht durch einen Genickschuss. Dazu bliebe wahrscheinlich ohnehin keine Zeit.

Er ging ins Patientenzimmer, wo die alte Frau lag und mit offenem Mund kaum merklich atmete. Ihr Bettnachbar schlief ebenfalls. Anscheinend hatten die Ärzte ihm starke Schmerzmittel, wahrscheinlich auch ein entsprechendes Schlafmittel injiziert. Die halbe Hand war ihm in der Kreissäge weggerissen worden. Ob er seine Finger jemals wieder bewegen konnte? Daumen, Zeigefinger und Mittelfinger hatten die Rettungssanitäter aus einem Haufen von Sägespäneabfällen gefischt und gleich mitgenommen. Der Mittelfinger war allerdings so zerfetzt, dass der Chirurg ihn nicht wieder annähen konnte. Die Hauptnervenstränge waren durchtrennt worden, und der Mann blutete trotz abgebundener Schlagader wie ein Schwein, als man ihn in die Klinik fuhr.

Mit dem Gesicht zur Wand stellte er sich zwischen die beiden Betten, die in einem Abstand von etwa drei Metern nebeneinander standen. Sein Revolver steckte im Hosenbund seiner Jeans. Mit der rechten Hand zog er die Skimaske vom Gesicht und atmete befreit auf. Dann wischte er sich mit dem nackten Unterarm über Gesicht und Stirn, strich die kurzen Haare hinter den Ohren und am Nacken zurecht. Wie gut, dass er sich den Schnäuzer abrasiert hatte! Die Skimaske schwenkte er ein paar Mal hin und her, als wollte er sie lüften oder trocknen. Dann stülpte er sie sich wieder über den Kopf.

Niemand hatte ihn beobachten können. Die beiden Ärzte im Schwesternzimmer sahen ihn nicht, das Patientenzimmer befand sich vom Schwesternzimmer aus gesehen in einem toten Winkel.

Er ging zurück in den Korridor und ließ sich auf den Drehstuhl hinter Überwachungsplatz 1 fallen. Die Blutlache, die die Krankenschwester hinterlassen hatte, war inzwischen angetrocknet. Ein riesiger, beinahe schwarzer Fleck auf dem hellen Fliesenboden. Die Schleifspuren waren ebenfalls unvermindert zu sehen. Eine Spur des Todes.

Unzählige Male hatte Kain sich die Situation ausgemalt und in Gedanken durchgespielt. Bald war es so weit. Er war älter geworden, groß und kräftig. Er konnte den Plan ins Auge fassen. Niemand würde ihn daran hindern.

Er würde den Alten von hinten überraschen. Ihm mit der Axt mit einem einzigen Schlag den Schädel spalten. Die Blutspur würde mitten durch den dichten, schwarzen Haarkranz führen. Die massige Gestalt des Vaters würde zusammensacken, nach vorn kippen und genau vor Abels Füßen aufschlagen.

Sein Bruder Abel würde voller Entsetzen schreien und davonlaufen wollen. Doch mit einem Sprung wäre er hinter ihm und würde ihn packen. Die Todesangst in Abels Augen würde ihn für all die Jahre entschädigen. Wenn er seinem Bruder dann mit bloßen Händen die Kehle zugedrückt hätte, würde Kain den Hof anzünden und für immer verschwinden … Dann wäre er frei.

Leise begann er, eine Melodie zu pfeifen, dabei fiel sein Blick auf die große runde Uhr an der Wand zwischen Arztzimmer und Schwesternzimmer.

Er war gespannt, wie es weitergehen würde.

21

Florence blickte in das blasse, zarte Gesicht der toten Fabienne Barthollémy. Ihre blonden, feinen Haare klebten am Kopf wie eine verrutschte Perücke. Man hatte sie auf eine Krankentrage gelegt und in ein leeres Patientenzimmer der Inneren Station im 5. Stock gebracht. Dort waren die Ereignisse um die Geiselnahme inzwischen durchgesickert. Nach dem Ende des Fußballspiels hatten alle Anwesenden auf den Sieg Frankreichs angestoßen. Diejenigen, die von vornherein über das Geschehen im 6. Stock informiert waren, hatten sich während des Spiels nichts anmerken lassen.

Jetzt war eine andere Situation eingetreten. Unter dem Krankenhauspersonal und bei den Patienten, die noch wach lagen und Bescheid wussten, herrschte lähmendes Entsetzen. Auf der Intensivstation hielt sich ein Verrückter auf, vielleicht waren es auch mehrere. Es hatte zwei Tote gegeben, einen schwerstkranken Tumorpatienten sowie eine Krankenschwester. Ein Pfleger war angeschossen worden. Was würde als Nächstes kommen? Die Ärzte und das Pflegepersonal versuchten, zusammen mit dem Polizeipsychologen, die Patienten zu beruhigen.

Den schwer verletzten und bewusstlosen Stéphane Crespin hatte man sofort in den OP gebracht. Florence war es kalt über den Rücken gelaufen, als sie an der verschlossenen Tür der Intensivstation vorbei zum OP-Bereich ging.

Schummerlicht schimmerte durch die Milchglastür. Es herrschte Totenstille.

Seit fünf Minuten kämpften die Chirurgen um das Leben des Krankenpflegers. Die Mitglieder des OP-Teams waren von außen über die Feuertreppe auf ihre Station gelangt. Die Kugel steckte in Stéphane Crespins Rücken, in unmittelbarer Nähe der Lendenwirbelsäule. Ein Steckschuss, gezielt abgefeuert. Wenn der Krankenpfleger großes Glück hatte, konnte er überleben. Doch wahrscheinlich würde er dann querschnittgelähmt sein. Florence hatte persönlich mit den Angehörigen von Fabienne Bartholémy und Stéphane Crespin gesprochen und sie informiert. Freddy Martin, der massige Mann mit dem gutmütigen Teddybärgesicht, hatte geweint wie ein Kind und seine Fäuste geballt, bis das Blut aus ihnen wich und sie schneeweiß wurden. Die Freundin des Krankenpflegers stand unter Schock. Dr. Carpentier hatte ihr eine Beruhigungsspritze gegeben. Jetzt lag sie wie versteinert in einem Arztzimmer im Erdgeschoss und wartete auf eine Nachricht aus dem OP.

Niemand im Krisenstab mochte ausschließen, dass der Fremde oben auf der Intensivstation nicht doch der Exehemann von Fabienne Bartholémy sein konnte. Eine erneute Nachfrage bei der Gendarmerie in Belfort hatte ergeben, dass Antoine Villeneuve nach wie vor verschwunden war. Weshalb sonst war ausgerechnet die Krankenschwester erschossen worden? Wenn sich Villeneuve hinter dem Täter verbarg, lag zumindest ein Motiv auf der Hand.

Fabienne Bartholémys schwere Augenlider schimmerten in tiefem Violett, die Farbe der Lippen war schwarzbraun. Im gesamten Unterleibsbereich klebten Kleidung und Schwesternkittel blutdurchtränkt am Körper. Angetrocknetes Blut. Florence schätzte, dass der Schuss, der seitlich hinten rechts die Rippen durchschlagen hatte und dann in den Bauchraum eingedrungen war, vor ein oder zwei Stunden gefallen sein musste. Doch um diesbezüglich hundertprozentig sicher zu sein, brauchte sie eine erste Einschätzung des Gerichtsmediziners. Es war ein glatter Durchschuss. Wahrscheinlich hatte er die Organe der Bauchhöhle lebensgefährlich verletzt. War der Schuss sofort tödlich gewesen? Hatte die Krankenschwester noch eine Weile gelebt? Eine Autopsie würde diese Fragen beantworten. Der Ausschuss des Projektils befand sich links auf der Bauchdecke, etwa zehn Zentimeter neben dem Bauchnabel. Die Waffe musste großkalibrig sein, möglicherweise Kaliber neun Millimeter. Dr. Brochet, der Gerichtsmediziner, war sofort benachrichtigt worden. Gerade von einem Tatort in der Altstadt nach Hause zurückgekommen, wollte er sich gleich auf den Weg in die Klinik Louis Pasteur machen.

Florence wusste nicht, wie es jetzt weitergehen sollte. Zwei Leichen und ein Schwerverletzter. Ein Geiselnehmer, der allein die Bedingungen diktierte. Die Polizei hatte nicht einen Millimeter Spielraum. Zum ersten Mal in ihrer Laufbahn als Kriminalkommissarin befand sich Florence in einer Situation völliger Ratlosigkeit und innerer Lähmung. Gefühle der Verzweiflung, der Trauer und der ohnmächtigen Wut wechselten einander in wilder Reihenfolge ab. Sie riss sich zusammen. Auf keinen Fall durfte sie sich in ihren Entscheidungen von Emotionen leiten lassen. Kaltblütigkeit war jetzt gefragt und ein genaues Vorgehensschema. Sie und Leutnant Justin mussten unbedingt auf die Station gelangen. Das Fernsehstatement mit dem Geiselnehmer musste um jeden Preis stattfinden. Vor Ort würde man dann weitersehen. Hoffentlich meldete sich der Mann bald wieder. Für diesen Fall hatte Florence einen Plan entwickelt.

Sie warf einen letzten Blick auf die tote Krankenschwester, deren Ermordung die Geiselnahme auf der Station in ein neues Licht rückte. Jetzt gab es keinen Zweifel mehr. Der Mann im 6. Stock hatte sich als eiskalter Killer entpuppt.

Sie suchte einen der Toilettenräume auf, um sich frisch zu machen. Aus dem Spiegel über dem Waschbecken blickte ihr ein angespanntes Gesicht entgegen. Sie tupfte ihre Augenlider mit kaltem Wasser ab, zog ihre Lippen nach und kämmte das Haar.

Kurz darauf betrat Florence wieder das Büro des Krankenhausdirektors. In kurzen Worten informierte sie die Mitglieder des Krisenstabs über ihr Vorhaben. Wenn der Geiselnehmer erneut anrief, wollte sie die Initiative übernehmen und mit ihm reden.

Der Präfekt hatte ihr, wie alle anderen, schweigend zugehört. Jetzt ergriff er das Wort.

»Es ist der letzte Versuch, *Commissaire*. Wenn er fehlschlägt, gebe ich Hauptmann Atlan grünes Licht.«

Florence reagierte nicht. Doch sie wusste, dass ihre Karten möglicherweise bald ausgereizt sein könnten. Dann würden andere hier das Kommando übernehmen. Sie müsste die Verantwortung abgeben und würde sich von einem Polizeifahrzeug nach Hause fahren lassen. Doch noch war es nicht so weit.

Die Tür wurde geöffnet, und Dr. Brochet betrat den Raum.

»Das ging ja schnell, Doktor.«

»Ja. Ich hatte gerade meine Haustür aufgeschlossen, als Inspektor Burgio anrief. Heute Nacht bin ich anscheinend im Dauereinsatz.«

»Was ist denn das für ein Mordfall in der Altstadt?«, fragte Florence ohne großes Interesse.

Brochet zuckte mit den Achseln.

»Ich tippe auf Raubmord. Der Mann lag seit mindestens einer Woche erstochen in seiner Wohnung. Sie können sich vorstellen, in welchem Zustand die Leiche ist. Die ganze Wohnung ist verwüstet. Morgen früh um neun nehme ich die Sektion vor.«

Florence nickte flüchtig. Es gab im Moment Wichtigeres für sie als einen x-beliebigen Mordfall und seine routinemäßige Abwicklung.

Brochet räusperte sich. »Wo ist die Leiche der Krankenschwester?«

»Einer der Kollegen bringt Sie hin.«

»Als Erstes möchten Sie wahrscheinlich den ungefähren Todeszeitpunkt wissen. Anhand der Blutgerinnung kann ich Ihnen eine grobe Einschätzung geben.«

»Der Todeszeitpunkt ist insofern wichtig, als der Schuss auf die Krankenschwester der dritte Schuss war, der auf der Station abgefeuert wurde. Der erste fiel, als einer der Ärzte gleich zu Anfang nach oben ging, um nach dem Rechten zu sehen. Der zweite wurde auf einen Krankenpfleger abgegeben, der offenbar ins Treppenhaus fliehen wollte. Er ist schwer verletzt und wird in diesem Moment operiert. Einen dritten Schuss hat niemand gehört. Meines Erachtens muss er zuerst gefallen sein. Vielleicht gleich nachdem der Mann auf die Station eingedrungen ist und noch niemand wusste, was da oben geschehen war.«

Dr. Brochet verließ das Zimmer. Florence schenkte sich einen Becher Kaffee ein, setzte sich an den Konferenztisch und lenkte ihren Blick wie magisch auf das Telefon. Wenn es doch endlich läuten würde! Eine knappe halbe Stunde war es her, seit der Geiselnehmer sich zum letzten Mal gemeldet hatte.

Dann geschah es. Das Schrillen des Telefons ließ Florence zusammenzucken. Alle, die am Tisch saßen, erwachten aus ihrer Warteposition und richteten sich auf. Jeder spürte die Anspannung, einige von ihnen hatten Angst. Über Direktor Pônelles Gesicht liefen Ströme von Schweiß. Selbst der Polizeipsychologe wirkte nervös. Florence blickte kurz in das unbewegte Gesicht von Hauptmann Atlan, bevor sie rasch aufstand und zum Schreibtisch ging, wo das Telefon stand. Zu Léo Lemoine sagte sie:

»Also, erst Sie, dann ich.« Der Psychologe nickte, stellte Tonband und Lautsprecher ein und nahm den Hörer ab.

»Sind beide Pakete gut angekommen?« Die Stimme des Mannes klang höhnisch und kalt.

»Hören Sie«, sagte Lemoine, »wir wissen, dass Sie ein Fernsehstatement wollen, Geld und ein Fluchtauto. Wir haben alles vorbereitet. Lassen Sie uns die Sache schnell zu Ende bringen.«

»Wie ich bereits sagte, will ich nicht eine Million, sondern fünf. Ich warne euch zum letzten Mal. Hier oben sind noch sieben Leute. Also, habt ihr's euch überlegt?«

»Hier ist jemand, der gern mit Ihnen sprechen würde, Monsieur. Moment bitte!« Ohne die Reaktion des Geiselnehmers abzuwarten, überreichte Lemoine Florence den Hörer. Sie holte tief Luft und sagte in leichtem Plauderton:

»Hallo? Ich bin Christine Duvall von France 3. Ich habe gehört, dass Sie ein Interview mit uns machen möchten.«

Am anderen Ende war einen Moment lang Stille. Dann fragte der Fremde scharf:

»*Wer* sind Sie?«

»Christine Duvall von France 3 in Montpellier. Ich habe eine Direktschaltung über Satellit angemeldet. Wir können in Kürze live auf Sendung gehen.«

»Ich kenne nur *eine* Reporterin von France 3. Und die heißt Eliane LeRosier. Eine Christine Duvall gibt es da nicht.«

Florence stockte der Atem. Doch sie ließ sich nichts anmerken und sagte:

»Eliane hat seit gestern Urlaub. Ich vertrete sie für zwei Wochen.«

»Ich kenne alle Sendungen auf France 3. Wie kommt es, dass ich Ihren Namen noch nie gehört habe?«

»Das kommt daher, weil ich eigentlich fürs Landesstudio Lyon arbeite und nur vorübergehend in Montpellier bin. Nach Elianes Urlaub muss ich wieder zurück. Also, was ist jetzt? Sollen wir hochkommen? Ich habe hier einen Aktenkoffer mit einer Million. Die Polizei sagt, dass heute Nacht beim besten Willen nicht mehr aufzutreiben ist. Ich habe das Geld nachgezählt. Vor dem Haupteingang der Klinik steht ein grauer Peugeot als Fluchtauto.«

Florence klopfte das Herz bis zum Hals. Der Fremde schwieg. War das ein gutes oder ein schlechtes Zeichen? Sie wusste es nicht. Sie wusste nur, dass sie jetzt ruhig und locker weitersprechen musste, wenn ihre Taktik den Hauch einer Chance haben sollte.

»Wir kommen jetzt auf die Station, so wie Sie es wollten. Dann schaltet Thierry, mein Kameramann, seine Mühle ein, und Sie sagen, was Sie zu sagen haben. Anschließend lassen Sie die Geiseln frei, verlassen mit dem Geld die Klinik und nehmen mich oder Thierry oder uns beide in Ihrem Fluchtauto mit. Wenn Sie sich in Sicherheit fühlen, lassen Sie uns laufen. So einfach ist das. Sie haben mein Wort, dass die Polizei Sie abziehen lässt.«

Erneut Stille am anderen Ende der Leitung. Die Spannung im Raum schien zum Zerreißen.

»Okay«, klang es endlich gedehnt durch den Lautsprecher. »Die Sache läuft. Ihr alle hört ja da unten mit und wisst, was passiert, wenn ihr mit irgendwelchen Tricks versucht, die Station zu stürmen. Und wenn auf der Mattscheibe meines Fernsehgerätes etwas anderes zu sehen ist als mein Statement, weiß ich, dass eure Fernsehaufnahmen getürkt sind.«

Florence wusste sofort, was diese Worte bedeuteten. »Eines sollten Sie noch wissen«, sagte sie ruhig und gelassen. »Die Kamera ist für die Liveschaltung mit dem Übertragungswagen durch ein Kabel verbunden. Dieses Kabel müssen wir vom Ü-Wagen aus irgendwo hochziehen. Durch ein Fenster, durch die Tür. Machen Sie uns einen Vorschlag.«

»In zehn Minuten kommen Sie und Ihr Kameramann hier rauf, dann sage ich Ihnen das.«

»Es wäre besser, wenn wir das jetzt wüssten. Wir können schlecht hundertfünfzig Meter Kabel auf die Station schleppen. Dazu brauchen wir einen zusätzlichen Mann.«

»Sehen Sie zu, wie Sie das Kabel bis vor die Tür der Station bekommen. Wenn Sie reinkommen, will ich niemanden sehen außer Ihnen und dem Kameramann. Schaltet die Beleuchtung im Treppenhaus an und stellt euch dicht vor die Milchglasscheibe der Tür. Weitere Anweisungen bekommt ihr dann.«

Ein Knacken in der Leitung, das Gespräch war beendet. Die Anwesenden sahen sich betreten an.

»Scheiße«, sagte Atlan und fuhr sich mit beiden Händen durch die kurzen Haare. »Er zwingt uns, die ganze Nummer abzuziehen. Einschließlich Kabel und echter Direktübertragung.«

In Florences Kopf überschlugen sich die Gedanken. Sie ordnete sie und gab rasch und überlegt ihre Anweisungen.

»Holen Sie die Leute vom Fernsehen«, sagte sie zu einem der Gendarmen. »Die sollen alles bereitmachen.«

Der Präfekt griff bereits nach seinem Handy.

»Ich rufe den Chefredakteur an.«

»Inspektor Burgio, ich muss sofort mit Freddy Martin sprechen. Er soll mir eine genaue Beschreibung von Antoine Villeneuve geben. Möglicherweise wird der Kerl maskiert sein, aber vielleicht kann ich ihn anhand seiner Körpergröße, Statur und so weiter identifizieren. Hoffentlich kennt Monsieur Martin den Mann. Wenigstens von einem Foto her.«

Hoffentlich schaffen es die Fernsehleute, binnen zehn Minuten eine Liveschaltung via Satellit aufzubauen, dachte Florence. Hoffentlich reicht die Länge dieses verdammten Kamerakabels. Hoffentlich kennt der Kerl mich nicht irgendwoher. Hoffentlich ist er wirklich allein da oben. Hoffentlich dreht er nicht durch. Hoffentlich ergibt sich ein günstiger Moment, zuzuschlagen … Alles, was in den nächsten Minuten geschehen würde, gründete sich auf das Wort HOFFNUNG. *Die Hoffnung ist der Traum der Wachenden* … Woher kannte sie diesen Spruch? Irgendwo hatte Florence diesen Satz einmal gelesen, doch sie wusste nicht, wo. In einem Buch? In einer Zeitung? Egal, in diesem Moment bekamen die Worte plötzlich eine schicksalhafte Bedeutung. Wie der Refrain einer Schlagermelodie setzten sie sich in Florences Kopf fest, während sie sich innerlich bereitmachte für den Countdown.

Als er sein Handy ausgeschaltet hatte, hielt er es eine Weile regungslos in der Hand und dachte nach. Das, was die Reporterin eben am Telefon gesagt hatte, klang gut. Es würde seine Pläne in keiner Weise durchkreuzen. Seine Strategie war von Anfang an wie ein Baukastensystem angelegt. Fiel ein Element weg, wurde es durch ein anderes ersetzt. Auch jetzt hatte er eine neue Variante parat, die mit seinem taktischen Schema kompatibel war. Die eine Million jetzt gleich, in zehn Minuten, wenn er die beiden Fernsehleute auf die

Station ließ. Die anderen vier Millionen später. Falls die beiden Fernsehleute in Wirklichkeit Bullen sein sollten, wovon er eigentlich ausgehen musste, wäre er gewappnet. Und sollte das restliche Geld nicht im Lauf der nächsten Stunden aufgetrieben werden, würde er ein weiteres Paket im Treppenhaus abladen. Die Leiche der Reporterin. Oder die des Kameramannes. Was das Kamerakabel betraf, hatte er bereits einen Plan.

Zufrieden grinste er unter seiner heißen Maske. Das Ding, das er hier drehte, war noch größer, als er es sich vorgestellt hatte. Wenn die beiden Leute von France 3 erst einmal mit gefesselten Händen auf dem Steinfußboden des Korridors hockten und die Fernsehkamera das ganze Geschehen auf der Station live übertrug, konnte er mit einer Menge Zuschauer rechnen. Viele Leute saßen nachts vor dem Fensehapparat, zappten sich durch die Programme. Und morgen früh in den Frühstückssendungen würden die Bilder immer und immer wiederholt werden. Von den Nachrichten und Kommentaren zur abendlichen Hauptsendezeit ganz zu schweigen.

Er legte das Handy auf den Counter und warf einen schnellen Blick durch die Räume.

Die Patienten verhielten sich ruhig und schliefen. Die Ärztin im Schwesternzimmer war vom Stuhl geglitten und saß mit ausgestreckten Beinen auf dem Fußboden, die linke Schulter an einen Schrank gelehnt, die Arme mit den gefesselten Händen merkwürdig verrenkt. Ihr Rock war bis zu den Schenkeln hochgerutscht. Drei Knöpfe des Arztkittels waren aufgesprungen, darunter trug sie eine rosa Bluse, die voller Schweißflecken war. Sie hatte die Augen geschlossen. Wirr hingen ihr die Haare in die Stirn. Vielleicht döste sie nur, vielleicht war sie halb ohnmächtig vor Schmerzen. Jedenfalls hatte sie aufgegeben. Es machte ihm Spaß und gab ihm eine große Genugtuung zu sehen, dass sie aufgegeben hatte. Willenlos fügte sie sich in ihr Schicksal. Sie hatte die Macht anerkannt, die ein anderer Mensch über sie ausübte. Seine Macht. Seinen Willen, der das Geschehen bestimmte.

Der Assistenzarzt verharrte immer noch in derselben Position wie vor zehn Minuten. Den Kopf nach vorn gebeugt, um die Schultern zu entlasten, die durch die Fesselung der Hände verspannt waren.

Es war alles unter Kontrolle. Er hatte alles im Griff. Jetzt würde die entscheidende Phase der Operation beginnen.

Er bückte sich und hob den Rucksack auf, den er neben dem Counter von Überwachungsplatz 1 deponiert hatte. Das kleine tragbare Fernsehgerät, das er herausnahm, war handlich und flach und hatte einen Bildschirm von der Größe einer Heftseite. Er zog die dreißig Zentimeter lange Antenne heraus und stöpselte ein Netzkabel in die Buchse.

Am Überwachungsplatz 2 gab es eine Steckdose, gleich an der Wand. Dort steckte er den Stecker hinein, postierte das Gerät auf den Counter und schaltete es ein. Den Sender France 3 hatte er, wie andere Sender auch, bereits einprogrammiert. Er richtete ein paar Mal die Antenne, bis das Bild klarer wurde. Der Empfang war grobkörnig, aber recht gut. Irgendein alter Schwarzweißfilm über Jazzmusiker lief. Man sah einen dicken Neger, der mit aufgeblähten Backen eine Trompete blies.

Erneut grinste er. Gleich würde die Bombe platzen. Er war bereit.

Kennen Sie die Geschichte von Kain und Abel? Nein, nicht die Geschichte aus der Bibel! Eine neue Version. Eine moderne Variante! Ich werde Sie Ihnen erzählen. Sie beginnt ganz anders als die Geschichte, die Sie kennen. Sie beginnt mit dem Mord an

Kain, als er noch ein Kind war. Der Vater und Abel haben Kain ermordet, nachdem sie Kains Mutter aus dem Haus getrieben hatten. Gemeinsam machten sie sich über ihn her. Nachdem sie ihn gequält und geschlagen, ihm die Nahrung und das wärmende Feuer entzogen hatten, wetzten sie die großen Messer, die zum Schlachten der Schweine benutzt wurden. Dann stachen sie in sein Herz. Als er ausgeblutet war, verscharrten sie Kains Körper in der harten Wintererde und feierten ein großes Fest. Das ganze Dorf war eingeladen. Es wurde getafelt und getrunken und getanzt.

Doch Kain war nicht tot. Sein Körper war in seinem Blut erstarrt, doch die Seele lebte weiter. Und sie kam über sie, hielt Gericht ab und zeigte der ganzen Welt, welche Verbrechen Abel und der Vater an Kain begangen hatten.

22

»Wie sieht er aus, Monsieur Martin?« Florence lehnte sich auf dem Stuhl zurück und verschränkte die Arme über der Brust.

Freddy saß ihr gegenüber am großen Konferenztisch und trank einen Becher Kaffee. Sein Gesicht war gerötet und sah verheult aus. Niemand störte sich daran.

Er musste nicht lange überlegen. Er kannte Fabiennes Hochzeitsfotos sowie einige ihrer früheren Urlaubsbilder, auf denen Antoine Villeneuve entweder mürrisch dreinschaute oder mit einem aufgesetzten Lächeln in die Kamera blickte.

»Er ist kleiner als ich«, sagte er. »Fabienne meinte, er wäre einszweiundsiebzig. Ich bin einsachtundsiebzig. Und er ist schmaler gebaut. Dennoch muskulös und kräftig. Früher war er mal Handballspieler.«

»Seine Augenfarbe?«

»Blau. Hellblau. Ein richtig kaltes Blau, hat Fabienne immer gesagt.«

»Haarfarbe?«

»Dunkelbraun. Auf den Fotos, die ich gesehen habe, wirkten sie fast schwarz. Glatt, er trug sie immer kurz geschnitten. Zeitweise ließ er sich ein Oberlippenbärtchen wachsen.« Freddy erinnerte sich an ein entsprechendes Strandfoto irgendwo an der Côte d'Azur.

»Das kann sich natürlich geändert haben. Hat Ihre

Freundin irgendwelche besonderen Kennzeichen erwähnt? Sichtbare Narben, Tätowierungen, Ohrringe?«

»Ich kann mich nicht erinnern, dass Fabienne irgendwas in der Art gesagt hat.«

»Persönlich sind Sie ihm nie begegnet?«

Freddys Gesicht verhärtete sich. Heftiger als beabsichtigt sagte er:

»Bis jetzt leider nicht. Aber ich schwöre Ihnen, *Commissaire*, wenn ich den Kerl je in die Finger bekommen sollte –«

Florence unterbrach ihn und hob beruhigend die Hand.

»Ja, ja, schon gut, Monsieur Martin. Ich kann durchaus verstehen, wie Ihnen zumute ist.« Sie rief sich den Anblick des bleichen, in Schmerz erstarrten Gesichtes von Fabienne Bartholémy ins Gedächtnis. Ihr gewaltsamer Tod erschien so sinnlos, so willkürlich und brutal. Jeder an Freddy Martins Stelle hätte ähnliche Gefühle wie er. Dennoch fuhr Florence fort: »Aber von Selbstjustiz halte ich nicht sehr viel.«

Freddy schluckte und wischte sich mit dem Handrücken über die verschwitzte Stirn.

»Fällt Ihnen sonst noch irgendetwas ein?«

»Im Moment leider nicht.«

»Gut, dann danke ich Ihnen, Monsieur. Die Angaben über seine Körpergröße und seine Augenfarbe sind auf alle Fälle hilfreich.«

Freddy nickte, warf noch einen Blick in die Runde und verließ das Büro.

Es lag ein Schweigen im Raum. Zwei Gendarmen trugen einen großen Fernsehapparat herein und schlossen ihn an. Sie stellten den Sender France 3 ein, wo ein Schwarzweißfilm über Jazzmusik lief.

Der Krankenhausdirektor drückte hektisch seine Zigarette aus. Der Aschenbecher vor ihm auf dem Tisch war bereits voller Kippen. Léo Lemoine, der Polizeipsychologe, hatte seine Brille abgesetzt und machte sich einige Notizen in eine dicke, abgewetzte Kladde. Dr. Carpentier biss aus Nervosität an seinem linken Daumennagel herum. Irgendwann hatte er einen großen Klecks Kaffee auf sein hellblaues, kurzrärmeliges Hemd verschüttet. Der Fleck befand sich direkt über dem Herzen und war längst angetrocknet. Der Präfekt wählte wiederholt eine Nummer auf seinem Handy, doch am anderen Ende der Leitung schien ewig besetzt zu sein. Einige der Gendarmen schenkten sich Kaffee oder Mineralwasser ein. Auch ein Großteil der Sandwichs hatte inzwischen Abnehmer gefunden.

Hauptmann Atlan saß mit aufgestützten Ellbogen in Pônelles Schreibtischsessel. Hin und wieder musterte er Florence. Wenn sie seinen Blick erwiderte, sah er rasch zur Seite. Hatte er irgendetwas vor? Wollte er die Abmachung, die zwischen allen Beteiligten getroffen worden war, eigenmächtig torpedieren? Florence hoffte, dass es nicht so war. Immerhin begab sie sich in akute Lebensgefahr, wenn sie gleich auf die Station ging. Da musste auf alle Kollegen hundertprozentig Verlass sein. Atlans Leute durften nur eingreifen, wenn es keine andere Möglichkeit gab und die Situation auf der Station aus den Händen zu gleiten drohte. Im Krisenstab war alles nochmals durchgegangen und genauestens abgesprochen worden. Hauptmann Atlan hatte Florence versichern müssen, auf keinen Fall vorzeitig loszuschlagen, sondern erst abzuwarten, wie sich die Dinge entwickelten. Auch Atlans Vorschlag, die Scharfschützen so zu postieren, dass sie in dem Moment die Station stürmten, wenn der Geiselnehmer die Tür öffnete, um die »Journalisten« hereinzulassen, war verworfen worden. Niemand wusste, ob der Mann tatsächlich allein war. Wenn er sich hinter der Korridorkurve verschanzt hatte, würde er noch einige Geiseln töten können, bevor die Scharfschützen ihn erledigten. Solange die Sendung lief und es den Anschein hatte, dass der Geiselnehmer danach mit der Million die Flucht antreten wollte, sollte stillgehalten werden.

»Und wenn nicht?«, hatte Atlan eingeworfen. »Wenn die Sendung aus irgendeinem Grund unterbrochen wird und wir hier unten nicht wissen, was sich bei Ihnen da oben abspielt?«

Daraufhin hatte der Präfekt kategorisch gesagt:

»Dann wird der 6. Stock gestürmt, und die Scharfschützen treten in Aktion. Die Verantwortung dafür übernehme ich.«

Florence hatte vehement den Kopf geschüttelt.

»Dazu wird es hoffentlich nicht kommen! Deswegen wollen der Leutnant und ich ja auf die Station, um genau das zu verhindern!«

Leutnant Julien, der am geöffneten Fenster stand und eben dem Gespräch zwischen Freddy und Florence aufmerksam gefolgt war, straffte sich und blickte auf seine Uhr. Er wirkte tatendurstig und dynamisch.

»Gleich eins«, sagte er und drückte probehalber sein rechtes Auge ans Okular der Fernsehkamera, die er wie ein Profi geschultert hatte. Er richtete sie auf die Anwesenden, drehte ein paar Mal am Schärfenregler, dann nahm er die Kamera herunter und stellte sie auf den Tisch, wo auch der Koffer mit dem abgezählten Geld lag.

Florence versuchte, ihre innere Anspannung unter Kontrolle zu bringen. Wie lange dauerte es noch, bis die Liveschaltung bei France 3 stand? Auf keinen Fall durfte der Geiselnehmer misstrauisch werden. Oder war er das bereits? Merkwürdig, wie bereitwillig er letzten Endes auf Florences Vorschlag eingegangen war! Was hatte er vor? Mit Sicherheit würde er sich nicht so leicht überrumpeln lassen. Doch welche Wahl hatte die Polizei in dieser Situation? Keine. Dieses Spiel musste zu Ende gespielt werden. Erst am Schluss würde man sehen, wer tatsächlich die besseren Karten hatte. Und wie dann die endgültige Bilanz aussehen würde. Florence verdrängte diesen Gedanken. Zwei Tote und ein angeschossener Schwerverletzter … Konnte es noch schlimmer kommen? Noch immer bemühten sich die Ärzte im OP um das Leben des Krankenpflegers.

Florence schloss einen Moment die Augen und dachte an Cathérine. Sie sah deren ebenmäßiges, schmales Gesicht vor sich, die spöttisch lächelnden Lippen, die blonden Haare, ihre Augen, von denen man nie wusste, ob sie blau oder grün waren. Augen, in die sie sich verloren hatte, damals, im ersten Sommer …

Unwillkürlich huschte ein Lächeln über Florences Gesicht. Sie spürte ihre Liebe zu Cathérine wie einen mächtigen Impuls, der ihr die Kraft geben würde, jeglicher Gefahr zu trotzen. Auch Cathérine war in diesem Augenblick mit all ihren Gedanken bei ihr, dessen war sich Florence gewiss. Wahrscheinlich wusste sie um die Todesgefahr, in die sich Florence in wenigen Minuten begeben würde.

Plötzlich wurde die Tür geöffnet, und Eliane LeRosier, in Begleitung ihres Kameramannes und ihres Technikers, betrat den Raum. Sie machte einen gehetzten Eindruck und sah irgendwie aufgelöst aus. Ihr sorgfältig aufgetragenes Make-up war unter den Augen leicht verschmiert, ihr T-Shirt verschwitzt.

»Es kann losgehen«, sagte sie. »Die Leitung ist angemeldet. Das Kabel liegt bereit. Einer der Scharfschützen hat es in den 6. Stock gebracht. Von dort kann es dann abgerollt werden. Durchs Fenster, durch die Tür, je nachdem.«

Im 5. Stock des Treppenhauses hatten sich die Scharfschützen postiert und die Gendarmen, die sich anfangs dort aufhielten, abgelöst. Bewegungslos, die Präzisionsgewehre im Anschlag, knieten sie an den Treppenabsätzen. Schwarze Skimasken verdeckten ihre Gesichter. In ihren anthrazitfarbenen Kampfanzügen sahen sie aus wie Spezialagenten in einem amerikanischen Actionfilm. Von draußen fiel der schwache Schein der Straßenbeleuchtung. Als Florence und der Leutnant an ihnen vorbeigingen, tänzelten ihre Schatten schmal und übergroß über die Stufen, verschmolzen auf der weißen Wand miteinander, lösten sich wieder.

Im 6. Stock schaltete Florence die Treppenhausbeleuchtung ein. Vor der Tür lag das zusammengerollte, fingerdicke Kamerakabel.

Aus der Tür zur Intensivstation fiel unvermindert der düstere, matte Lichtschein, den Florence schon zuvor bemerkt hatte. Von irgendwoher erklang ein leichter Summton, der in der Stille des Treppenhauses anzuschwellen schien. Leutnant Julien blieb einen Moment stehen und lauschte. Dann deutete er auf die Tür zum OP. Das Geräusch kam vermutlich von dort.

Jetzt standen sie vor der Tür der Intensivstation. Florence holte tief Luft und umklammerte den Geldkoffer. Der Leutnant hob den Daumen seiner rechten Hand, das Zeichen für gutes Gelingen. Lässig schulterte er die Kamera. Entschlossen klopfte Florence an die Glastür. Gleichzeitig sagte sie laut und deutlich:

»Monsieur? Hier ist Christine Duvall von France 3. Mein Kameramann und ich stehen vor der Tür der Intensivstation. Wir sind allein, und wir haben das Geld dabei!«

Es rührte sich nichts. Erneut pochte Florence gegen die Scheibe.

»Hallo? Können Sie mich hören? Wir stehen hier draußen, direkt vor der Tür, und wir sind allein!«

Stille. Leutnant Julien zuckte ratlos mit den Schultern und flüsterte Florence zu:

»Wieso macht er nicht auf?«

»Keine Ahnung.« Florence hatte ihre Stimme ebenfalls gesenkt. Wiederum klopfte sie an die Tür.

In dem Moment öffnete sie sich wie von Geisterhand. Niemand war zu sehen. Florence, die sich die Räumlichkeiten auf der Station anhand der Pläne und Beschreibungen genauestens eingeprägt hatte, starrte auf den halbdunklen Flur, der nach wenigen Metern scharf nach rechts abbog.

»Können wir hereinkommen?«, rief sie nochmals. »Wir sind die Reporter, die Sie angefordert haben.«

Eine bellende Stimme ertönte, die Stimme des Mannes, der sie angerufen hatte.

»Kommt rein. Aber ganz langsam! Vor der Kurve bleibt ihr stehen. Falls ihr irgendwelche Scharfschützen im Schlepptau habt, ist jetzt die letzte Gelegenheit, dass sie sich zurückziehen. Nur ihr beiden kommt auf die Station, und ihr bringt das Kabel mit. Habe ich mich klar genug ausgedrückt?«

»Ja!«, antwortete Florence und gab dem Leutnant ein Zeichen. Beide packten die Kabelrolle und betraten den Korridor. Nach wenigen Schritten schloss sich die Tür hinter ihnen. Florence wusste sofort, dass sie mit einer Fernbedienung geöffnet und geschlossen worden war. Eine Fernbedienung, deren Sensoren die Wände durchdringen konnten. Vor der Badezimmertür, die rechter Hand lag, hielten sie inne und warteten.

Jetzt erblickte Florence die beiden großen Spiegel. Sie lehnten an der Schmalseite der Wand, genau gegenüber der

Eingangstür. Der Geiselnehmer konnte von seiner Position hinter der Korridorkurve deutlich sehen, wie viele Menschen hereingekommen waren.

»Stecken Sie das Kabelende, das in den Ü-Wagen kommt, durch das Einschussloch in der Tür, und schieben Sie das gesamte Kabel nach draußen. Das andere Ende, das in die Kamera kommt, stöpseln Sie in die Kamera.«

Der Leutnant befolgte die Anweisung. Kurz darauf hörte Florence die Stimme des Geiselnehmers, der über sein Handy mit dem Büro des Krankenhausdirektors telefonierte.

»Das Übertragungskabel liegt im 6. Stock vor der Eingangstür. Ihr könnt es holen und im Ü-Wagen anschließen.« Das Gespräch war beendet, und der Geiselnehmer rief den beiden Polizisten zu:

»Und ihr da vorn geht langsam weiter. Schön langsam, und keine falschen Bewegungen! Wenn ihr irgendwelche Tricks auf Lager habt, knalle ich die Ärztin ab. Meine Waffe ist genau auf ihre Schläfe gerichtet.«

Florence und Leutnant Julien tauschten einen kurzen Blick und setzten sich in Bewegung. Vorsichtig zog Julien das Kamerakabel nach.

»Wir sind jetzt an der Kurve«, sagte Florence und sah ihre Gestalt und die des Leutnants in den Spiegeln. Hatte der Mann sie in den Toiletten oder im Badezimmer abmontiert? »Wir können auf Sendung gehen, sobald wir unten verkabelt sind.«

Mit langsamen Schritten bewegten sie sich vorwärts, bogen um die Kurve und konnten den gesamten Korridor mit den beiden Überwachungsplätzen und den dahinter liegenden Patientenzimmern überblicken.

Am Überwachungsplatz 2, an der Stirnseite des Raumes vor den Patientenbetten 3, 5 und 6, stand ein Mann. Er trug eine Skimaske und war allein. Er hatte Dr. Cotisson gegen die Wand gedrückt und hielt ihr seinen Revolver an die Schläfe. Florence sah, dass die Ärztin mit geschlossenen Augen dastand. Ihre Hände waren mit Leukoplast auf dem Rücken gefesselt. Alles Blut war aus ihrem Gesicht gewichen. Der Mund hatte sich schmerzverzerrt nach unten gezogen. Hin und wieder bewegten sich ihre Lippen, als wolle sie etwas sagen. Doch sie wirkte vollkommen apathisch, schien jeglichen Kontakt zur Außenwelt verloren zu haben. Nahm sie überhaupt wahr, dass zwei Menschen auf die Station gekommen waren? Hatte sie sich und die anderen bereits aufgegeben? Welches Martyrium mussten sie und die anderen Geiseln in den letzten Stunden durchgemacht haben!

Florence spürte, wie ein unbändiger Zorn in ihr aufstieg. Am liebsten hätte sie sich sofort auf den Mann gestürzt und dem Ganzen hier oben ein Ende bereitet. Doch sie musste sich zusammenreißen. Hier war etwas anderes gefragt, ein Gebiet, auf dem Florence Neuling war: schauspielerisches Talent und die kühle Professionalität einer Fernsehreporterin.

Die angetrocknete Blutlache vor der Tür zum Schwesternzimmer stach als Nächstes ins Auge.

»Halt!« Die schneidende Stimme des Geiselnehmers riss Florence aus ihren Gedanken. »Machen Sie den Geldkoffer auf, und zeigen Sie mir den Inhalt!«

Damit hatte Florence gerechnet. Der Geiselnehmer würde nicht das Risiko eingehen, den Koffer selbst zu öffnen, und sich der Gefahr einer möglicherweise darin enthaltenen Sprengladung aussetzen.

Florence bückte sich, stellte den Koffer flach auf den Boden und öffnete ihn. Sauber gebündelt lagen die Geldscheine darin verstaut.

»Gut. Und jetzt nehmen Sie die einzelnen Packen raus, und legen Sie sie neben den Koffer.«

Florence befolgte die Anweisung. Kurz darauf lagen vierundsiebzig Geldpacken auf dem Steinfußboden, in einer Stückelung von Fünfhundert-, Zweihundert- und Hundertfrancscheinen.

»Drehen Sie den Koffer um. Schütteln Sie ihn. Und jetzt klopfen Sie kräftig von innen und außen auf den Boden des Koffers.«

Nachdem Florence auch diesen Aufforderungen des Geiselnehmers nachgekommen war, schien er zufrieden.

»Okay. Und jetzt packen Sie die Scheine wieder zurück und schließen den Koffer. Schieben Sie ihn anschließend zu mir herüber.«

Die ganze Aktion hatte nicht länger als zwei Minuten gedauert. Als Florence dem Geldkoffer einen kräftigen Schubs gab, landete er direkt vor dem Überwachungsplatz 2, wo er vorerst liegen blieb. Florence erhob sich aus ihrer hockenden Stellung, tauschte einen kurzen Blick mit Leutnant Julien und wartete, wie es weitergehen würde.

Auf dem Counter des Überwachungsplatzes stand ein kleines Fernsehgerät. Es war eingeschaltet. Über einem Nachspannrolltitel lag leise Jazzmusik. Jetzt wurde der Nachspann abrupt ausgeblendet.

Der Maskierte warf einen schnellen Blick auf den Bildschirm und stellte den Ton lauter. Ein Moderator von France 3 erschien im Bild.

»Meine Damen und Herren, aufgrund außergewöhnlicher Umstände ändern wir nun unser Programm. In Nîmes hat heute Nacht im Krankenhaus Louis Pasteur eine Geiselnahme stattgefunden. Einem unbekannten Mann ist es gelungen, die Intensivstation in seine Gewalt zu bringen. Er fordert unter anderem die Ausstrahlung eines Livestatements auf France 3. Vor Ort befindet sich unsere Reporterin Christine Duvall, die Sie über alles Weitere informiert. Wir schalten jetzt um nach Nîmes.«

»Na also«, sagte der Geiselnehmer selbstgefällig, und es klang so, als hätte er unter seiner Maskierung ein breites Grinsen aufgesetzt. »Wer sagt's denn!«

Mit einem Ruck ließ er die Ärztin los, die kraftlos in sich zusammensackte und mit einem dumpfen Aufprall hinter dem Counter verschwand. Der Maskierte kam ein paar Schritte auf Florence und den Leutnant zu, den Revolver auf sie gerichtet. Soweit Florence sehen konnte, handelte es sich dabei um einen 38er Spezial Smith & Wesson. Er bückte sich rasch, hob den Geldkoffer auf und stellte ihn neben den Counter.

Etwa vier Meter von Florence und Julien entfernt blieb der Mann stehen. Er war wesentlich größer und schlanker als Freddy Martin. Mit seinen eisblauen Augen musterte er sie feindselig, abschätzend, aber gleichzeitig auch triumphierend. Augen wie die von Antoine Villeneuve, so schien es Florence, doch eine völlig andere Statur. Oder hatte sich Freddy Martin in seiner Beschreibung geirrt? Wer war der Mann? War es Antoine Villeneuve, der Exehemann der erschossenen Krankenschwester? Dieser Mann folgte einem genau durchdachten Plan, um sein Ziel zu erreichen. Was war sein Ziel? Das Fernsehstatement? Das Geld? Dass er sich mit der geringen Summe von einer Million zufrieden geben sollte, erschien Florence unwahrscheinlich. Irgendetwas hatte der Maskierte noch vor, aber was? Florence ließ sich ihre kurze Irritation nicht anmerken und lächelte. Gleichzeitig gab sie Leutnant Julien ein Zeichen.

»Bist du so weit, Thierry? Ich glaube, wir sind auf Sendung. Ton und Kamera ab!«

Leutnant Julien, der sich im Treppenhaus noch rasch einen Kaugummi in den Mund geschoben hatte, um besonders locker zu wirken, lächelte und schaltete die Geräte ein.

»Moment!« Die Stimme des Fremden klang schneidend. »Nicht so schnell!«

Mit zwei Schritten war er bei Florence, packte sie, drückte sie mit dem Gesicht zur Wand, hielt ihr den Revolver in den Nacken und tastete ihren Körper rasch und routiniert nach Waffen ab. Dabei ließ er Julien, der sein Auge aufs Okular der Kamera gedrückt hatte, nicht aus den Augen. Florence musste sich zwingen, sich nicht reflexartig zu wehren. Mit der Waffe im Genick hätte sie ohnehin keine Chance gehabt. Stattdessen lachte sie entspannt.

»Okay, schon gut, Monsieur. Geht's auch ein bisschen sanfter?«

Der Mann stieß sie zurück in die Mitte des Flurs. Aus den Augenwinkeln sah Florence, dass die Tür zum Schwesternzimmer offen stand. Doch sie konnte nicht sehen, ob sich jemand im Raum befand. Wo war Francis Picard, der Assistenzarzt?

»Jetzt Sie!«, sagte der Geiselnehmer zu Julien. »Stellen Sie die Kamera auf den Fußboden und kommen Sie her.«

Der Leutnant tat wie ihm geheißen, ließ die Kamera jedoch eingeschaltet.

»Los, die Hände flach gegen die Wand. Beine auseinander grätschen!«

Der Lauf des Revolvers bohrte sich kalt in seinen Nacken, als der Maskierte ihn ebenfalls nach Waffen abtastete. Auch Julien hatte keine Chance, jetzt einzugreifen und den Mann zu überwältigen.

Florence lenkte ihre Blicke Richtung Krankenbetten. Sämtliche Patienten schienen ruhig zu sein. Schliefen sie? Waren sie versorgt worden? Die Tatsache, dass die Ärztin gefesselt am Boden lag, schien das Gegenteil zu beweisen.

Waren einige von ihnen bereits tot? Florence spürte, wie ihr der Schweiß ausbrach. Als sie den scharfen Blick des Geiselnehmers bemerkte, gab sie sich unbefangen.

Wenn ich das hier einigermaßen durchstehe, dachte sie mit einem Anflug von Zynismus, sollte ich mich für eine Hauptrolle im Fernsehen bewerben. Das ist erstens besser bezahlt und zweitens nicht halb so gefährlich wie der Job einer Kriminalkommissarin …

»Okay«, sagte der Maskierte und trat einige Schritte zurück. »Jetzt können wir anfangen.«

Julien hob die Kamera auf und setzte sie mit einem Schwung auf die Schulter.

23

Cathérine Volet stand in der geräumigen Küche und betätigte die Espressomaschine. Heiß und schwarz strömte der Kaffee in die kleine Tasse. Cathérine stellte sie auf ein silbernes Tablett, auf dem bereits ein Teller mit einem Tomaten-Avocado-Sandwich stand. Sie nahm das Tablett, löschte das Licht und ging durch die Halle zurück in die Bibliothek.

Noch immer waren die Fenster weit geöffnet. Wie spät mochte es sein? Cathérine blickte auf ihre Uhr. Gleich halb zwei. Einige Nachtfalter schwirrten um die Lampe über dem großen Esstisch. Auch das Licht der Stehlampe neben dem Fernsehapparat hatte zahlreiche Insekten angezogen.

Der Fernsehapparat war eingeschaltet. Um sich die Zeit in dieser Nacht zu vertreiben und nicht ständig auf das Läuten des Telefons zu warten, hatte Cathérine sich auf France 3 einen Film über amerikanische Jazzmusik der dreißiger Jahre angesehen. Ein interessanter Bericht mit Einspielungen der wichtigsten Livekonzerte der damaligen Zeit. Schade, dass solche Dokumentationen immer nur zu sehr später Stunde im Fernsehen ausgestrahlt wurden!

Cathérine stellte das Tablett ab und setzte sich in den bequemen Ledersessel, ihren Lieblingsplatz in der Bibliothek. Sie hatte Hunger. Sie biss in ihr Sandwich und trank einen kleinen Schluck Kaffee.

Aus dem Fernseher, den sie vor ihrem Gang in die Küche nicht abgeschaltet hatte, erklang eine merkwürdige Geräuschkulisse. Undeutlich waren Stimmen zu vernehmen, dann Störgeräusche, wie das Schaben von Plastik auf Stein. Cathérine blickte auf den Bildschirm. Sie sah ein Stück Steinfußboden, helle, große quadratische Fliesen. Ein Paar Füße gingen durchs Bild, die Füße eines Mannes. Weiße Turnschuhe waren zu sehen und die Hosenbeine von Jeans. Dann sah Cathérine ein weiteres Paar Füße, sie steckten barfuß in hellgrauen Wildlederslippern. Die Slipper waren auf der Oberseite mit einer lila Rosette verziert.

Schuhe, die Cathérine kannte. Sie gehörten ihrer Freundin Florence Labelle.

Die Füße gingen rasch aus dem Bild, und die Kamera verweilte erneut auf dem leeren Steinfußboden.

Cathérine stellte den Teller mit dem Sandwich auf ein Tischchen neben dem Sessel und starrte auf den Bildschirm. Sie fühlte ihr Herz bis zum Hals klopfen. Was sollte das bedeuten, was war das für eine Sendung? Erneut hörte sie Stimmen, doch sie waren zu weit weg und klangen blechern.

Plötzlich wurde die Kamera bewegt, vom Fußboden hochgerissen. Sie schwenkte unscharf hin und her, nichts war zu erkennen. Dann pendelte sich das Bild wieder ein und wurde scharf. In einer nahen Einstellung sah man eine Frau: Es war Florence. Sie blickte direkt in die Kamera.

»Ich bin Christine Duvall von France 3 und befinde mich gerade auf der Intensivstation des Krankenhauses Louis Pasteur in Nîmes. Ein unbekannter Mann ist am Abend hier eingedrungen und möchte über unseren Sender eine Erklärung abgeben. Im Interesse der Kranken und des Pflegepersonals, die hier oben als Geiseln gehalten werden, kommen wir diesem Wunsch nach.«

Florence drehte sich nach links.

»Bevor ich Ihnen nun Gelegenheit gebe, eine Erklärung

abzugeben, Monsieur«, fuhr sie fort, »möchte ich Ihnen kurz ein paar Fragen stellen.«

Während der letzten Worte schwenkte die Kamera nach rechts und rückte einen Mann ins Bild. Er hatte eine schwarze Wollmaske übers Gesicht gestülpt, trug sportliche Sommerkleidung und hielt einen Revolver in der Hand, mit dem er Florence bedrohte.

Cathérine war aufgesprungen.

»Christine Duvall? France 3? Du meine Güte!«, sagte sie laut. »Das gibt es doch nicht ...« Starr vor Schreck ließ sie sich zurück in den Sessel fallen und blickte wie gebannt auf den Bildschirm.

In dem Moment wurde an die Tür geklopft.

»Herein!«, rief Cathérine, ohne den Kopf zu drehen.

Es war Cathérines Haushälterin Emmanuelle.

»Ich habe eben noch Licht in der Küche gesehen, Madame, und wollte nur fragen, ob es etwas Neues ...«

Mit einer heftigen Bewegung der Hand unterbrach Cathérine sie.

»Wecken Sie sofort Madame de Pousset, Emmanuelle! Anscheinend übertragen sie die Geiselnahme im Fernsehen. Das ist doch ungeheuerlich ...« Sie brach ab und griff nach einer Packung Zigaretten. Ihre Finger zitterten, als sie sich eine anzündete.

Emmanuelle, die das Geschehen auf dem Bildschirm von der Tür aus verfolgen konnte, schlug vor Schreck beide Hände vors Gesicht. Soeben schwenkte die Kamera zurück zu Florence.

»O mein Gott«, flüsterte Emmanuelle. »Die Kommissarin!«

»Na los, Emmanuelle, holen Sie Madame de Pousset! Meinetwegen auch die deutschen Gäste draußen im Wohnmobil. Wer weiß, was das Ganze zu bedeuten hat!«

Hastig schlug Emmanuelle die Tür zu. Auf dem Bildschirm stellte Florence Labelle alias Christine Duvall die erste Reporterfrage.

In der großen Abflughalle des Flughafens Orly drängten sich die Menschen. Einige hatten es sich, so gut es ging, auf den Wartesitzen bequem gemacht und schliefen. Andere lagerten auf dem Boden. Ein paar Männer waren betrunken und randalierten. Bier- und Champagnerflaschen kreisten. Wildfremde Menschen hatten sich verbrüdert und feierten den Sieg ihrer Mannschaft. Auch Frauen und Kinder bevölkerten die Halle. Die meisten Passagiere waren wegen des Endspiels in Paris gewesen. Jetzt warteten sie auf die ersten Maschinen, die nicht vor sechs Uhr früh starten würden. Man sah französische Fahnen, auch einige brasilianische. Sicherheitsbeamte mit Schäferhunden patroullierten. Vereinzelt kontrollierten sie Ausweise und Gepäckstücke. Hin und wieder wurde ein grölender Betrunkener abgeführt.

Unterhalb der riesigen Anzeigetafel mit den Abflug- und Ankunftszeiten der Maschinen befand sich eine Großbildleinwand. Hier hatten die wartenden Passagiere am Abend das Endspiel der Fußballweltmeisterschaft verfolgen können. Danach brachten die Sender Liveschaltungen nach Paris, wo Hunderttausende auf den Straßen feierten, sowie kurze Unterhaltungssendungen. Irgendwann war auf France 3 geschaltet worden, wo eine Dokumentation über Jazzmusik der dreißiger Jahre ausgestrahlt wurde.

Jetzt lief etwas gänzlich anderes.

Mit aufgerissenem Mund blickte Inspektor Alain Roche auf die Leinwand. Mit einem Mal war er hellwach. Die letzten Stunden hatte er erlebt wie einen schlechten Traum, aus dem man endlich erwachen möchte. Völlig zerschlagen und ausgelaugt hatte er sich gefühlt. Immer und immer wieder sah er den leblosen Körper seines Freundes Jean-Michel in den Katakomben, hörte das Brausen der Menge im Stadion. Als er jetzt das unglaubliche Geschehen im Fernsehen verfolgte, waren diese Bilder mit einem Mal wie ausgelöscht.

Ein Irrtum war ausgeschlossen. Dort auf dem Bildschirm sprach Alain Roches vorgesetzte Kommissarin und gab sich als Fernsehreporterin aus. Der Maskierte, den sie interviewte, war anscheinend der Kerl, der auf die Intensivstation eingedrungen war. Ein paar Mal hatte Alain natürlich im Lauf der Nacht an die Vorkommnisse in Nîmes denken müssen. Das konnte gar nicht ausbleiben nach dem Anruf der Kommissarin. Immerhin musste er sich aufgrund der Ereignisse den Rest der Nacht auf dem Flughafen um die Ohren schlagen, um gleich die erste Frühmaschine nach Nîmes zu nehmen. Auch Marie-Frances Gesicht hatte er flüchtig vor seinem inneren Auge gesehen und sich gewundert, wie unberührt ihn der Gedanke an sie und ihr Schicksal ließ.

»Wie geht es den Kranken?«, fragte Florence in diesem Moment. Die Kamera rückte sie groß ins Bild. »Haben Sie dem ärztlichen Personal erlaubt, sie entsprechend zu betreuen und medizinisch zu versorgen?«

Das Gesicht des Geiselnehmers war unter der Maske nicht zu erkennen. Seine Augen blickten hell und stechend und passten irgendwie nicht zum dunklen Teint seiner nackten Arme. Er hielt einen Revolver in der ausgestreckten Hand und antwortete auf Florences Frage:

»Den Geiseln geht es gut, aber das kann sich bald ändern, wenn die Polizei irgendwelche Tricks versucht.«

Die Kamera schwenkte zurück zu Florence.

»Hat es nicht schon Todesfälle gegeben?«

»Kein Kommentar!« Die Stimme des Mannes klang ungehalten.

»Ich sehe, dass Sie Dr. Cotisson, die Stationsärztin, gefesselt haben. Sie kann sich nicht auf den Beinen halten. Anscheinend geht es ihr sehr schlecht. Was ist mit den anderen?«

Der Mann trat einen Schritt auf Florence zu und hielt ihr den Revolver direkt auf die Brust. Die Kamera folgte seinen Bewegungen. Das Bild wurde unscharf, dann zog der Kameramann hastig die Schärfe nach.

»Schluss jetzt«, bellte der Maskierte. »Hören Sie auf mit dem Gequatsche. Deshalb habe ich Sie nicht herbestellt!«

Alain rutschte auf die Kante seines Sessels und konnte es nicht glauben.

»Verdammt nochmal!«, sagte er laut und fuchtelte mit den Armen. »Machen Sie den Kerl endlich fertig, *Patron*! Ihr seid doch zu zweit!« Längst war ihm klar, dass der Mann hinter der Kamera ebenfalls ein Polizeibeamter sein musste und dass Florence und er nur auf eine Gelegenheit warten, um einzugreifen.

Einige Menschen drehten sich nach Alain um, lachten, schüttelten erstaunt die Köpfe und wandten sich dann wieder dem Geschehen auf dem Bildschirm zu.

Jetzt zeigte die Kamera, wie der maskierte Mann ein paar Schritte durch den Raum ging. Vor einer Art Theke, auf der ein kleiner Fernsehempfänger stand, blieb er stehen. Das Fernsehbild dort zeigte dieselben Bilder wie die Großbildleinwand im Flughafen Orly.

»Okay«, sagte der Mann. »Sie bleiben so lange auf Sendung, wie ich es sage. Ich möchte eine Erklärung abgeben.«

Mit dem Zeigefinger der linken Hand winkte er den Kameramann heran.

»Kommen Sie mit der Kamera etwas näher. Halt, stopp!

Und Sie bleiben stehen, wo Sie sind.« Damit war offenbar Florence gemeint, die im Moment nicht im Bild zu sehen war. »Zoomen Sie schön nah ran. Ich will eine Großaufnahme.« Der Geiselnehmer stellte sich so hin, dass er sowohl seinen Fernsehmonitor als auch Florence jederzeit im Blick behielt.

Mit einem tiefen Seufzer, der seine ganze Anspannung zum Ausdruck brachte, lehnte sich Alain im Sessel zurück.

»*Was* will er, eine Großaufnahme?«, schnaubte Hauptmann Atlan wütend und ließ seine Faust auf die Platte des Konferenztisches sausen. Einer der Pappbecher kippte um, zum Glück war er leer. »Sonst noch was, Monsieur?«

Erregt stand Atlan auf und ging zum offenen Fenster. Er hielt sein Gesicht in den lauen Nachtwind und sagte, ohne sich umzudrehen:

»Warum greifen wir nicht endlich ein, *Monsieur le Préfet*? Und beenden diese unsägliche Farce da oben! Er hat Dr. Cotisson gefesselt und wahrscheinlich auch misshandelt! Von Dr. Picard ist nichts zu sehen. Womöglich ist er bereits tot!«

Der Präfekt antwortete nicht. Wortlos starrte er auf den Bildschirm, wo Leutnant Julien in seiner Funktion als Kameramann gerade an das Gesicht des Geiselnehmers heranzoomte.

Dr. Carpentier strich sich die verschwitzten Haare aus der Stirn und suchte verzweifelt Blickkontakt mit dem Krankenhausdirektor. Der Polizeipsychologe schüttelte den Kopf und machte damit deutlich, was er von Atlans neuerlichem Versuch, die Station zu stürmen, hielt. Inspektor Burgio, der vor drei Jahren nach etlichen Anläufen mit dem Rauchen aufgehört hatte, griff nun, nachdem er die ganze Nacht der Versuchung widerstanden hatte, nach Direktor Pônelles Zigarettenschachtel. Als er den ersten, tiefen Zug inhalierte, wurde ihm schwindelig. Dr. Brochet, der Gerichtsmediziner, hatte seine vorläufige Inaugenscheinnahme von Fabienne Barthołémys Leiche abgeschlossen und saß inzwischen ebenfalls im Raum.

Atlan drehte sich um und wartete auf eine Antwort. Sie blieb weiterhin aus. Mit wenigen Schritten war der Hauptmann wieder am Tisch und beugte sich zu Desgranges.

»Wissen Sie, was übermorgen in den Zeitungen steht? Dass die Verantwortlichen hier in Nîmes sich wie blutige Anfänger bei dieser Geiselnahme verhalten haben! Die Presse wird uns zerreißen. Sie auch, Monsieur! Und wie der Innenminister reagieren wird, wage ich mir gar nicht vorzustellen.«

»Hören Sie endlich auf, *Capitaine*!« Die Stimme des Präfekten klang schneidend. Zum ersten Mal in dieser Nacht verlor er die Beherrschung. »Es gibt eine klare Absprache. Sie greifen erst ein, wenn wir keine Bilder mehr von der Station empfangen und annehmen müssen, dass es eine akute Gefahrensituation gibt. Habe ich mich deutlich ausgedrückt?«

Atlan presste seine Lippen zusammen und wollte etwas erwidern. Doch er unterließ es. Er schenkte sich einen Becher Kaffee ein und lehnte sich an die Kante von Pônelles Schreibtisch.

Im Raum herrschte betretenes Schweigen, das jetzt durch die Worte des Geiselnehmers unterbrochen wurde. Die Kamera hatte ihn groß im Bild. Der Mann sprach langsam, und es hörte sich an, als grinse er unter seiner tarnenden Skimaske.

»Ich werde Ihnen nicht verraten, wer ich bin. Noch nicht! Das mache ich erst ganz zum Schluss, wenn ich gesagt habe, was ich sagen will.«

Es war eine lange Nacht gewesen, und sie war noch nicht zu Ende. Zwei Einsätze allein während des Fußballfinales. Ein Wohnungsbrand, den sie schnell unter Kontrolle gebracht hatten, und ein Selbstmord. Ein Mann wollte sich aus dem Fenster seiner Wohnung im 7. Stock eines Neubaus am Rande der Stadt stürzen. Kurz bevor die Feuerwehr eintraf, sprang er dann in die Tiefe. Wie seine Frau erzählte, litt er seit Jahren unter Depressionen. Eine halbe Stunde nach Ende des Spiels dann ein schwerer Autounfall, wenige Kilometer vor der Ausfahrt Nîmes-Marguerites. Bei einem Überholmanöver war ein mit vier Jugendlichen besetzter PKW gegen die Leitplanke gerast. Drei der Insassen verstarben noch an der Unfallstelle, der vierte wurde mit schweren Verbrennungen per Hubschrauber in eine Spezialklinik nach Montpellier gebracht. Die Unfallstelle sah aus wie nach einem Bombenangriff. Bis alles geräumt war, die Polizeifahrzeuge und die Leichenwagen wegfuhren und die Autobahn wieder freigegeben werden konnte, vergingen mehr als zwei Stunden. Erst vor wenigen Minuten war das Einsatzteam auf die Feuerwache zurückgekehrt.

Gilles Caboche, Brandmeister bei der Berufsfeuerwehr in Nîmes, holte sich aus der kleinen Küche eine Tasse Kaffee und eines der dick mit Leberpastete belegten Brote, die seine Frau ihm für diese Nachtschicht mitgegeben hatte. Zwei weitere hob er sich auf, da er erfahrungsgemäß zwischen fünf und sechs Uhr morgens noch einmal richtig Hunger bekam.

Kurz vor zwei. Um sieben würde Schichtwechsel sein. Gilles Caboche strich sich über den akkurat gestutzten Vollbart und unterdrückte ein Gähnen. Hoffentlich kehrte jetzt ein bisschen Ruhe ein. Er könnte sich auf seine Pritsche legen und ein Nickerchen machen.

Im Bereitschaftsraum saßen seine Kollegen. Sie waren zu

viert für diese Schicht eingeteilt worden. Fernand, ein älterer Feuerwehrmann, meist wortkarg und verschlossen, saß am Tisch und löste ein Kreuzworträtsel. Arnaud, ein Afrikaner von der Elfenbeinküste, war Kettenraucher und zündete sich gerade eine neue Gitanes an. Lustlos blätterte er in einer alten Ausgabe von *Paris Match*. Pascal, der Jüngste von ihnen, stellte gerade den Fernsehapparat an. Er zappte durch ein paar Programme und schaltete dabei auf einen Sender, der einen Softporno brachte. Eine müde und verbraucht aussehende Blondine bewegte lustlos ihr halb nacktes Hinterteil, an dem sich ein dümmlich grinsender Mann mit langen Haaren zu schaffen machte. Nach der Frisur des Mannes zu schließen, stammte dieser Film aus den frühen siebziger Jahren.

Abwehrend und leicht genervt hob Gilles Caboche die Hand.

»Ach komm, Junge, verschone uns bloß damit! Bei dem Geturne kommt doch sowieso niemand in Fahrt. Such was Vernünftiges, oder mach die Kiste aus.«

Pascal schaltete weiter und landete bei France 3. Dort zoomte die Kamera gerade auf das maskierte Gesicht eines Mannes.

»Wenn ihr lieber 'nen Krimi sehen wollt, hier bitte«, sagte Pascal zu den anderen und schlurfte laut gähnend zurück zu seinem Stuhl. »Aber wenn der Film langweilig ist, hau ich mich lieber 'ne halbe Stunde hin.«

Gilles Caboche stellte seine Tasse auf den Tisch und wickelte das belegte Brot aus der Aluminiumfolie. Während er einen kräftigen Bissen nahm, blickte er mit zunehmendem Interesse auf den Mann mit der Skimaske, der jetzt anfing zu reden.

»Ich werde Ihnen nicht sagen, wer ich bin. Noch nicht ...«

»He!« Gilles legte das angebissene Brot auf den Tisch

und sah seine Kollegen entgeistert an. »Den kenne ich doch! Was ist denn das für 'ne Sendung?«

»Den kennst du?«, fragte Pascal erstaunt. »Seit wann bist du denn auf Du und Du mit irgendwelchen Schauspielern aus'm Fernsehen?« Pascal lachte und tippte sich an die Stirn.

»Halt mal die Klappe!« Gilles beugte sich vor und lauschte der Stimme des Mannes, der direkt in die Kamera blickte.

»… zum Schluss, wenn ich gesagt habe, was ich zu sagen habe.«

»Das gibt's doch nicht. Das ist Emile! Hundertprozentig! Das sind seine Augen. Und ich erkenne seine Stimme! Wieso hat er sich denn verkleidet, und was redet der da für ein Zeug!?«

»Emile?«, sagte Pascal gedehnt und blickte angestrengt auf das Fernsehbild. »Du meinst –«

»Ja genau! Das ist seine Stimme. Hörst du's nicht?«

Pascal schüttelte den Kopf.

»Eigentlich nicht. Vielleicht wegen der Skimütze. Wenn er's tatsächlich ist, was macht er dann im Fernsehen? Ich denke, er ist im Urlaub?!«

Gilles Caboche zuckte ratlos mit den Schultern. Wie hypnotisiert starrte er auf die Großaufnahme des Mannes, den er kannte.

Kein Zweifel, das war Emile.

24

Florence hatte sich nicht von der Stelle gerührt und damit den Anweisungen des Geiselnehmers Folge geleistet. Fieberhaft überlegte sie nun, wo Dr. Picard sein konnte. Im Schwesternzimmer war er nicht. Die Tür dort stand weit offen, keine Spur von dem Arzt. Die Türen der anderen Räume waren verschlossen: das Arztzimmer, der Geräteraum, die Küche. In einem dieser Räume musste er sein. Vielleicht hatte der Geiselnehmer ihn auch ins Bad oder in eine der Personaltoiletten geschafft, die sich in der Nähe der Eingangstür befanden. Lebte er noch?

Von Dr. Cotisson war ebenfalls nichts zu sehen. Immer noch lag sie hinter dem Counter von Überwachungsplatz 2. Hin und wieder waren aus dieser Richtung deutliche Stöhnlaute zu hören.

In diesem Augenblick ertönte an den beiden zentralen Überwachungsplätzen ein Alarmsignal.

Leutnant Julien, der die Kamera bis dahin ausgesprochen profimäßig bedient hatte, zuckte zusammen. Florence hielt den Atem an. Sie wusste, was dieses Signal zu bedeuten hatte.

Der Geiselnehmer, der gerade mit seinem Statement begonnen hatte, reagierte sofort. Mit einem Satz stand er hinter dem Counter des Überwachungsplatzes 2, ohne Florence und Julien aus den Augen zu lassen. Leutnant Julien war unschlüssig, was er machen sollte, und warf Florence einen fragenden Blick zu. Bevor sie irgendetwas sagen konnte, kam der Geiselnehmer ihr zuvor.

»Kommen Sie bloß nicht auf die Idee, die Kamera auszuschalten!« Er warf einen kurzen Blick auf den Überwachungsmonitor. »Aha, Nummer 3!«, sagte er. »Die Alte mit dem Darmkrebs.« Etwas Triumphierendes lag in seiner Stimme.

Florence lief ein kalter Schauer über den Rücken. Dieser Mann war nicht nur unberechenbar und schien zu allem fähig. Er empfand zudem noch eine diabolische Freude am Leid der anderen. Es machte ihm Spaß, die Menschen zu quälen und ihnen Angst einzujagen. Ein Sadist und ein Psychopath. Einer, der so weit ging wie er, fürchtete auch den eigenen Tod nicht. Im Gegenteil, er kalkulierte ihn bewusst mit ein. Als eine Variante des Spiels. Er würde eher sterben als sich ergeben, so viel wurde Florence in diesem Augenblick klar. Würde er noch möglichst viele mit ins Verderben reißen wollen? Davon konnte man ausgehen.

Unvermindert piepte der Alarmton.

Florence zwang sich, ruhig zu bleiben.

»Was heißt das, Monsieur? Braucht die Patientin Hilfe? Dann müssen Sie etwas unternehmen!«

»Ach Quatsch, von wegen Hilfe! Die Frau braucht keine Hilfe mehr. Sie soll froh sein, dass sie steinalt geworden ist. Mit Krebs im Endstadium lebt sie sowieso nicht mehr lange.«

Florence sah, dass aus Leutnant Juliens Gesicht alles Blut gewichen war. Genau wie sie hatte er im Lauf seines Berufslebens sicher schon vieles erlebt. Aber die Abgebrühtheit und menschenverachtende Haltung dieses Killers dürfte alles Dagewesene übertreffen.

»Los, kommen Sie mit Ihrer Kamera hier rüber!«, herrschte der Maskierte den Leutnant an. »Bringen Sie den

Monitor groß ins Bild. Ich werde nichts unternehmen, um die Alte zu retten. Ist das klar? Das sollen die Zuschauer da draußen wissen. Das sollen alle wissen! Hier bestimme ich die Spielregeln. Und dieses Spiel ist noch lange nicht zu Ende!«

Julien leistete der Aufforderung des Mannes Folge und trat hinter den Counter. Florence sah, dass er einen schnellen Blick auf die Ärztin warf, die am Boden lag. Der Maskierte achtete darauf, dass genügend Abstand zwischen ihm und dem Kameramann bestand. Den Revolver hielt er auf Juliens Brust gerichtet.

In Florences Kopf überschlugen sich die Gedanken. Ihre Nerven waren zum Zerreißen gespannt. Fieberhaft überlegte sie, was zu tun war. Ein schnelles Eingreifen kam im Moment auf keinen Fall in Betracht. Der Geiselnehmer war äußerst vorsichtig und hatte sich bestens auf diese Situation vorbereitet. Sie versuchte es mit einem Ablenkungsmanöver.

»Ich dachte, Sie wollten ein Statement abgeben, Monsieur?« Sie ließ Enttäuschung in ihrer Stimme mitschwingen. »Ich weiß nicht, ob die Zuschauer unbedingt sehen wollen, wie hier einer schwer kranken Patientin Hilfe verweigert wird. Das wird da draußen niemand verstehen.«

»Das muss auch niemand verstehen. Den Leuten soll nur klar werden, wie ernst die Situation ist.«

Wozu?, hätte Florence gern gefragt, doch das verkniff sie sich. Was wollte er dem Fernsehpublikum dadurch klarmachen? Er musste doch wissen, dass er mit seiner Vorgehensweise nur Abscheu und Empörung hervorrufen würde. Wollte er das? Auf welches Ziel steuerte er hin?

Als Leutnant Julien den Monitor groß im Bild hatte, kontrollierte der Maskierte das durch einen schnellen Blick auf sein kleines Fernsehgerät. Er war zufrieden.

»Gut so. Und jetzt halten Sie die Kamera auf die Ärztin.«

Julien drehte sich um, bückte sich und stellte dabei die Schärfe ein. Dann verschwand er hinter dem Counter.

Florence machte einen erneuten Versuch, den Mann in ein Gespräch zu verwickeln.

»Hören Sie, Monsieur, wir haben keine unbegrenzte Sendezeit zur Verfügung. Sie sollten lieber …«

Der Geiselnehmer schnitt ihr das Wort ab.

»Halten Sie endlich den Mund! Die Sache hier läuft nach meiner Regie, ist das klar? Sie brauchen sich gar keine Mühe zu geben, irgendwelche Ablenkungsmanöver zu starten.«

Jean-Marc Truel lag vor Schreck wie gelähmt in seinem Bett. Sein Krankenhemd war total durchgeschwitzt. Seit Stunden musste er schon auf die Toilette. Irgendwann hatte er seine Blase dann nicht mehr unter Kontrolle. Es war ihm egal. Alles war egal, wenn er nur diese Nacht überstehen würde. Vor einer Woche hatte er noch einen Selbstmordversuch unternommen. Jetzt war der Hunger nach Leben so stark, dass Jean-Marc sogar die Hände unter der Bettdecke gefaltet hatte. Er glaubte nicht an Gott. Dennoch flehte er ihn an, diesem Albtraum auf der Station endlich ein Ende zu setzen.

Wenig später waren fremde Stimmen zu hören. Durch die schmalen Schlitze seiner halb geschlossenen Augen sah Jean-Marc einen Mann und eine Frau, die im Korridor standen. Komplizen des Geiselnehmers! war sein erster Gedanke. Dann erblickte er die Kamera. Nein, das konnten keine Komplizen sein. Auch die Tatsache, dass der Maskierte die Neuankömmlinge mit dem Revolver bedrohte und sie durchsuchte, schien dieser ersten, spontanen Einschätzung entgegenzustehen.

Ein Kamerateam? Womöglich vom Fernsehen? Jean-Marc konnte es nicht glauben. Mit Sicherheit hatte die Polizei, die höchstwahrscheinlich über die Geiselnahme informiert war, keine echten Fernsehleute auf die Station geschickt. Nein, die beiden da draußen mussten Polizisten sein. Vielleicht Beamte eines Spezialkommandos? Das könnte bedeuten, dass die ganze Sache hier rasch zu Ende ging. Das könnte vor allem bedeuten, dass es ein Blutbad geben würde ...

Jean-Marc unterdrückte einen erneuten Hustenreiz in seinem wunden Rachen und runzelte skeptisch die Stirn. Sollte der Geiselnehmer etwa auf dieses Spiel der falschen Fernsehleute hereinfallen? So naiv konnte er doch nicht sein. Nach allem, was sich bisher abgespielt hatte, war der Mann eiskalt und abgebrüht.

Jean-Marc Truel schloss die Augen und versuchte, seinen Atem flach zu halten, um einem erneuten, schmerzhaften Hustenreiz entgegenzuwirken.

Er wusste, dass er bezüglich der Geschehnisse auf der Station auf alles gefasst sein musste.

Das Gesicht der Ärztin war vollkommen leer. Sie hatte die Augen geschlossen, es sah aus, als sei sie ohnmächtig oder tot. Ihre Haare klebten wirr am Kopf. Die Mundwinkel waren nach unten gezogen, bewegten sich jedoch nicht. Sie lag auf der Seite, die Beine leicht angezogen. Man konnte sehen, dass ihre mit Leukoplast auf dem Rücken gefesselten Hände unnatürlich geschwollen waren. Einige Knöpfe ihres Arztkittels standen offen. Die Bluse, die sie darunter trug, war eingerissen und gab den Ansatz ihrer Brüste frei. Unter dem hochgerutschten Rock sah man ihre Unterwäsche. Am linken Fuß trug sie noch einen Schuh, der rechte Fuß war nackt.

»Ich glaub's einfach nicht«, flüsterte Heinz Blaschke entsetzt und konnte seinen Blick nicht vom Bildschirm wenden. »Der Mann muss doch vollkommen durchgeknallt sein!« Ein anderes Bild formte sich vor seinem inneren Auge: das seiner Mutter. Sie war im Januar 1945 auf der Flucht von Ostpreußen von Soldaten der Roten Armee vergewaltigt und dann erschossen worden. Den damals zweijährigen Heinz hatten die Soldaten am Wegrand in eine Schneewehe gelegt, bevor sie sich über seine Mutter hermachten. Eine Tante nahm den Jungen dann mit und brachte ihn durch die Kriegswirren. Die Erinnerung an seine Mutter und ihr schreckliches Ende war verschüttet, er war damals zu klein gewesen. Das, was er darüber wusste, hatte ihm die Tante andeutungsweise erzählt. Vermutlich war sie selbst Opfer einer Vergewaltigung durch Soldaten geworden. Doch darüber sprach niemand. In der ehemaligen DDR waren die Gräueltaten der russischen Soldaten an der deutschen Zivilbevölkerung ein Tabuthema gewesen. Später, nach der Wende, hatte Blaschke einschlägige Fotos zu Gesicht bekommen, und da wusste er: So musste seine Mutter ausgesehen haben, als man sie am Wegrand liegen ließ. So sehen Frauen aus, die vergewaltigt und abgeschlachtet werden wie Vieh, denen jegliche Würde genommen worden ist.

Es war, als habe die Ärztin, deren gequältes Gesicht in Großaufnahme über den Bildschirm flimmerte, jede Hoffnung auf Hilfe und Rettung verloren, als wünschte sie nur noch ein schnelles Ende. War sie ebenfalls von diesem wahnsinnigen Psychopathen vergewaltigt worden? Blaschke wusste es nicht. Ohnmächtige Wut kroch in ihm hoch, und er hätte etwas darum gegeben, mit diesem Kerl kurzen Prozess machen zu können.

Um sich zu beruhigen, presste er seine fleischigen Hände auf die Schenkel und ließ seinen Blick in die Runde schweifen. Außer seiner Frau Roswitha verstand niemand, was er gesagt hatte, obwohl jeder ahnen konnte, was er meinte.

Alle hatten sich in der Bibliothek auf *Les Oliviers* eingefunden und verfolgten das Geiseldrama, das live im Fernsehen übertragen wurde. Vor wenigen Minuten hatte Emmanuelle ein paar Getränke auf den Tisch gestellt. Bierflaschen, Mineralwasser und eine Flasche roten Côte du Rhône. Blaschke und seine Frau saßen auf einem kleinen Sofa. Während ihr Mann sich ein Paar Jogginghosen und ein ausgeleiertes Sweatshirt übergezogen hatte, erschien Roswitha Blaschke wie aus dem Ei gepellt. Sie trug eine Art Hausanzug aus Feincord, der gut geschnitten war und elegant wirkte. Annabelle de Pousset, Cathérines ehemalige Managerin, hatte einen seidenen Morgenrock übergeworfen, darunter lugten die Zipfel ihres Chiffonnachthemdes hervor. Sie sah verschlafen aus, und ohne ihr Make-up wirkte sie älter, als sie in Wirklichkeit war. Hin und wieder zog sie ihren Morgenrock zu, der am Dekolleté immer wieder aufsprang. Zusammen mit Emmanuelle saß sie am großen Esstisch.

Cathérine hatte die ganze Zeit kein Wort gesagt. Die Bilder im Fernsehen sprachen eine deutliche Sprache. Sie hatte Angst. Florence befand sich in Lebensgefahr. Jeden Moment konnte die Situation umschlagen. Niemand wusste, auch die Polizei nicht, was der Geiselnehmer als Nächstes vorhatte. Es sah jedenfalls nicht so aus, als wollte er die ganze Sache schnell beenden. Im Gegenteil. Cathérine hatte den Eindruck, als spielte er auf Zeit. Warum hatte er seine so genannte »Erklärung«, sein Statement, abgebrochen? Warum zeigte er den Überwachungsmonitor, dessen Piepton man immer noch im Hintergrund hören konnte? Warum demütigte er die völlig hilflose Ärztin noch zusätzlich, indem er sie so unbarmherzig ins Bild rücken ließ? Fragen, auf die es keine Antworten gab. Der Mann schien seine Situation und die Macht, die er über die Menschen auf der Station und damit auch über die Zuschauer an den Fernsehschirmen gewonnen hatte, genüsslich auszukosten. Die einzige Erklärung, die Cathérine fand, war die, dass dieser Mensch vollkommen krank, gefühllos und pathologisch geltungssüchtig sein musste. Keine Rede bisher von politischen oder sonstigen Forderungen. Forderte er Geld? Cathérine wusste es nicht.

Die Kamera schwenkte vom Bild der zusammengekauerten Ärztin weg und zeigte wieder den Geiselnehmer. Im Hintergrund piepte der Alarmton des Monitors.

»So«, sagte der Maskierte. »Das war schon mal ein kleiner Vorgeschmack. Und jetzt zeigen wir unserem Publikum mal die Kranken, die hier liegen. Alles problematische und äußerst kritische Fälle. Und Sie!«, rief er Florence zu, »Sie rühren sich nicht vom Fleck. Wir sind in ein paar Minuten wieder da. Wenn Sie Dummheiten machen, ist Ihr Kameramann als Erster dran.« Mit dem Revolver gab er Leutnant Julien ein Zeichen, ihm zu folgen.

»Um Gottes willen«, stöhnte Annabelle und schenkte sich hastig ein Glas Mineralwasser ein. »Will er jetzt vielleicht noch zeigen, in welchem Zustand sich die Kranken befinden? Das kann man sich doch lebhaft vorstellen. Ein Wunder, dass einige überhaupt noch am Leben sind!«

»Hoffentlich bringt er sie nicht alle um.« Emmanuelle presste ihre Hände zusammen. »Vielleicht hat er vor, sie vor den Augen der Zuschauer zu erschießen?« Ängstlich wanderte ihr Blick zu Cathérine. »Und die Kommissarin?«, fuhr sie fort. »Die wird doch sicher bald eingreifen?!«

Niemand antwortete.

Roswitha Blaschke trank einen großen Schluck aus ihrer Bierflasche und sagte leise zu ihrem Mann:

»Sei bloß froh, Heinz, dass du nicht in dieser Geschichte mit drinsteckst. Dagegen war ja die Kindergartengeiselnahme damals der reinste Spaziergang!«

»Das sehe ich anders, Rosi. Florence und ich waren ein eingespieltes Team. In jeder brenzligen Situation haben wir uns blind verstanden. Ich hätte zum Beispiel anstelle dieses Kameramannes, der mit Sicherheit ein Beamter einer Spezialeinheit ist, dem Kerl längst die Kamera entgegengeschleudert und den Überraschungseffekt genutzt.«

Roswitha Blaschke musste unwillkürlich lächeln. Heinz war schon immer ein großer Theoretiker gewesen. Dass viele seiner spontanen Einfälle sich in den seltensten Fällen in die Praxis umsetzen ließen, zeigte sich anhand seiner Laufbahn als Polizeibeamter. Er war eben nicht Kommissar geworden, sondern im Alter von fünfundfünfzig Jahren immer noch Inspektor. Als solcher würde er auch pensioniert werden. Polizeibeamte wie Heinz Blaschke, die vieles aus dem Bauch heraus entschieden, brauchten immer einen Vorgesetzten, der ihnen sagte, wo es langging. Das war Roswitha schon lange klar, doch diesen Gedanken behielt sie lieber für sich. Stattdessen sagte sie:

»Wenn das so leicht wäre und nicht mit enormen Risiken verbunden, hätte der Beamte dort oben auf der Station das längst getan. Und Florence hätte ebenfalls längst gehandelt. Anscheinend hat sich noch nicht die richtige Gelegenheit ergeben. An so was darf man nicht emotional herangehen, Heinz.«

Blaschke schwieg. Im Grunde seines Herzens wusste er, dass sein Frau Recht hatte.

Jetzt waren in der Liveübertragung von der Intensivstation der Klinik Louis Pasteur in Nîmes Bilder des ersten

Krankenbettes zu sehen. Die Kamera, die dem Geiselnehmer auf seinem Gang in eines der Patientenzimmer gefolgt war und entsprechend wackelige Bilder geliefert hatte, stabilisierte sich.

Der Anruf aus Belfort lag erst wenige Minuten zurück. Einer der Gendarmen war ins Büro des Krankenhausdirektors gekommen und hatte die Nachricht seiner Kollegen aus dem Nordosten des Landes überbracht. Vor einer Viertelstunde war Antoine Villeneuve, Exehemann der ermordeten Krankenschwester Fabienne Barthelémy, mit einem Taxi in seine Wohnung zurückgekehrt. Sein Wagen, dessen Verschwinden den Nachbarn aufgefallen war, befand sich seit drei Tagen in der Werkstatt. Villeneuve hatte sich bei Freunden das Fußballendspiel angesehen, danach noch ausgiebig gefeiert und war entsprechend angetrunken. Doch es bestand kein Zweifel: Antoine Villeneuve befand sich sechshundert Kilometer entfernt vom Ort der Geiselnahme. Er konnte nicht der Täter sein.

Für die Mitglieder des Krisenstabs hatte diese Nachricht im Grunde keine Bedeutung mehr. Wer immer der maskierte Mann auf der Intensivstation war, er musste möglichst bald unschädlich gemacht werden.

Als die Bilder der gefesselten Ärztin zu sehen waren, hatte sich lähmendes Entsetzen im Büro des Direktors breit gemacht. Dr. Carpentier war mit seinen Nerven so am Ende, dass ihm die Tränen in die Augen schossen. Er schämte sich ihrer nicht. Direktor Pônelle war froh, dass Professor Cotisson diese Bilder nicht sah. Was macht ein Ehemann, dessen Frau auf derartig infame Weise zur Schau gestellt wird? Cotisson galt als jähzornig und impulsiv. Möglicherweise hätte er sich auf die Seite von Hauptmann Atlan geschlagen und für eine sofortige Erstürmung der

Station plädiert. Im Augenblick befand er sich wahrscheinlich noch auf der Autobahn und würde frühestens in zwei, drei Stunden in Nîmes sein. Jede halbe Stunde rief er von unterwegs aus an, um sich nach dem Stand der Dinge zu erkundigen.

Die Kamera bewegte sich. Leutnant Julien folgte dem Geiselnehmer in eines der Patientenzimmer. Auf dem Monitor über dem Bett blinkte ein rotes Lämpchen, nur ganz kurz war dieser Bildausschnitt zu sehen. Doch lange genug für das geübte Auge eines Arztes.

»Sie stehen vor dem Bett von Madame Chabrol«, sagte Dr. Carpentier. »Es ist ihr Monitor, der das Alarmzeichen gibt. Die Patientin mit Darmkrebs.« Er beugte sich vor in der Hoffnung, dass der Monitor noch einmal ins Bild kam.

»Was ist denn mit ihr? Wieso hat ihr Monitor auf Alarm geschaltet?«, fragte der Präfekt.

»Das kann ich Ihnen nicht sagen, Monsieur. Aber da gibt es nicht so viele Möglichkeiten.«

»Welche gibt es denn?«, warf Hauptmann Atlan ein.

»Die EKG-Kurve kann flackern. Der arterielle Blutdruck ist möglicherweise zu niedrig oder zu hoch. Oder es gibt ein Problem mit der Perfusorspritze. Über dieses Gerät bekommt die Patientin Dobutrex, ein Mittel zur Unterstützung der Herztätigkeit. In allen genannten Fällen besteht akute Lebensgefahr, zumal die Patientin aufgrund ihres Alters und ihres allgemeinen Schwächezustandes nur über geringe Abwehrkräfte verfügt.«

Die Anwesenden schwiegen und starrten auf den Bildschirm. Dort sah man Madame Chabrol in ihrem Bett liegen. Der Mund war halb geöffnet. Ob sie noch atmete, war nicht zu erkennen. Ihre Haut schimmerte wie bläuliches Pergament. Schwer lagen die verwelkten Lider auf den tief liegenden Augen. Ihre Hände ruhten wie die Hände einer

Toten auf der Bettdecke. Auf dem linken Handrücken war der Infusionszugang gelegt. Gleich neben dem Bett war der Ständer mit den verschiedenen Infusionsflaschen, die kurz ins Bild kamen. Dr. Carpentier zeigte mit dem Finger darauf und sagte erregt:

»Hier, sehen Sie! Die Flasche mit dem Dubutrex ist leer! Sie muss dringend ausgetauscht werden, sonst kann die Patientin innerhalb kurzer Zeit sterben!«

Der Präfekt ballte seine Fäuste, bis die Knöchel weiß wurden. Es gab keine Möglichkeit, die Kommissarin und Leutnant Julien auf der Station zu kontaktieren, um ihnen das mitzuteilen, was Dr. Carpentier gesagt hatte. Das ärztliche Personal war von dem Geiselnehmer ausgeschaltet worden. Dr. Cotisson lag gefesselt am Boden. Vom Assistenzarzt fehlte jede Spur.

Zum ersten Mal kamen Pierre Desgranges Zweifel. War es richtig gewesen, die beiden Beamten als falsche Reporter auf die Station zu schicken? Er war sich plötzlich nicht mehr so sicher. Vielleicht hatte der Hauptmann Recht? Vielleicht hätte man die Station frühzeitig stürmen müssen, dann wäre das Ganze längst beendet. Desgranges hatte das Gefühl, dass die Situation immer unkontrollierbarer wurde und diese Geiselnahme allen Beteiligten, außer dem Geiselnehmer selbst, über den Kopf wuchs. Kommissarin Labelle und Leutnant Julien waren bisher in eine Statistenrolle gedrängt worden. Aus dem großspurig angekündigten Statement des Geiselnehmers war nichts geworden. Es hatte nur als Vorwand gedient, ein Horrorszenario live über einen Sender zu schicken. Zu welchem Zweck? Was kam danach?

Als ahnte Hauptmann Atlan die Gedanken des Präfekten, ruhte sein Blick aufmerksam und beobachtend auf ihm. Als Desgranges dies spürte, nickte er ihm zu. Dann wandte er sich an Carpentier und an den Krankenhausdirektor.

»Sie sehen ja selbst, meine Herren, was sich da oben abspielt. Uns sind die Hände gebunden, wir kommen keinen Schritt weiter. Hilflos müssen wir zusehen, wie eine weitere Patientin stirbt. Ich überlege mir ernsthaft, ob wir nicht doch unsere Strategie ändern müssen.«

Jeder im Raum wusste, was das bedeuten würde.

25

Er war mehr als zufrieden mit sich. Alles lief wie am Schnürchen. Die beiden Fernsehreporter ließen sich wie Marionetten hin- und herdirigieren. Von wegen Fernsehreporter! Er würde jede Wette eingehen, dass die beiden in Wirklichkeit Bullen einer Spezialeinheit waren. Allerdings musste er zugeben, dass sie sich als Reporter ziemlich clever anstellten.

Alle da draußen zitterten um das Leben der Geiseln. Sonst hätte der Sender sich bestimmt nicht bereit erklärt, das Ganze hier live zu übertragen.

Mit der Einsatzleitung konnte er Katz und Maus spielen. Zwei Tote und ein Schwerverletzter – und jetzt die Bilder von der Station! Kein Fernsehfilm, kein Actionthriller konnte so etwas bieten. Diese Liveshow, die er den Zuschauern lieferte, war mit Geld gar nicht zu bezahlen. Er hätte erheblich mehr als fünf Millionen fordern sollen. Doch das Geld war letztendlich zweitrangig. Das andere war wichtiger. Es allen zu zeigen und Regisseur und Hauptdarsteller zugleich zu sein in der größten Liveshow aller Zeiten. Und – er hatte ja noch etwas in der Hinterhand. Den Koffer mit dem Sprengstoff.

Wenn alles schieflief, wäre das die letzte und endgültige Möglichkeit.

Der Tag der Rache war gekommen. Der Tag der Reinigung und des Fegefeuers. Ein kalter Märzmorgen mit Frost und eisigem Wind, der über die Äcker und Wiesen peitschte. Im Feuer des Kamins hatte er ein Holzscheit angezündet, das mit Teer getränkt war. Dann ging er ans Werk. In kurzer Zeit loderten die Flammen meterhoch empor. In der Hitze des Feuers rötete sich Kains Gesicht. Eine wohlige Wärme durchzog seinen ganzen Körper. Stark und pulsierend wie nie zuvor spürte er das Leben.

Jetzt brach das Dach des Schuppens zusammen. Funken stiegen zum nächtlichen Himmel. Kain sah, wie die Tür des Verschlages niederstürzte.

Die beiden Körper, die er am frühen Morgen dort hingeschleift hatte, erblickte er nicht. Längst hatten sich die Flammen ihrer bemächtigt. Der Mord an Kain war gesühnt, Abel und der Vater hatten bezahlt.

Kain drehte sich um und ging über die Wiese auf den Wald zu. In den frühen Morgenstunden säße er im Zug, auf dem Weg in die Stadt. Es würde lange dauern, bis die Feuerwehr einträfe. Bis dahin wäre es ohnehin zu spät.

Erneut grinste er unter seiner Maske. In wenigen Minuten würde er die Führung durch die Station beenden. Dann hatten die Zuschauer einen entsprechenden Eindruck gewonnen, die Spannung würde steigen. Zwei Stunden wollte er den Bullen geben, um die restlichen vier Millionen aufzutreiben. In der Zwischenzeit hätte er die beiden falschen Fernsehleute schön zusammengeschnürt in eine Ecke des Flurs gepackt. Leukoplast gab es auf dieser Station ja in Hülle und Fülle. Die Kamera würde er auf einem der Überwachungscounter postieren, sodass er sich jederzeit ins Bild bringen und zu den Zuschauern sprechen konnte. Er war überzeugt davon, dass sie bei France 3 in der Sendezentrale die Liveschaltung auf keinen Fall abbrechen würden. Die Polizei würde alles daransetzen, den Sender unter Druck zu halten, um das Geschehen auf der Station hautnah verfolgen und sich eine neue Strategie ausdenken zu können.

Flüchtig dachte er an den Assistenzarzt, der seit über einer Stunde auf dem Steinfußboden in der Herrentoilette lag. Um die Verunsicherung zu erhöhen, hatte er ihn außer Sichtweite geschafft, bevor die beiden mit ihrer Kamera auf die Station kamen. Natürlich waren ihm die schnellen Blicke der angeblichen Reporterin nicht entgangen. Sie suchten Dr. Picard.

Seltsam, was man mit Menschen alles anstellen kann, wenn man einmal ihren Willen gebrochen hat. Wie lässig und selbstbewusst stolzierte dieser Arzt vorgestern noch auf der Station herum! Er grüßte kaum und versteckte sich hinter seinem blasierten Lächeln, seinem Schwulenlächeln. Von dieser aufgeblasenen Fassade war im Lauf dieser Nacht nichts, aber auch gar nichts übrig geblieben. Als er ihn vorhin in die Herrentoilette geschleift hatte, waren Picards Hosen nass gewesen.

Schwule hatte er schon immer gehasst. Von daher lag dieser Picard im Moment genau da, wo er hingehörte, auf dem Klo. Besser gesagt: in der Klappe. Da konnte er sich in Ruhe nach seinen Strichern und Lederkerlen, Schwuchteln und Transis sehnen. Da war Zeit und Muße, sich die schönsten Spielchen mit ihnen auszumalen. Da konnte er sich aufgeilen, damit ihm die Zeit im Fluge verging.

Als er den schweren Körper vorhin in der Klappe abgelegt hatte, stieg ihm Picards penetranter Körpergeruch in die Nase. Eine Mischung aus Urin und Angstschweiß. Da konnte er es sich nicht verkneifen. Er öffnete seine Hose und pinkelte dem Arzt direkt ins Gesicht. Das hatte irgendwie gut getan und war in jeder Hinsicht erleichternd.

Nachdem er den Kameramann soeben einen kurzen Blick auf den Patienten Nummer 5 hatte werfen lassen (die Kreissäge), waren sie nach nebenan gegangen und standen nun vor dem Bett der Komapatientin. Die Kamera ging dicht heran.

Marie-France Roche … Inzwischen war sie ihm noch vertrauter geworden. Er kannte jede Linie ihres blassen Gesichts mit den fein geschwungenen Augenbrauen und dem Grübchen am Kinn. Ihre Lippen war voll und ebenmäßig, doch alles Blut schien aus ihnen gewichen zu sein. Eine hübsche Frau. Unter anderen Voraussetzungen hätte er sich vielleicht in sie verlieben können. Doch schon lange hatte er sich von solchem Ballast wie Liebe oder Verliebtheit befreit. Das waren flüchtige Empfindungen, die schnell verschwanden und nichts hinterließen. Der Kick, der davon ausging, war nur kurzzeitig. Nicht zu vergleichen mit dem, was er in dieser Nacht erlebte! Bei Frauen blieb sein Herz kalt. Seine körperlichen Bedürfnisse konnte er anderweitig befriedigen. Irgendwelche Gefühle waren da eher hinderlich.

Er sah, wie der Kameramann schwitzte. Der Mann war muskulös und durchtrainiert. Survival-Camp, Nahkampftraining, Scharfschützenausbildung, das ganze Programm. Er durfte ihn keineswegs unterschätzen und achtete darauf, dass er ihn stets auf Abstand hielt und ihn wachsam im Auge hatte.

Die Frau stand hinten in der Mitte des Flurs und ließ erneut fieberhaft ihre Blicke schweifen. Mit ihr würde er leichtes Spiel haben. Sie schien nicht besonders kräftig zu sein. Ihre Karatekenntnisse, die heute zu jeder polizeilichen Grundausbildung gehörten, würden ihr nicht viel nützen. Er besaß selbst den schwarzen Gürtel.

»Los, weiter!«, herrschte er den Kameramann an. »Hier drüben liegen noch drei, und das war's dann.«

In der Abflughalle des Flughafens Orly hatte sich Alain Roche in seinem Sessel nach vorn gebeugt und das Gesicht in beide Hände gelegt. Sein Mund war trocken, und das Blut pochte wie rasend in seinen Schläfen.

Er sah Marie-France, seine geschiedene Frau, in Großaufnahme. Blass und wie tot lag sie mit einem dicken Kopfverband in ihrem Bett. Schläuche führten in die Nase, Infusionen waren angeschlossen.

Wie von einer riesigen Flutwelle wurde Alain nun von seinen Erinnerungen eingeholt. Das Lokal in der Altstadt, in dem er Marie-France damals kennen gelernt hatte. Die erste Nacht mit ihr, viele Wochen später, in einem kleinen, romantischen Hotel im Hinterland der Côte d'Azur. Die Hochzeit. Die Kutsche mit vier Schimmeln. Die Einweihungsfeier, als Marie-France ihren Blumenladen gekauft hatte. Die jährliche Urlaubsreise in die Bretagne. Der Bau des okzitanischen Reihenhauses am Stadtrand von Nîmes. Zukunftspläne, geplante Zukunft, gesichertes Glück ... Der Schmerz und die Verzweiflung, als sie ihn verließ. Sein Entschluss, sie für immer aus seinen Gedanken zu verbannen, komme, was da wolle.

Das war ihm in all den Monaten recht gut gelungen. Doch jetzt, in dieser schrecklichen, nie enden wollenden Nacht, inmitten all der fremden Menschen in einem überfüllten Flughafengebäude, fühlte er sich Marie-France plötzlich so nah wie selten zuvor. Ihr bewegungsloses Gesicht auf der Großbildleinwand schmerzte und rührte ihn zugleich. Der Wunsch, bei ihr zu sein, ihre Wange zu streicheln, ein Zucken ihrer Augenlider wahrzunehmen, war überwältigend.

Als die Kamera jetzt von ihrem Gesicht wegschwenkte und sich wieder bewegte, wusste Alain nicht, wie er das Chaos der Gefühle in seinem Inneren unter Kontrolle bekommen sollte.

Er spürte nicht, dass ihm die Tränen über die Wangen liefen.

An die Dunkelheit hatte er sich inzwischen gewöhnt. Sie lag über dem winzigen Raum wie ein stickiges Tuch. Ein Leichentuch. Ein schwacher Lichtschein fiel durch den Spalt der Tür, kaum wahrnehmbar.

Francis Picard hatte es geschafft, sich trotz seiner gefesselten Hände und der unerträglichen Schmerzen, die er im Rücken und im Nacken fühlte, aufzusetzen. Er lehnte an der Toilettenschüssel, den Kopf nach vorn gebeugt. Schon lange spürte er seine Hände nicht mehr. Bis zu den Oberarmen waren seine Glieder abgestorben. Er überlegte, wie lange ein Mensch mit derartig unterbundener Blutzufuhr leben kann. Er wusste es nicht. Solche Dinge lernt man nicht im Medizinstudium.

In den letzten Stunden war er ständig weggedriftet, wie ein Drogenabhängiger, der sich immer wieder einen neuen Schuss setzt. Wie von fern empfand er seine eigene Existenz, er war in eine Art Trancezustand gefallen. In einen Zustand, den er nicht freiwillig gewählt hatte. Doch es war die einzige Möglichkeit, dem Albtraum zu entkommen und die immer wieder aufsteigende Panik zu unterdrücken.

Er war geschlagen worden, zu Boden gestoßen, gefesselt, beleidigt, mit Urin beschmutzt. Seine gebrochene Nase schmerzte, das geronnene Blut bildete dicke Klumpen in den Schleimhäuten, sodass er kaum atmen konnte.

Seit der Geiselnehmer ihm die Hände mit Leukoplast umwickelt hatte, war Francis Picard auf das Schlimmste gefasst. Er versuchte sich vorzustellen, auf welche Weise der Mann ihn weiter quälen würde. Würde er ihn töten? Was würde vorher geschehen? Die größte Angst hatte er nicht vor dem Tod, sondern vor körperlicher Pein, die er erleiden müsste.

Als der Maskierte ihn irgendwann packte und in die Herrentoilette schleifte, dachte Francis, jetzt wäre es so weit. Gleich an der Tür gab ihm der Mann einen Tritt in die Nieren. Der Schmerz war so stark, dass Francis sich stöhnend zusammenkrümmte. Dann kamen die verbalen Angriffe. »Du schwule Sau«, hatte er gesagt. »So ein Dreckschwein wie dich sollte man so lange ficken, bis du nicht mehr aufstehst!« Erneut hatte der Mann nach ihm getreten, diesmal gegen das Schienbein. Als er dann seinen Hosenstall öffnete, dachte Francis, er würde seine Drohung wahr machen. Doch der Mann hatte kein Interesse, Francis zu vergewaltigen. Er wollte nur auf sein Gesicht urinieren. Es gelang Francis nicht, den Kopf wegzudrehen.

Anschließend hatte der Mann gelacht, ihm zum Abschied noch einen weiteren kräftigen Tritt verpasst und die Tür hinter sich zugeknallt.

Wie viele Stunden mochten seitdem vergangen sein? Für Eingeschlossene in einem dunklen Raum verändert sich die Wahrnehmung von Zeit. Sie scheint sich endlos zu dehnen und gleichzeitig zusammenzuschrumpfen. Die Tageszeiten verschwimmen, Tag und Nacht werden eins. Die Schmerzen, die Francis spürte, waren gleich bleibend stark. Seine Überlegungen drehten sich auf der Stelle. Er hatte nicht den geringsten Spielraum in seinen Gedanken. Hier lag er, gefesselt, hilflos, ausgeliefert. Er hätte schon immer hier liegen können und würde wahrscheinlich für alle Zeiten auf dem Steinfußboden neben der Kloschüssel gefangen sein.

Kein Laut drang von draußen herein. Wie lange war es her, seit er eine fremde Stimme direkt vor der Tür vernommen hatte? Die Stimme einer Frau. War das Einbildung gewesen? Das musste wohl so sein, denn die Stimme hat sich verflüchtigt wie der schwache Duft eines Parfums.

Francis Picard schloss die Augen. Sein Leben hatte sich vollständig aufgelöst. Alles, was einmal war, schien für immer ausgelöscht. Menschen, die er kannte, warfen ihre Schatten an einen fernen Horizont, der sich in dunstige Schleier auflöste. Er dachte an Hughes, seinen letzten Freund, der jetzt in New York lebte. In Wirklichkeit war er viel weiter weg. So weit, dass Francis die Konturen seines Gesichtes vergessen hatte.

Überall Schmerzen. Sein Körper war schmutzig und stank. Es gab etwas außerhalb dieses winzigen Gefängnisses. Was es war, wusste Francis nicht. Er wusste nur, dass alles einmal ein Ende hat. Mit aller Macht konzentrierte er sich darauf, dass es bald kam. Selbst wenn es der Tod sein sollte. Der erlösende Schlaf.

26

Der alarmierende Piepton an den Monitoren der beiden Überwachungscounter hielt unvermindert an.

Inzwischen war der Geiselnehmer zusammen mit Leutnant Julien vor dem Bett des Patienten Nummer 1 angekommen. Der Mann, der mit einer schweren Lungenembolie schon seit Tagen auf der Station lag, wurde durchs linke Nasenloch beatmet. Seltsamerweise hatte er die Augen weit geöffnet, als die Kamera ihn jetzt ins Bild brachte. Doch sie bewegten sich nicht, sondern blickten starr ins Leere. Nahm er überhaupt irgendetwas wahr? Dass er noch lebte, konnte man daran sehen, dass sich seine Brust unter dem verrutschten Flügelhemd unregelmäßig hob und senkte.

Durch die Verbindungstür zwischen den beiden Zimmern ging der Maskierte zum letzten Patienten, Jean-Marc Truel.

Florence hatte in den vergangenen Minuten wahrgenommen, dass der Patient im Bett Nummer 2 wach lag und ab und zu kurz die Augen öffnete. Er war äußerst vorsichtig und auf der Hut. Bei der geringsten Bewegung des Geiselnehmers in seine Richtung stellte er sich sofort wieder schlafend.

Leutnant Julien richtete die Kamera auf ihn. Florence trat von einem Bein aufs andere und reckte den Hals. Der Patient wurde jetzt von Julien und der Kamera verdeckt. Der

Geiselnehmer stand hinter dem Bett, den Revolver auf Julien gerichtet.

Florence warf einen Blick auf die große Wanduhr im Korridor.

Viertel nach zwei. Seit mehr als einer halben Stunde befanden sie und der Kollege sich nun bereits auf der Station. Noch hatte sich keine Gelegenheit ergeben einzugreifen. Jeden Moment würde die makabre Führung, die der Mann für das Fernsehpublikum und die polizeiliche Einsatzleitung veranstaltete, beendet sein. Würde er dann sein so genanntes Statement fortsetzen?

In dem Moment ging der Alarmton an den Monitoren in einen hohen, gleichmäßig anschwellenden Ton über. Obwohl Florence das Bild auf den Überwachungsmonitoren nicht sehen konnte, wusste sie, was es war.

Die Nulllinie.

Madame Chabrol, die alte Frau mit dem Darmkrebs, war tot.

Florence spürte, wie ihre Hände zitterten. Sie steckte sie in die Taschen ihrer Jeans und rief dem Geiselnehmer laut zu: »Hören Sie, die Patientin scheint in höchster Lebensgefahr zu sein!«

»Na und? Ich sagte doch bereits, es wird nichts getan, um sie zu retten!«

»Dieses Schwein!«, flüsterte Hauptmann Atlan, und seine Kiefer mahlten vor Wut und Erregung aufeinander.

Die Kamera bewegte sich jetzt hektisch vom Bett des Patienten Nummer 2 weg. Kurz und unscharf kam der Geiselnehmer ins Bild.

»So, das war's«, sagte er. »Los, wieder nach vorn in den Korridor.« Mit einer schnellen Bewegung des Revolvers unterstrich er diese Aufforderung.

In dem Moment stürzte einer von Hauptmann Atlans Mitarbeitern in den Raum und wandte sich an seinen Vorgesetzten.

»Eben haben wir einen Anruf bekommen, *mon Capitaine*. Ein Brandmeister der Feuerwache Nîmes-Süd namens Gilles Caboche sagt, er verfolge das Geschehen auf France 3 und er kenne den Mann.«

»Was?!«

»Ja«, fuhr der Brigadier fort. »Es ist ein Kollege von ihm. Vor drei Wochen kam er nach Nîmes. Vorher war er bei der Berufsfeuerwehr in Nantes. Caboche ist sich ganz sicher. Er hat ihn an seinen blauen Augen und an der Stimme erkannt. Der Mann heißt Emile Lavallé. Vor einer Woche hat er sich Urlaub genommen.«

»Ein Feuerwehrmann?«, sagte Desgranges und schüttelte den Kopf. »Nein, meine Herren, das fällt mir wirklich schwer zu glauben.«

»Monsieur Caboche meinte noch, sein Kollege hätte eine sehr auffällige Narbe am linken Unterarm. Von einem Unfall. Die Narbe zieht sich vom Handgelenk bis zum Ellbogen.«

Die Anwesenden sahen sich ratlos an. Eine Narbe hatte noch niemand an dem Geiselnehmer bemerkt. Man hatte natürlich auch nicht ausdrücklich darauf geachtet.

»Rufen Sie diesen Monsieur Caboche an«, befahl Hauptmann Atlan dem Brigadier. »Er soll Ihnen sofort sämtliche Einzelheiten über diesen Mann bekannt geben. Wohnadresse, privater Hintergrund, seine Erfahrungen mit ihm als Kollegen und so weiter. Am besten kommt er gleich her!«

Der Brigadier verließ das Büro.

»Sind wir durch diese Nachricht nun schlauer als vorher?«, fragte der Präfekt in die Runde. Er beantwortete die Frage selbst. »Nein. Denn die Identität des Täters ändert nichts an den Gegebenheiten da oben. Ebensowenig wie an der Tatsache, dass uns auf eine unerträgliche Weise die Hände gebunden sind. Vor ein paar Stunden wäre es vielleicht noch wichtig gewesen zu wissen, wer er ist. Inzwischen geht es doch nur ums nackte Überleben, wenn ich das einmal so salopp sagen darf angesichts unserer Lage.«

Hauptmann Atlan pflichtete ihm bei.

»Selbst wenn wir jetzt wissen, wer er ist – dieser Mann macht mir nicht den Eindruck, als ließe er mit sich reden, als könne irgendjemand aus seinem persönlichen Umfeld ihn in irgendeiner Weise beeinflussen.« Niemand widersprach.

Dr. Brochet, der Gerichtsmediziner, saß neben dem Krankenhausdirektor und warf einen zufälligen Blick auf die Patientenunterlagen, die dieser vor sich auf dem Tisch liegen hatte. Plötzlich stutzte Brochet, zögerte kurz, stand dann auf und verließ das Büro des Direktors. Er war sich nicht ganz sicher, doch ihm war plötzlich etwas aufgefallen. Er musste dringend telefonieren.

Auf dem Flur kam ihm einer der Chirurgen entgegen, die sich im OP um das Leben des Krankenpflegers Stéphane Crespin bemüht hatten. Er sah ernst aus. Langsam schüttelte er den Kopf.

»Exitus. Es war nichts zu machen. Der Schuss hat die Hauptnervenstränge des Rückenmarks durchtrennt.«

Der vierte Tote!, dachte Brochet entsetzt. Der Kollege öffnete die Tür zu Pônelles Büro, um die Mitglieder des Krisenstabs zu informieren.

Dr. Brochet zog sein Handy aus der Tasche.

Es dauerte lange, bis er endlich Inspektor Frisson am Telefon hatte. Zuerst rief er in dessen Privatwohnung an. Da meldete sich eine verschlafene weibliche Stimme, die ziemlich ungehalten klang. Immerhin erfuhr Brochet, dass der

Inspektor aller Wahrscheinlichkeit nach noch in seiner Stammkneipe hockte. Über die Auskunft erfragte er die Nummer des Lokals. Dort war Frisson jedoch nicht mehr. Der Wirt, der seinen Laden gerade sauber machte, gab dem Pathologen ein paar Telefonnummern. Freunde, Kumpel, bei denen er eventuell weiterfeierte.

Als er Frisson schließlich erreichte, war dieser bereits schwer angetrunken und lallte entsprechend.

»Ach, Sie sind's, Doktor. Wie viele Leichen haben Sie inzwischen vor sich liegen?« Frisson kicherte, dann fing er an zu husten. Deutlich hörte Brochet, dass er danach einen großen Schluck aus einem Glas trank, sicher kein Wasser.

»Hören Sie, Inspektor, ich rufe wegen des Mordfalls in der Rue du Sabre an. Der Mann mit den Stichen in der Brust.«

»Ja, ja, ja, ja! Ich weiß. Schreckliche Sauerei, das Ganze. Haben Sie die Leiche schon seziert?«

»Nein. Ich sagte Ihnen doch, das mache ich morgen früh. Ich rufe aus einem anderen Grund an. Ich möchte Sie nur kurz etwas fragen, Inspektor.«

»Schießen Sie los, Doktor!« Erneut hörte Brochet, dass er aus seinem Glas trank.

»Auf dem Türschild der Wohnung des Opfers standen lediglich zwei Vornamen, sein eigener und der einer Frau.«

»Richtig, der seiner Freundin.«

»Und wie lauten die Familiennamen der beiden?«

Der Inspektor überlegte nur kurz, dann sagte er sie.

Im Büro des Direktors verfolgten alle gebannt das Geschehen auf der Station.

Während Leutnant Julien und der Maskierte zurück zum Korridor gingen, blieb das Bild unscharf. Auf dem Korridor angekommen, zog der Leutnant die Schärfe nach.

»Stellen Sie die Kamera hier auf den Counter.« Der Geiselnehmer deutete auf den Überwachungsplatz 2. »Und zwar so, dass die Kamera den gesamten Korridor zeigt.« Dann trat er einige Schritte zurück, die Waffe auf den Leutnant gerichtet.

Der folgte den Anweisungen des Geiselnehmers und stellte die Geräte ab. Zu sehen war jetzt der Korridor in einer festen, totalen Einstellung. Kommissarin Labelle stand nahezu bewegungslos gegenüber der Tür zum Schwesternzimmer. Jetzt kam erneut der Geiselnehmer ins Bild.

»Gut«, sagte er und änderte plötzlich seine Sprache, indem er den Leutnant duzte. »Geh vom Counter weg. Du wirst jetzt nicht mehr gebraucht.«

Man sah, dass der Geiselnehmer einen raschen Blick auf den Bildschirm seines kleinen Fernsehgerätes warf, um die Übertragung zu kontrollieren. Anscheinend war er zufrieden. Er ging aus dem Bild.

»Wo ist denn jetzt der Leutnant?«, fragte Desgranges irritiert. Hauptmann Atlan zuckte die Schultern. Die Antwort gab der Geiselnehmer aus dem Off. Man konnte ihn nicht sehen.

»Geh ein paar Schritte auf deine Kollegin zu. Ja, gut, ich kann euch beide im Bildausschnitt sehen. Stell dich neben sie an die Wand, die Hände flach dagegen gepresst. – Du bleibst da stehen, wo du bist!«, sagte er zu Florence.

Leutnant Julien zögerte kurz, dann folgte er der Anweisung des Maskierten. Er stellte sich zwei Meter neben Florence an die Wand.

Jetzt erschien auch der Geiselnehmer wieder im Bild. Zu sehen war ein Anschnitt seiner Schulter und der rechte Arm. Er hielt den Revolver auf die beiden Polizeibeamten gerichtet.

»Also, Reporterin«, sagte der Maskierte ironisch. »Rüber

an den Wandschrank, gleich links von dir. Da liegen ein paar Rollen Leukoplast. Hol sie raus!« Mit der linken Hand schob er die Skimaske ein wenig aus der Stirn, die offenbar juckte.

Langsam ging Florence zum Wandschrank und öffnete die Tür. Ihr Herz klopfte bis zum Hals. In den Regalfächern stapelten sich Verbandszeug, Einwegspritzen, verschweißte Katheter, Kartons mit Gummihandschuhen. Sie nahm eine Rolle Leukoplast heraus. Um Zeit zu gewinnen, hielt sie sie hoch und fragte den Maskierten:

»Meinen Sie das hier?«

»Was denn sonst? Los, beeil dich, keine Verzögerungstaktik! Nimm vier Rollen.«

Florence fingerte die Leukoplastrollen heraus und schloss langsam den Schrank. Ihr war, als würde sie damit ihr Schicksal besiegeln. Wenn sie gezwungen würde, Leutnant Julien zu fesseln, würde der Geiselnehmer ihr ebenfalls die Hände zusammenschnüren. Wie er es bei Dr. Cotisson gemacht hatte, und wahrscheinlich auch bei Dr. Picard, der wie vom Erdboden verschluckt war. Das wäre das Ende. Vertan jede Chance, in das Geschehen einzugreifen.

Doch es kam anders.

»Schieb drei von den Rollen langsam zu mir rüber, schön langsam am Boden entlang. Die vierte leg neben dich auf die Fliesen.«

Florence tat wie geheißen. Sie spürte, wie die Angst immer unaufhaltsamer in ihr hochkroch. Sie breitete sich aus wie ein kalter Luftzug, gegen den man sich nicht schützen kann. Der Geiselnehmer stand in sicherem Abstand. Unmöglich, ihn zu überwältigen. Der Mann war zu allem entschlossen und würde sofort schießen.

Florence sah nur eine Möglichkeit: ihn in ein Gespräch

zu verwickeln, um Zeit zu gewinnen. Sie versuchte, ihrer Stimme Ruhe und Gelassenheit zu geben.

»Ich weiß nicht, was Sie sich von alldem versprechen, Monsieur. Wir haben Ihnen die Gelegenheit gegeben, eine Erklärung abzugeben. Danach hätten Sie das Fluchtauto nehmen können, das unten bereitsteht, um sich mit Ihrer Million in Sicherheit zu bringen. Sie haben das Angebot ausgeschlagen. Stattdessen bedrohen Sie mich und meinen Kollegen. Sie wissen selbst, dass Ihre Geldforderung zum jetzigen Zeitpunkt unsinnig ist. Es ist für die Polizei unmöglich, heute Nacht vier Millionen Francs zu besorgen. Das wurde Ihnen bereits klargemacht. Auch wenn Sie alle Menschen, die sich im Moment hier auf der Station befinden, erschießen, werden ihre geforderten vier Millionen nicht in zwei Stunden aufzutreiben sein.«

Der Maskierte ging nicht auf ihre Worte ein. Lässig machte er ihr ein Zeichen mit dem Revolver.

»Und jetzt geh in die Mitte des Flurs und leg dich bäuchlings auf den Boden, die Hände über dem Kopf verschränkt.«

Zögernd folgte Florence den Anweisungen. Als sie in der Mitte des Flurs stand, kniete sie sich hin, die Hände über dem Kopf, dann legte sie sich auf die Fliesen. Leutnant Julien stand unbeweglich an der Wand.

»So«, sagte der Maskierte und hob eine der Leukoplastrollen auf. »Ihr müsst nämlich nicht glauben, dass ich auch nur eine Minute auf eure Fernsehreporternummer hereingefallen bin. Ihr seid Bullen. Da ich gesagt habe, keine Tricks, müsst ihr jetzt auch die Konsequenzen tragen.« Ohne sich umzudrehen, rief er: »Und ihr da unten in der polizeilichen Einsatzleitung, hört gut zu! Wenn ich in zwei Stunden nicht die restlichen vier Millionen habe, nehme ich mir als Erstes die Frau vor, dann den Kameramann!« Er bückte sich und zog einen schwarzen Aktenkoffer hinter dem Counter hervor. »Wisst ihr, was das ist? Ein Koffer mit Sprengstoff! Damit kann ich den ganzen Laden hier in die Luft jagen!«

Ein Koffer mit Sprengstoff?

Jeder im Krisenstab begriff, dass plötzlich eine entscheidende Wende auf der Station eingetreten war. Die beiden Polizeibeamten waren in Gefahr, gänzlich ausgeschaltet, womöglich getötet zu werden. Für eine Evakuierung der einzelnen Stockwerke der Klinik war es zu spät. Der Wahnsinnige im 6. Stock spielte seine größte Trumpfkarte erst jetzt aus. Die Bombe tickte.

Der Präfekt und Hauptmann Atlan tauschten einen raschen Blick. Pierre Desgranges nickte kurz und entschieden. Es gab keinen Zweifel mehr, was jetzt zu tun war. Hauptmann Atlan stellte sein Walkie-Talkie an, um sich mit den Männern seiner Einheit in Verbindung zu setzen. Er sagte nur ein einziges Wort.

»Los!«

27

Unbeweglich stand Leutnant Julien an der Wand. Florence lag auf dem Boden, das Gesicht nach unten.

»Und jetzt«, sagte der Maskierte zu Julien, »gehst du ganz langsam zu deiner Kollegin und fesselst ihre Hände mit einer Rolle Leukoplast. Und zwar auf dem Rücken. Bück dich und heb die Rolle da auf. In der Zwischenzeit werde ich eine Geschichte erzählen. Es ist die Geschichte von Kain und Abel.« Der Geiselnehmer hielt inne und blickte die beiden Polizisten bedeutungsvoll an

In diesem Moment geschah es.

In den beiden Zimmern mit den Patienten Nummer 2 und Nummer 1 waren plötzlich laute Geräusche zu hören. Glas splitterte, die Jalousien der vier Fenster wurden hochgerissen, und dunkel maskierte Gestalten drangen herein. Sie hatten die Gewehre im Anschlag, doch keine freie Schussbahn, da sich zwischen Korridor und Patientenzimmern Glaswände und Türen befanden.

Blitzschnell und reflexartig drehte sich der Geiselnehmer um. Er feuerte einen ungezielten Schuss ab, der die Glasscheibe des Patientenzimmers durchschlug, in dem Nummer 1 lag. In diesem Moment schnellte Florence mit aller Kraft aus ihrer liegenden Position hoch und stürzte sich auf den Geiselnehmer, der etwa drei Meter von ihr entfernt stand. Sie riss ihm die Beine weg, der Maskierte fiel nach hinten. Sofort warf sich Florence auf ihn und versuchte, seine Hände über seinem Kopf am Boden zu halten. Den Revolver hielt der Maskierte fest umklammert. Zwischen Florence und ihm entbrannte ein erbitterter Kampf.

Leutnant Julien hatte beim Geräusch der zersplitternden Fensterscheiben ebenfalls sofort reagiert und sich auf den Boden geworfen, um nicht in die Schusslinie der Scharfschützen zu geraten. Jetzt sprang er auf, um Florence zu Hilfe zu eilen. Da gelang es dem Geiselnehmer, sich Florences Griff zu entwinden. Er rollte sich blitzschnell zur Seite und richtete die Waffe auf sie.

Doch bevor er abdrücken konnte, fiel ein Schuss, dann noch ein zweiter und ein dritter. Zwei Scharfschützen standen im Korridor. Die Geschosse trafen den Geiselnehmer von vorn direkt in die Brust. Kraftlos ließ er den Arm sinken, die Waffe rutschte ihm aus der Hand. Dann brach er zusammen. Mit einem Ruck riss Florence dem Mann die Skimaske vom Kopf. Darunter verbarg sich ein verschwitztes, glatt rasiertes, nichts sagendes Durchschnittsgesicht. Der Mann mochte etwa dreißig Jahre alt sein. Das Auffälligste waren die eisblauen Augen, die Florence bereits zur Genüge kannte. Jetzt, Sekunden nach dem Tod, blickten sie erstaunt und ungläubig, als könnten sie die plötzliche Wende der Geschehnisse nicht fassen.

Leutnant Julien griff als Erstes nach dem Sprengstoffkoffer und übergab ihn einem der Scharfschützen, einem Sprengstoffexperten, der mit der gefährlichen Fracht Richtung Ausgang eilte.

Florence sprang hoch, rannte zum Wandschrank und holte eine Schere, um Dr. Cotisson die Fesseln aufzuschneiden. Die Ärztin hatte die Aktion der letzten Minuten offenbar bewusst miterlebt, denn ihre Augen waren geöffnet. Florence sah die Furcht und das Entsetzen darin, aber auch so etwas wie Erstaunen. Von weit her schien Dr. Cotisson in die Realität dieses Augenblicks zurückzukehren. Mit einem schnellen Schnitt durchtrennte Florence die Leukoplaststreifen.

»Es ist vorbei, Dr. Cotisson.« Beruhigend streichelte sie die Wange der Ärztin. »Sie sind in Sicherheit, es ist alles vorbei.«

Vorsichtig versuchte sie die Arme der Ärztin nach vorn zu drehen. Vor Schmerz schrie Alice Cotisson auf. Behutsam rieb Florence die blutleeren, grotesk geschwollenen Arme und Hände. Plötzlich fing Alice Cotisson an zu schluchzen und sagte mit erstickter Stimme:

»Die Treppe, er war direkt hinter mir auf der Treppe. Ich hatte ihn zuerst gar nicht bemerkt. Er war auf der Treppe, direkt hinter mir! Und dann habe ich gesehen, wie er ständig zu Besuch kam. Er hat sie oft besucht in diesen Tagen! Sie erkennen ihn an seiner Narbe. Wissen Sie, wen ich meine?« Verwirrt brach sie ab.

»Schon gut«, beruhigte Florence sie. »Es ist ja schon gut ...«

Inzwischen waren die Mitglieder des Krisenstabs, die den Countdown am Bildschirm verfolgt hatten, auf die Station gekommen. Ein paar Polizisten hatten gleich zu Anfang die Tür eingeschlagen, die sich nach wie vor nicht öffnen ließ. Dr. Carpentier, Dr. Brochet, zwei Krankenhausärzte und Léo Lemoine, der Psychologe, bemühten sich um die Kranken. Madame Chabrol war tot. Marie-France Roche lag weiterhin im Koma. Auf den ersten Blick schien sie keine weiteren Schäden davongetragen zu haben. Der Patient Nummer 5, Unfall mit der Kreissäge, war durch das Geschehen der letzten Minuten erwacht und hatte starke Schmerzen. Der Mann mit der Lungenembolie befand sich in einem kritischen Zustand und musste sofort stabilisiert werden. Jean-Marc Truel, der den Selbstmordversuch unternommen hatte, war beim Zersplittern der Fensterscheiben aus dem Bett gesprungen und hatte sich darunter versteckt. Jetzt saß Inspektor Burgio bei ihm, um ihn zu den Geschehnissen auf der Station zu befragen.

Dr. Picard fand man in der Herrentoilette. Seine Arme waren ebenfalls durch die Fesselung unnatürlich geschwollen. Man legte ihn und Dr. Cotisson auf die beiden leeren Patientenbetten Nummer 7 und Nummer 8, wo sie ärztlich versorgt wurden. Sie hatten starke Schmerzen, waren vollkommen dehydriert und standen unter Schock.

Bankdirektor Véron kam auf die Station geeilt. Einer der Gendarmen hatte den Geldkoffer sichergestellt und übergab ihn jetzt Véron.

Carpentier hockte sich neben den Geiselnehmer, der blutüberströmt auf dem Steinfußboden lag, und sah ihm ins Gesicht.

»Das ist ja Valentin Fléaud, der Mann, der Nummer 6 regelmäßig auf der Station besucht hat!«, rief er erstaunt.

Florence, die seine Worte gehört hatte, blickte den Arzt irritiert an.

»Moment mal – Valentin Fléaud, der Freund von Marie-France Roche?«

»Nein«, sagte eine Stimme hinter ihnen. »Das ist nicht Valentin Fléaud.« Dr. Brochet, der Gerichtsmediziner, hatte sich zu ihnen gesellt und betrachtete das Gesicht des toten Geiselnehmers. »Valentin Fléaud ist seit einer Woche tot. Er wurde in seiner Wohnung erstochen. Seine Leiche war zwar in keinem besonders schönen Zustand, aber so viel konnte ich doch feststellen: Er hatte keine Narbe am Handgelenk.« Brochet bückte sich und drehte den linken Arm des Toten nach oben. Auf der Unterseite war die große Narbe zu sehen. »Im Gegensatz zu ihm. Dieser Mann ist Valentin Fléauds Zwillingsbruder Emile. Er hatte sich einen anderen Familiennamen zugelegt und nannte sich Lavallé. Der Brandmeister der Feuerwehr, der behauptet hat, der Geiselnehmer wäre sein Kollege, ist bereits auf dem Weg in die Klinik, um ihn zu identifizieren. Dass dieser Mann hier Valentin Fléauds Bruder ist, steht zweifelsfrei fest. Die beiden sehen sich nämlich zum Verwechseln ähnlich.«

Wenig später stand Florence mit Leutnant Julien am Counter des Überwachungsplatzes 2 und blickte auf die vielen Menschen, die plötzlich die Station bevölkerten. Sie fühlte sich vollkommen leer und ausgelaugt. Der Albtraum war vorbei. Doch Florence konnte keine Genugtuung darüber empfinden. Vier Menschen hatten in dieser Nacht ihr Leben gelassen. Eine grauenvolle Bilanz.

Warum?

Jetzt gesellten sich der Präfekt und Hauptmann Atlan zu ihnen. Allen standen die Anstrengungen der letzten Stunden ins Gesicht geschrieben.

»Danke«, sagte der Präfekt. »Ich bin froh, dass es endlich zu Ende ist!«

»Ja, ich glaube, das sind wir alle«, antwortete Florence erschöpft. »Danke für das Eingreifen im richtigen Moment.«

»So war es abgesprochen. Wir haben uns daran gehalten. Die Scharfschützen waren in die Außenwand unterhalb der Fensterfront eingestiegen und warteten auf das Kommando. Als Sie gefesselt werden sollten, war der Zeitpunkt gekommen. Hat mich einige Anstrengung gekostet, den Hauptmann und seine Leute bis dahin zu bremsen!« Jetzt lachte Desgranges und schlug Hauptmann Atlan auf die Schulter. Der schob seinen Kaugummi im Mund hin und her und lächelte dünn. Ganz zufrieden sah er nicht aus.

Niemand hatte darauf geachtet, dass immer noch die Kamera eingeschaltet war, die auf dem Counter stand. Doch das Geschehen wurde längst nicht mehr im Fernsehen übertragen. Nach dem Eindringen der Männer der Spezialeinheit hatte die Sendeleitung von France 3 die Liveübertragung sofort abgebrochen, was in der Folge zu wütenden Zuschauerprotesten führte. Auf dem kleinen Fernsehgerät des Geiselnehmers sah man die Übertragung eines Revuefilms.

Florence schaltete das Fernsehgerät aus. Leutnant Julien folgte ihrem Beispiel und drückte auf den Ausschaltknopf der Kamera.

28

Es war fünf Uhr früh. In einer halben Stunde würde die Sonne aufgehen. Ein neuer, heißer Sommertag kündigte sich an.

Vereinzelt liefen noch Menschen durch die Stadt, letzte Zeugen und gestrandete Überbleibsel der großen, nächtlichen Feier, in die sich die gesamte Nation nach dem Sieg bei der Fußballweltmeisterschaft gestürzt hatte.

Die Rinnsteine in den Straßen waren übersät mit leeren Bier-, Wein- und Champagnerflaschen. Schon fuhren die Aufräumwagen der städtischen Müllabfuhr, um die Straßen und Bürgersteige zu reinigen.

In den Gärten und Vorgärten zwitscherten die ersten Vögel. Hin und wieder wehte der starke Duft von Jasminblüten durch die laue Luft und überdeckte für einen Moment die Gerüche, die die nächtliche Stadt und ihre feiernden Menschen abgesondert hatten.

Langsam lenkte Cathérine Volet ihren Landrover über den Außenboulevard von Nîmes. Sie bog nach Nordosten ab, auf die Landstraße, die nach *Les Oliviers* führte.

Neben ihr, auf dem Beifahrersitz, saß ihre Freundin Florence. Sie hatte sich zurückgelehnt und die Augen geschlossen. Doch Cathérine wusste, dass sie nicht schlief. Sie ahnte, dass der gesamte Ablauf dieser Nacht wie ein Film vor Florences innerem Auge abgespult wurde. Noch einmal erlebte sie die Stationen dieses Albtraums, und es würde sicher nicht das letzte Mal sein.

Als Cathérine vor einer Viertelstunde in die Klinik Louis Pasteur gekommen war, um Florence abzuholen, hatte sie ihre Freundin vor den Augen aller Anwesenden fest in den Arm genommen und laut und vernehmlich gesagt: »Gott sei Dank!« Dann hatte sie sowohl Leutnant Julien als auch Desgranges und Hauptmann Atlan fest die Hand gedrückt.

Sie erreichten die Stadtgrenze. Im Osten kroch die erste Morgenröte über die Berge. An der Einfahrt zu einem Feldweg hielt Cathérine an, nahm den Gang heraus und zog die Handbremse fest.

Florence drehte den Kopf und blickte sie an. Dann beugten sich beide vor und umarmten einander heftig. Lange küssten sie sich, als sei es das erste und gleichzeitig das letzte Mal.

Dann fuhren sie weiter. Florence liefen die Tränen übers Gesicht. Endlich löste sich die Anspannung der letzten Stunden.

Nach zwanzig Minuten Fahrt kamen sie auf *Les Oliviers* an. Über dem Horizont, links vom Mont Ventoux, erhob sich der glutrote Ball der Sonne.

Vor der Auffahrt standen die anderen, die in den letzten Stunden mitgezittert und mitgebangt hatten: Emmanuelle, Annabelle, Heinz Blaschke und dessen Frau Roswitha. Als der Wagen vorfuhr und die beiden Frauen ausstiegen, fingen alle an zu applaudieren. Mit einem breiten Grinsen hielt Blaschke Florence ein verbeultes Etwas hin. Seinen Flachmann.

»Hier«, sagte er. »Ich glaube, das kannst du jetzt brauchen. Wie in alten Zeiten!«

Florence lächelte matt.

»Danke«, sagte sie und schraubte den Flachmann auf. »Auf dich kann man sich eben immer verlassen, Blaschke!« Sie nahm einen kräftigen Schluck. Es war Cognac. Er brannte in ihrer Kehle, erzeugte aber sofort ein wunderbar wohliges Gefühl im Magen.

Dann ging sie ins Haus. Jeder verstand, dass sie nach dieser dramatischen Nacht vollkommen müde und am Ende war.

Drei Tage später saß Florence zusammen mit Hauptmann Atlan, Leutnant Julien, dem Krankenhausdirektor und Inspektor Burgio im Büro des Präfekten. In der Zwischenzeit hatte die Polizei wichtige Erkenntnisse über den Hintergrund des Geiselnehmers in Erfahrung bringen können.

Von Brandmeister Caboche und seinen Kollegen war der erschossene Täter zweifelsfrei identifiziert worden. Es handelte sich tatsächlich um Emile Lavallé alias Fléaud, einen ausgebildeten Berufsfeuerwehrmann, gebürtig aus einem Dorf bei Nantes. Er war Junggeselle, lebte allein und pflegte keinerlei soziale Kontakte.

»Vor wenigen Wochen erst zog er hierher und hat sich bei der Feuerwache Nîmes-Süd beworben«, sagte Inspektor Burgio. »Seine Referenzen waren gut, vorher arbeitete er bei der Feuerwehr in Nantes. Keine Vorstrafen, keinerlei Auffälligkeiten. Ein normaler Durchschnittsbürger und pünktlicher Steuerzahler. Keine Kontakte zu extremistischen Gruppierungen irgendwelcher Art. Liebte Kampfsportarten und war ein Waffennarr. Bei ihm zu Hause fanden wir ein ganzes Arsenal an Handfeuerwaffen, darunter auch eine Uzi.«

»Als Marie-France Roche vor zwei Wochen mit ihrem Wagen verunglückte«, fuhr Florence ergänzend fort, »gehörte er zur Rettungsmannschaft, die die Schwerverletzte an der Unfallstelle aus dem zertrümmerten PKW geholt hat. Als er den Ausweis und den Zettel im Portemonnaie der Verunglückten fand, sagte er zu seinen Kollegen, dass er die Frau zufällig persönlich kenne und bei ihr zu Hause vorbeifahren wolle, um den Angehörigen Bescheid zu geben.«

»Und, kannte er sie wirklich?«, fragte der Präfekt.

»Das wird niemand mehr beantworten können. Emile Lavallé alias Fléaud ist tot. Marie-France Roches Freund Valentin Fléaud ebenfalls, und die Verunglückte selbst liegt im Koma. In jedem Fall muss er gewusst haben, dass Marie-France Roche mit seinem Bruder Valentin zusammenlebte. Daher seine Idee, seinen Bruder unschädlich zu machen, um selbst in dessen Rolle schlüpfen zu können. Dadurch konnte er über viele Tage in aller Seelenruhe die Intensivstation auskundschaften. Dafür nahm er sich unbezahlten Urlaub, angeblich, um seine Wohnung zu renovieren. Als er seinen Bruder aus dem Weg geschafft hatte, suchte er in dessen Wohnung nach Marie-France Roches persönlichen Unterlagen: Sozialversicherungsnummer, Name der Krankenkasse und so weiter. Deshalb sah die Wohnung so verwüstet aus, als man Valentin Fléauds Leiche fand. Mit diesem Detailwissen konnte Emile Fléaud sich im Krankenhaus als sein Bruder ausgeben. Die Fingerabdrücke, die Inspektor Frisson und sein Team auf diversen Gegenständen in der Wohnung Rue du Sabre gefunden haben, auch auf der Tatwaffe, gehören eindeutig dem Geiselnehmer. Er muss sich so sicher gewesen sein, dass sein Plan auf allen Ebenen gelingen würde, dass er nicht einmal Handschuhe bei dem Mord in der Rue du Sabre getragen hat. Es gibt keinen Zweifel, das Geschehen wird sich so oder ähnlich abgespielt haben.«

Der Krankenhausdirektor blickte Florence entsetzt an.

»Das ist ja grauenvoll! Er hat seinen eigenen Bruder bestialisch ermordet?! Warum?«

»Da können wir nur Vermutungen anstellen. Vielleicht

hat es mit Geschehnissen in seiner Familie während seiner Kindheit zu tun? Kollegen der Gendarmerie in Nantes sind in das kleine Dorf gefahren, wo er aufgewachsen ist. Sein Vater war Bauer, sie lebten auf einem einsamen Gehöft. Die Mutter der Zwillingssöhne hat den Mann und die Kinder verlassen, als die Söhne noch klein waren. Irgendetwas muss damals vorgefallen sein. Familiäre Gewalt, Hass auf den Bruder Valentin. Der Vater hat Emile und Valentin oft als ›Kain und Abel‹ bezeichnet, wenn er in die Dorfkneipe ging und sich betrank. Die Leute konnten sich erinnern, dass Emiles Vater sehr streng mit ihm war und ihn regelmäßig schlug. Valentin hingegen war sein Liebling. Als die Söhne achtzehn waren, brannte der Hof bis auf die Grundmauern nieder. Der Vater kam in den Flammen um. Die Brandursache ist bis heute nicht restlos geklärt. Valentin studierte damals in Paris auf dem Polytechnikum, während Emile auf dem Hof des Vaters arbeitete. Als der Brand ausbrach, war er angeblich im Wald beim Holzfällen. Jedenfalls konnte man ihm nichts nachweisen. Wenig später ging er nach Nantes und meldete sich zur Feuerwehr. Nach allem, was wir bisher wissen, muss er seinen Bruder bis aufs Blut gehasst haben.«

»Was hätte er denn gemacht, wenn Marie-France Roche gleich in der ersten Nacht im Krankenhaus gestorben wäre? Oder wenn sie aufgewacht wäre und den Schwindel bemerkt hätte?«, warf Hauptmann Atlan ein.

»Das Risiko ist er eingegangen.«

»Und wie kam er an dem Abend auf die Station?«, fragte der Krankenhausdirektor. »Weder der Pförtner hat ihn gesehen noch jemand vom Personal im 6. Stock. Das letzte Mal, dass ihn jemand am Bett von Marie-France Roche gesehen hat, war am Tag vor der Tat.«

»Das wissen wir nicht. Wir wissen nur, dass er kurz nach

21 Uhr plötzlich in der Tür der Herrentoilette stand und Dr. Picard bedrohte. Vielleicht hatte er sich dort versteckt, vielleicht ist er an jenem Abend auch erst in letzter Minute auf die Station gelangt. Den Türmechanismus muss er schon vorher manipuliert haben, und zwar so, dass er mit einer eigens dafür hergestellten Fernbedienung sofort außer Betrieb gesetzt werden konnte. In seiner Wohnung haben wir Unterlagen und Prospekte einer Firma in Marseille gefunden, die automatische Türen herstellt. Da muss er sich sachkundig gemacht haben. Vielleicht hatte er dort auch einen Komplizen. Wegen des Feiertags gestern konnten wir das noch nicht überprüfen.«

»Aber warum?«, fragte der Präfekt, schüttelte den Kopf und blickte die anderen in der Runde fragend an. »Warum ausgerechnet die Intensivstation eines Krankenhauses?«

»Zufall, nehme ich an.« Florence nahm ihr Glas mit Mineralwasser, trank einen Schluck und lehnte sich zurück. »Wahrscheinlich hatte er schon lange den Plan, irgendein äußerst spektakuläres Ding zu drehen, das ihn mit einem Schlag ins Licht der Öffentlichkeit bringen würde. Es hätte genauso gut eine Geiselnahme in einem voll besetzten Reisebus, in einem Altenheim oder in einer Schule sein können. Die Intensivstation hat sich angeboten, weil er aufgrund seines beruflichen Einsatzes als Feuerwehrmann plötzlich und unerwarteterweise eine Zugangsmöglichkeit sah. Der Unfall von Marie-France Roche, die zufällig mit seinem verhassten Bruder liiert war, bot ihm im doppelten Sinn eine Chance: Zum einen konnte er es allen zeigen, zum anderen sah er die Möglichkeit, endlich Rache an seinem Bruder zu nehmen. Kain und Abel, vergessen wir das nicht! Diese Chance nutzte er, zumal alle anderen Umstände optimal waren: Die Station erschien ihm mit ihrem zentralen Eingangsbereich besonders übersichtlich und dadurch leicht von ihm zu überwachen. Als alles sich so entwickelte, wie er es sich erhofft hatte, plante er die Geiselnahme ganz gezielt für die Nacht des Fußballendspiels. Er wusste genau, in welchem Zustand die Patienten auf der Station waren. Dadurch konnte er sicher sein, dass die Polizei sich erst einmal hinhalten ließ und seinen Forderungen mit großer Wahrscheinlichkeit nachkommen würde. Mit dem ersten Mord vor über einer Woche, dem Mord an seinem Bruder, hatte er bereits jede Grenze überschritten. Diese völlige Skrupellosigkeit sowie das Fehlen jeglicher moralischer Bedenken waren die Voraussetzung, dass er die Geiselnahme so präzise und kaltblütig planen und durchführen konnte. Wie weit er zu gehen bereit war, sehen wir daran, dass der Inhalt seines Sprengstoffkoffers gereicht hätte, um die ganze Klinik in die Luft zu jagen.«

»Wäre er tatsächlich so weit gegangen?«

»Schwer zu sagen. Gott sei Dank ist er uns den Beweis schuldig geblieben.«

»Dann war sein Motiv in der Hauptsache also Rache«, sagte der Präfekt. »Rache an seinem Bruder und an der Gesellschaft, wenn man so will.«

»Wir alle haben gesehen, welche Allmachtsphantasien dieser Mann auslebte; welches Geltungsbedürfnis er an den Tag legte; wie er seine Macht auskostete und mit welch ausgeklügelter, minutiöser und dramaturgisch geschickt aufgebauter Regie er die Liveübertragung inszenierte! Natürlich gehören Intelligenz und Kaltblütigkeit dazu, eine solche Geiselnahme über Stunden durchzuziehen. Doch so handelt nur einer, der sich zutiefst minderwertig fühlt und unter einer krankhaften Persönlichkeitsstörung leidet. Die Antriebsfeder dieses Mannes war sein Bestreben, die Aufmerksamkeit von sehr vielen Menschen auf seine Person zu lenken und sich endlich einmal anerkannt und im Mittelpunkt zu sehen. Dass er seinen Coup für die Nacht des Fußballendspiels geplant hatte, spielte sicher eine ausschlaggebende Rolle. Er wollte alle und alles übertrumpfen. Die Übertragung seiner Tat mit allem Drum und Dran in den Medien war der entscheidende Kick. Dafür war er bereit, Menschenleben zu opfern, und hat es ja auch getan.«

»Wir hätten ihm dieses Forum einer öffentlichen Fernsehübertragung eben nicht geben dürfen«, sagte Hauptmann Atlan. »Abgesehen davon, dass diese Wahnsinnstat früher oder später Nachahmer finden wird, war es aus prinzipiellen Gründen falsch, das Geschehen auf der Station live zu übertragen.«

»Es gab keine andere Möglichkeit«, sagte Krankenhausdirektor Pônelle. »Das wissen Sie doch ebenso gut wie wir alle!«

Der Hauptmann schwieg und schüttelte unmerklich den Kopf. Florence warf ihm einen langen Blick zu und lachte dann kurz auf.

»Ach, kommen Sie, *Capitaine*, Sie wollen doch nicht schon wieder auf ihr Lieblingsthema zurückkommen, die rechtzeitige Erstürmung der Station?! Ich dachte, das hätten wir längst abgehakt. Ihre Leute haben genau im richtigen Moment eingegriffen. Alles andere wäre unverantwortlich gewesen.«

»Ich kann es dennoch nicht glauben«, sagte der Präfekt. »Vier Menschen mussten sterben, weil ein größenwahnsinniger Irrer mit einer über das Fernsehen live ausgestrahlten Tat seine verkorkste Kindheit kompensieren und sich unsterblich machen wollte?!«

»So muss man es sehen. Glauben Sie mir, meine Herren, dieser Mann wird von sehr vielen Menschen bewundert werden! Und wenn er die Befreiung der Station überlebt hätte, würde er seine Geschichte gegen Zahlung eines horrenden Honorars noch vermarkten. Er würde aus dem Gefängnis heraus Interviews geben, seine Memoiren schreiben und die Opfer noch einmal demütigen und verhöhnen. Die Zeitungen, Fernsehstationen und Filmproduzenten würden sich um die Story reißen. Wahrscheinlich würde er am Filmdrehbuch mitschreiben und bei der Besetzung der Hauptrolle ein Wörtchen mitreden können. An der Premiere des Films würde er als Freigänger teilnehmen. Und wenn er dann nach ein paar Jahren wegen guter Führung vorzeitig entlassen würde, wäre er berühmt und finanziell abgesichert. Seine Opfer hätte man bis dahin längst vergessen. Die Toten und auch die, die diese Nacht überlebt haben. Die für viele Jahre traumatisiert sind. Die vielleicht nie wieder ihren Beruf ausüben, nie wieder ein Krankenhaus betreten können. So ist das nun einmal leider in unserer Gesellschaft: Wir kümmern uns um die Täter, aber niemals um die Opfer. Emile Fléaud, der sich mit großer Sicherheit als Kind und Jugendlicher selbst in der Opferrolle befand, wurde ja auch allein gelassen. Deshalb wurde er jetzt zum Täter. Ein ewiger Kreislauf. Warum kann er nicht endlich einmal durchbrochen werden?«

Niemand im Raum wusste eine Antwort darauf.

Danksagung

Ich danke der Krankenhausleitung einer großen Berliner Klinik, die mir eine unbegrenzte Recherche auf ihrer Intensivstation ermöglicht hat. Den dort tätigen Ärzten und Schwestern verdanke ich detaillierte Informationen auf dem Gebiet der Intensivmedizin. Aus nahe liegenden und verständlichen Gründen möchte ich keine Namen nennen. Dies dient dem Schutz der Klinik und des Personals.

Außerdem danke ich der Fernsehredakteurin Renate Funke vom NDR für wichtige Informationen hinsichtlich der Livefernsehübertragungen.